Psychokillers

Von

Thomas Maier

Buch: Sam Collister

(22.04.1967-12.09.1989)

Part 1

Noch nie hatte mich ein Mensch so angesehen. Es gab noch so vieles, was ich ihr gerne sagen wollte, doch es fehlte die Zeit. Auf meinen Lippen spürte ich noch immer ihren Kuss.

Mein erster Kuss.

Mein letzter Kuss.

Durch die Tränen in meinen Augen, konnte ich sie nur noch verschwommen wahrnehmen. Das verzerrte Bild eines Menschen, der von anderen mit „Monster" betitelt wurde. Für mich war sie das großartigste Wesen, das ich je kennengelernt habe.

Noch immer spürte ich ihre Wärme.

Noch immer roch ich ihren vollkommenen und gar einzigartigen Duft. Endlich hatte sie mich mehrmals bei meinem wahren Namen genannt. Doch nun wurde sie gewaltvoll von mir gerissen und zurück blieb ein kleiner, weinender, einsamer Junge. Ich wünschte, ich hätte noch mehr Zeit gehabt. Doch sie lief gerade ab. Vielleicht ist es auch ein Gesetz der Natur, dass man für jeden Tag im Himmel auch einen in der Hölle bekommt.

Bitte nennt mich nicht „Monster".

Vorwort

Ich bin mir nicht sicher, was mich das Leben lehren soll. Soll ich weiterhin tagein tagaus, mit mir Selbstgespräche führen? Verschlossen in meinen vier Wänden. Abgeschnitten von der Außenwelt. Diese Welt, die mir nichts gebracht hat, außer Schmerz und Leid. Es gibt sicher Menschen denen es schlimmer ergeht, aber was mich betrifft: Ich bin einfach eine Klasse für sich. Niemand könnte meine Angewohnheiten oder Gedanken verstehen. Also würde ich auch immer mit meinen Gedanken alleine bleiben. Oft fragte ich mich, was genau mit mir nicht stimmte. Warum ich so anders bin. Oder wieso jede Sekunde, in der ich auf dieser Erde wandere, eine Hölle ist, die nur darauf wartet, dass ich mir endlich selbst das Leben nehme. Soll mein Leben wirklich so enden? Mit Selbstmord?
Schon öfters habe ich mir darüber den Kopf zerbrochen. Es gibt so viele Gründe, die dafür sprechen würden, mein Leben zu beenden, und eigentlich gibt es immer nur einen Grund, es nicht zu tun: Ich habe zu viel Angst vor dem Tod.

Ich weiß nicht einmal, warum ich meine Geschichte aufschreiben möchte. Kein Mensch würde diese für wahr halten. Du wirst denken: „Oh, da hat wohl jemand im Schmerze seiner Pubertät eine erschreckende Geschichte gesponnen, um irgendwie seinen Frust zu verarbeiten. Ja, mehr war es nicht.“ Glaub was du willst. Mir ist egal, ob du dir Gedanken machst oder dieses Buch schnaubend zurückwirfst, wo auch immer du es gerade gefunden hast. Unsere Meinungen haben noch nie eine Rolle gespielt. Wir reden uns nur ein, dass sie wichtig seien, weil dies uns so beigebracht wurde, oder nicht? Doch unsere Meinung stirbt mit uns, und zurück bleibt nur der Eindruck, den die Welt von uns hatte. Wenn du jetzt glaubst, dass es dann wenigstens wichtig sei, dass dieser positiv ist, dann sag mir: Über wen wird öfter geredet? Gandhi oder Hitler?

Vielleicht fange ich einfach mal von vorne an.

Alles begann am 08.09.1975. Davor war ich ein ganz gewöhnlicher achtjähriger Junge, der sich auf dem Weg nach Hause befand. Meine Eltern und ich hatten einen Ausflug gemacht, wobei ich mich nicht genau daran erinnern konnte, was genau wir Unternommen hatten. Waren wir essen gewesen? Oder... waren wir am See gewesen? Ich weiß noch, dass wir oft umhergewandert waren, wobei ich mich schon nach den ersten hundert Metern lautstark beschwert hatte, dass meine Füße schmerzten und ob man mich nicht tragen könnte. Mein Vater sah mich dann immer mit einem verschmitzten Lächeln an und sagte mir: „Ein Indianer spürt keinen Schmerz.“. Keine Ahnung, was ich mit dieser Information anfangen sollte.
Ich weiß nur, dass es irgendwo in Wisconsin gewesen sein musste, da ich dort den größten Teil meines kurzen Lebens verbracht hatte. Doch genau, weil ich von meiner Kindheit nur noch sehr wenig wusste, ist es verrückt, wie genau und detailliert ich dafür diesen Moment in meinem Kopf behielt, als wäre es eine Videoaufzeichnung gewesen, die ich mir immer wieder ansehen sollte, um niemals zu vergessen, was geschehen war. Ich zählte die Punkte auf dem Rücksitz und summte eine willkürliche Melodie vor mich hin. Wenn ich mich recht entsinne, zog meine Mutter, Mia Collister, meinen Gurt noch einmal fester, während sie aus dem Augenwinkel das Unwetter beobachtete. Etwas lag an diesem Tag in der Luft, wie eine bedrohliche, dunkle Wolke. Als Kind wusste man zwar nicht so viel wie die Erwachsenen, aber dafür hatte man einen klaren Blick auf die Welt um einen. Mit beiden Händen umklammerte mein Vater wütend das Steuer und sagte Dinge zu meiner Mutter, die für meine noch kindlichen Ohren nicht bestimmt waren. Er musste etwas Verletzendes gesagt haben, sodass sich meine Mutter auf ähnliche Weise verteidigte. Wenn ich nur wüsste, über was sie gestritten hatten. Was meinen Vater Michael dazu brachte, so schnell zu fahren. Die Schatten finsterer Bäume strichen über das Auto und durch das Fenster über mein Gesicht. Die Spannung in diesem Gefährt reizte mich und am liebsten hätte ich einfach nur geweint. Nun brachen die letzten Sekunden an, in denen ich eine intakte

Familie haben würde. Mia warf einen vorletzten Blick zu mir. Es war ein Blick, den ich bis heute nicht einordnen konnte. Als hätte sie vielleicht gewusst, dass dies unser letzter Moment sein würde, schickte sie mir eine letzte Botschaft für die Zukunft. Ihre dunkelbraunen Augen waren so tief und eindrücklich, dass ich selbst als Achtjähriger stutzig wurde.
„Was ist los, Mama?“, brachte ich hervor und fing an, mit meinen Schuhen den Sitz vor mir zu beschmutzen. Es passte mir gar nicht, dass ich so festgeschnallt sein musste. Auf meine Frage folgte keine Antwort, stattdessen wandte sie sich meinem Vater zu. Leider konnte ich vorerst ihr Gesicht nicht mehr sehen, da ihre nussbraunen Haare ihr Gesicht verbargen.

„Michael, versprich mir jetzt, dass du keine halben Sachen mehr machst.“, sagte sie zu ihm, mit einem bitteren Unterton.

Immer wieder fragte ich mich, warum sie das gesagt hatte. Geht das überhaupt? Nie halbe Sachen zu machen, sondern immer aufs Ganze zu gehen? Vor allem, ist das überhaupt sinnvoll? Und warum ist mir gerade dieser Satz nie wieder aus dem Sinn gegangen?

Nun machte mein Vater einen fatalen Fehler. Gleich als die Aussage von meiner Mutter verstummte, sah er sie an. Er sah sie eindrücklich an und vergaß die Außenwelt. Doch die Außenwelt war sehr gefährlich bei diesem Unwetter. Ich nehme es ihm nicht einmal übel oder behaupte, er sei ein schlechter Autofahrer. In den nächsten zweihundert Metern würde keine Kurve kommen. Doch an dieser Stelle der Straße sackte sie ein wenig ab und dort sammelte sich ein kleiner Wassersee. Ich schätze, du hast schon geahnt, dass sowas passieren würde. Sowas passiert ständig, nur denken wir lieber nicht daran, wenn wir uns in ein Auto setzen, weil wir sonst wahnsinnig vor Angst werden würden. Es kam also, wie es kommen musste.

Wie ein Luftkissen wurde das Auto minimal angehoben und drehte sich ein wenig nach rechts. Da sich das Auto schon in der Beschleunigung befand, rutschte es seitlich nach wie vor in dieselbe Richtung, in die wir gerade eben noch gefahren waren. Instinktiv versuchte mein Vater, das Auto wieder gerade zu lenken, doch die Räder schwammen weiterhin auf dem Wasser. Ab da wurde es erst richtig prekär. Die schief stehenden Räder bekamen wieder Grip und nun wurde der Wagen ruckartig nach links gezogen. In meinen Erinnerungen spüre ich die Fliehkräfte noch heute auf meinem Körper. Jeder, der schon einmal einen Unfall hatte, weiß, wovon ich spreche. Wie einem der Gurt in die Kehle drückt und man darauf wartet, dass alles wieder in Ordnung wird.

Man denkt: „Gleich bekomme ich alles wieder unter Kontrolle. Ja, ich gleiche das wieder aus und schon fahren wir wieder ganz normal weiter als wäre nichts gewesen. Es war knapp, aber das war es auch schon. Unfälle passieren zwar, aber mir nicht. Sowas gab es nicht in meinem Leben. Genauso wenig wie es Krebs in mir gab, oder dass meine Frau eine Affäre haben könnte. Nein, sowas hört man nur von anderen. Es wird wieder in Ordnung sein. Es muss wieder in Ordnung werden. Meine eigene Weltordnung hängt davon ab!"

In den schlechten Fällen wird aber nicht mehr alles… „in Ordnung". Noch ein letztes Mal wandte sich meine Mutter mir zu oder… vielleicht wurde sie auch nur in meine Richtung gedrückt. Ihre Augen waren mit dem Wissen gefüllt, dass es nun gleich sehr wehtun würde. Die Angst vor dem kommenden Schmerz. Immer noch herumwirbelnd näherte sich der Wagen einem Baum und schließlich schlug er frontal gegen ihn.

Wieder ein Zufall. Er hätte auch seitlich einschlagen können, dann hätte ich es nicht überlebt. Doch ich sollte leben. Meine Geschichte war an dieser Stelle noch nicht zu Ende. Das Auto umschlang den Baum, als wären sie gute Freunde. Metall wurde verdammt biegsam bei diesen Geschwindigkeiten. Es dehnte sich auseinander und weitete den Abstand zwischen meinen Eltern. Gleichzeitig verengte sich der Fußraum und zerquetschte ihnen die Beine. Ich selber wurde wie sie in den Gurt gedrückt, sodass all die Luft in meinen Lungen heraus gepresst wurde. Selbst die Airbags konnten nur milde etwas nachhelfen, da die komplette vordere Hälfte des Autos sich um den Baum schlang und meine Eltern an ihm zerschellten. Ihnen wurden mit Sicherheit alle Knochen gebrochen oder vielleicht ist der bessere Ausdruck sogar:

„Zerdrückt".
Dank meiner verschwommenen Sinne bekam ich das nicht richtig mit. Dafür ging es einfach zu schnell. Die Sicht wurde mir zum Glück dann auch abgeschnitten, als sich das Dach herunter bog und auf meine Oberschenkel drückte. Um ein Haar hätte es sie gebrochen und mit ein bisschen mehr Wucht sogar abgetrennt. Dann würde ich heute im Rollstuhl umher fahren. Doch ich hatte Glück im Unglück. Mir waren lediglich zwei Rippen gebrochen, die schließlich später wieder heilen konnten. Ansonsten hatte ich noch einige Verstauchungen, Prellungen und etliche Schürfwunden davongetragen. Rückblickend wäre ich vielleicht auch gestorben, wenn meine Mutter den Gurt vorher nicht festgezogen hätte. So war er sofort auf Spannung. Der Lärm verstummte, bis nur noch der plätschernde Regen zu hören war.
In den ersten Minuten konnte ich gar nicht begreifen, was geschehen war. Stumm hockte ich verrenkt und eingeklemmt in den Trümmerresten und wollte nur, dass der Schmerz endlich nachließ. Das Unwetter peitschte um mich herum und kühlte meinen blutigen Körper ab, bis er taub wurde.

Nach einer Zeit hielten die ersten Autos am Seitenstreifen an und neugierige Menschen kamen auf mich zu und fragten mich, ob es mir gut ginge. Was für eine blöde Frage. Einer von ihnen beschloss, zur nächsten Notrufstation zu fahren, um Hilfe zu rufen. Eine ältere Dame legte mir eine Wolldecke über die Schultern und versicherte mir, dass alles gut werden würde. Mir ist klar dass sie mir nur helfen wollte, aber in diesem Moment machte sie es nur noch schlimmer.
„Sehen sie denn nicht das Blut meiner Eltern?", dachte ich tief in mir drin: „Helfen sie ihnen doch!"
Nun folgten die längsten und traurigsten dreißig Minuten meines bisherigen Lebens. Mit einem schmerzverzerrten Gesicht rief ich nach meinen Eltern: „Mama! Papa!".

Doch sie antworteten nicht.

Ich versuchte es immer wieder und selbst die Männer und Frauen, die sich um mich versammelt hatten und sich immer wieder erkundigten, ob ich schlimme Schmerzen hatte und ob sie irgendwas tun könnten, fingen an zu weinen.

„Papa… Mama?“

Jedes Wort kam nur mit Mühe aus meinen schmerzenden Lungen. Obwohl der Regen sehr laut war, wie er auf die metallenen Überreste einprasselte, war die Stille in dieser Luft kaum erträglich.

Warum hilft ihnen denn keiner?

Es war eine traurige Nacht des Leidens. Mein Leben wurde, wie das Auto, zerquetscht und zurück blieb ein kleines, von innen zerstörtes Kind. Ich fühlte mich so leblos.

Jedes Mal, wenn ich nach meinen Eltern rief und sie meine Rufe nicht erhörten, starb ein kleiner Teil von mir. Mein Verstummen setze erst dann ein, als alles in mir mit Nichts gefüllt war.

Die Feuerwehr schnitt mich dann aus dem Fahrzeug und der Notarzt würde mich so schnell wie nur möglich in die nächste Intensivstation bringen.

Wieder erinnere ich mich so präzise, wie leer ich mich gefühlt hatte, als ich erkannt hatte, dass auch sie die blutigen Körper meiner Eltern ignorierten. Für sie gab es keine Hoffnung mehr…

Bevor die Krankenwagentüren geschlossen wurden, erkannte ich, dass eine Hand aus dem, was mal unser Auto war, ragte. Ich glaube, es war die meiner Mutter. Als würde sie mir zum Abschied winken…

Meine Eltern sind in dieser Nacht gestorben.

Als ich im Krankenwagen an mir herab blickte, erkannte ich, obwohl mein Zustand nicht sehr kritisch war, dass kaum eine Stelle nicht blutig an mir war. Doch es tat gar nicht weh. Vermutlich hatten sie mir ein starkes Schmerzmittel gegeben. Ich wurde schrecklich müde und die Welt um mich herum verschwamm, als habe man sie in ein großes Becken voll mit Wasser geworfen. Zuletzt hörte ich nur noch das Heulen der Sirene, bis auch diese immer leiser wurde und somit auch mein letzter Sinn verschwand.

Die darauf folgenden Tage sollte ich als Geist verbringen. Ich wollte nichts mehr sagen, nichts mehr essen und vor allem nichts mehr denken. Ich wollte nicht mehr leben. Es gab keine Seele mehr. Keinen Geist, der meinen Charakter zeigte. Die Antworten von mir kamen plump und ohne Ton. Wenn ich in mich gehe, würde ich sagen, ich war tot, oder zumindest wünschte ich mir das. Irgendwie wünsche ich mir das bis heute noch.

Ich musste mit vielen Männern reden. Sie sagten mir, dass sie mir helfen und dafür sorgen werden, dass es mir besser geht. Es interessierte niemanden, dass ich keine Hilfe wollte. Was ich wollte, war Ruhe und Zeit für mich. Ich wollte alleine sein, doch war es nie. Selbst in der Nacht schlief ich, angestöpselt an einem wie ein Mobilée über mir baumelnden Tropf, zusammen mit drei anderen Patienten in meinem Zimmer. Gelöchert von den vielen Fragen, erstickte ich fast in meiner eigenen Depression. Nur mit Mühe gelang es mir, eine Unterhaltung zu führen. Diese Männer waren der Meinung, sie konnten mein Leiden mit Pillen wegfüttern, doch diese verschlimmerten zunächst sogar noch alles. Eines Nachts, als ich von dem Schmerzensschrei meines Zimmergenossen aus dem Schlaf gerissen wurde und eine weitere Depressionsattacke mich, wie ein böser Dämon überfiel, hatte ich beschlossen, nun endlich all dem ein Ende zu bereiten. Auch einem Achtjährigen ist klar, dass man sterben konnte, wenn einem nur lange genug die Luft wegbliebe, doch das man dieses nicht durch bloßes Luftanhalten erzwingen konnte. Ich hatte aber mal einen Westernstreifen gesehen, da wurden zwei Männer getötet, indem man sie hängte. Der Tod dauerte so grausam lange, dass ich davon wochenlang Albträume bekommen hatte, doch nun war jede Angst verschwunden. Ruhig und gelassen drehte ich mir aus meiner Bettdecke einen Strick und legte diesen dann lautlos über meinen Kopf. Das andere Ende knotete ich mehrmals um den Bettpfosten und so ließ ich mich dann einfach

aus dem Bett gleiten. Mein Körpergewicht wurde von meiner Kehle getragen und eigentlich musste ich nur aufstehen, um wieder Luft holen zu können, doch das würde ich um nichts in der Welt tun. So hockte ich mit dem Hintern knapp über dem Boden schwebend, wie auf einem unsichtbaren Stuhl. Der Druck in meinen Augen wurde so groß, dass ich dachte, sie würden jeden Moment zerplatzen. Dann fingen meine Ohren an, zu sausen und auch meine Fähigkeit, zu sehen wurde beeinträchtigt. Es sah aus, als würden kleine Sterne vor mir tanzen, aber nicht, wie in einem Cartoon, sondern wie Sterne am Nachthimmel aussehen. Es wurde also zunächst nicht alles immer dunkler, wie man es sich vielleicht vorstellen mochte, sondern es wurde immer heller und heller. Mit dem tanzenden Licht schwand langsam jeder klare Gedanke und einem ist gar nicht bewusst, ab wann man wirklich weggetreten ist.
Ich kam erst wieder zu mir, als jemand stark an meinen Schultern rüttelte. Der Strick war schon von meinem Hals entfernt und ich hockte nicht mehr in der Luft, sondern lag wieder auf meinem Bett, als wäre das Ganze nur ein Traum gewesen. Eine Krankenschwester blickte mich mit einem besorgten, käseweißen Gesicht an und hinter ihr sah ich die drei Patienten, die nun um mich herum standen. Ich vermute, dass einer von ihnen nach Hilfe gerufen hatte. Von da an wurde noch viel mehr auf mich aufgepasst. Ich wurde nie aus den Augen gelassen, selbst beim Pinkeln stand jemand neben mir, wobei dieser wenigstens so höflich war, kurz wegzusehen. Mein Leben, wenn man das überhaupt noch Leben nennen konnte, kam mir so träge und unbeschreiblich schwer vor, dass ich vermutete, mein Kopf würde sich bald von alleine abschalten, weil dieser einfach nichts mehr ertragen konnte. Bitte lasst mich doch einfach sterben! Warum zwingt ihr mich zu leben? Wer gibt euch dieses Recht?
Doch dann, in einer der gefühlt tausenden Sitzungen die ich hatte, wurde mir ein Glas mit Wasser bereitgestellt, falls ich Durst bekäme. Zuerst ignorierte ich es, doch dann trafen Sonnenstrahlen in einem steilen Winkel auf dieses Glas und warfen somit verschiedene regenbogenartige Muster auf den Tisch. Diese bunten Linien, waren so wunderschön, dass sie ein unbeschreibliches

Gefühl in mir aus auslösten, womit ich mich wohl und sicher fühlte. Sie waren auf ihre Weise tröstend.
Endlich schwieg der Mann, der mir sonst immer diese vielen Fragen stellte, und beobachtete mich in Ruhe, wie ich das Glas drehte und dabei lächelte. Ein Tanz aus Sonnenlinien. Es waren plötzlich Farben da, die eigentlich gar nicht dort sein durften. Woher kamen sie?
„Fühlst du dich besser als sonst?"
Zum ersten Mal konnte ich ihm ohne Zwang antworten: „Ja."

Rückblickend bin ich mir nicht sicher, warum dieser Tanz aus Sonnenlinien für mich so tröstend war. Ich selbst erkläre mir diese sonderbare Heilung damit, dass mein Gehirn in eine Art „Not-Modus" umgeschaltet ist. Menschen die auf langen Zeitraum depressiv sind, neigen dazu krank zu werden und in den schlimmsten Fällen sogar daran zu sterben. Vielleicht wollte mein junger Körper einfach nur leben und hatte somit der Depression von selbst ein Ende gesetzt.
Vielleicht hatten sie aber auch nur endlich die richtigen Medikamente für mich gefunden.

Ein Jahr später wurde, ohne mich, beschlossen, dass der Bruder meines Vaters mich großziehen sollte, da er der einzige Verwandte war, der in Wisconsin lebte. Die Familienangehörigen mütterlicherseits wohnten alle in Kalifornien, was so ziemlich am anderen Ende der U.S.A. liegt.

Die Eltern väterlicherseits wohnten in Europa. Niederlande, soweit ich weiß. Also kamen die auch nicht in Frage. Der Bruder meines Vaters hieß Daniel Collister. Er war ein Säufer und spielsüchtig oben drein. Er war anders als mein Vater. Während das Aussehen meines Vaters liebevoll wirkte, hatte Daniel die Statur eines Kriegers. Breite Schultern, muskulöser Nacken, Brust, Rücken und Bauch. Starke Gesichtszüge und einen braunen Schnauzer, in den sich immer ein paar Krümelchen verirrten. Seinen Kopf hatte er kahl rasiert und seine riesigen Hände waren Werkzeuge des Schmerzes.

Anfangs kamen wir ganz gut miteinander aus, doch nach den ersten Monaten merkte ich, wie sehr er mich hasste. Vielleicht hasste er sich aber auch nur selbst und ließ das an mir aus. Zumindest vermutete ich dies die meiste Zeit. Es brauchte lange, bis ich verstand, woher der Hass wirklich kam.

Eine der schlimmsten Erinnerungen an ihn ist ein Tag, an dem ich zu spät zur Schule gekommen wäre und er mich deshalb fahren wollte. Der Unfall meiner Eltern war erst knapp über ein Jahr her und ich wollte bis dahin in kein Auto steigen. Nein, ich konnte nicht in ein Auto steigen. Die Angst davor war so groß, dass ich bei dem Gedanken ganz blass wurde und die Übelkeit mich übermannte. Es war wie ein Peitschenschlag. Lieber würde ich mich mit Honig eingeschmiert in einen Ameisenhaufen setzen.

„Nun steig´ schon ein!", brüllte Daniel mich an.

„Ich kann nicht."

Mit Tränen in den Augen stand ich vor der offenen Autotür im Vorgarten.

„Sam, ich zähle bis drei!"

Er hockte bereits am Steuer und war bereit, den Schlüssel herum zu drehen. Sein finsterer Blick durchbohrte mich.

„Ich kann es einfach nicht", winselte ich verzweifelt und krallte mich an meinen Haaren fest.

„Eins!"

Die Zahl drückte mich zu Boden und ließ all meine Gedanken umherschwirren.

„Zwei!"

Jeder einzelne Muskel verkrampfte sich und meine Innereien schienen sich zu verschieben. Verzweifelt heulte ich Tränen.

„Drei! Jetzt wird mir das Ganze zu blöd!"

Tobend vor Wut schnallte er sich zügig ab und stapfte um das Auto herum. Jeder, der von seinen Eltern öfter geschlagen wurde, weiß, was ich damit meine, wenn ich sage: Das Schlimmste ist nicht, geschlagen zu werden. Das Schlimmste ist dieser Moment davor. Wenn die viel größere Kraft… diese blinde, tobende Wut auf einen zukommt. Man selbst weiß zwar, dass man irgendetwas falsch gemacht hat, aber… bitte lieber Gott… ich bin doch noch ein Kind. Egal, ob man seine Eltern liebte oder nicht, wenn dieser um viele Köpfe ragender Mensch auf einen zukam, kroch die Panik in einem hoch, als wäre man dem Teufel persönlich begegnet. Völlig egal, wie fest man dann geschlagen wird, dieses Prozedere schädigt einen über die Jahre psychisch, und selbst Jahre später, wenn man schon Erwachsen und stark geworden ist, schreckt man Nachts schweißgebadet auf, weil man genau von diesem Gefühl geträumt hat.

„Ich lass mich doch nicht verarschen, du kleiner Scheißer.“, schimpfte er wütend und packte mich bei den Schultern. Verzweifelt begann ich zu, strampeln und mich in seinem Griff zu winden, doch seine Kraft war viel zu überwältigend.

„Nein“, flehte ich, „Nein, bitte nicht.“

Mit einem Ruck beförderte er mich auf den Beifahrersitz und knallte die Türe zu. Verzweifelt versuchte ich, wieder auszusteigen, doch ich begriff nicht, wie ich diese Türe wieder öffnen konnte. Es gab keinen Griff an der Tür, den ich ziehen konnte und in meiner Panik hatte ich nicht die Geduld, nach der Lösung zu suchen. Wie von Sinnen schlug ich gegen die Fensterscheibe und kreischte vor mich hin.

Daniel hatte sich nun in das Auto gesetzt und schloss auch seine Türe. Nun war ich in diesem Auto gefangen. Mein Kopf schaltete in den Panikmodus, in dem ich verzweifelt um Hilfe schrie. Mit einem festen kurzen Rückhandschlag auf die Backe stellte er mich für eine kurze Zeit ruhig. Verwundert hielt ich mir die brennende Backe. Damals war es die erste Ohrfeige, die ich von ihm bekam. Der Motor heulte auf und zügig fuhr er die Hauptstraße von Jackson entlang. Jackson ist eine kleine Stadt in Wisconsin, in der wir lebten. Panisch bemerkte ich, dass Daniel mich nicht angeschnallt hatte. Völlig schutzlos wurde ich dieser unbändigen Gefahr ausgesetzt. Verzweifelt riss ich an dem Gurt, doch er ließ sich nur kurze Stücke auf mich zu bewegen, bis er stoppte.

„Du stellst dich an, als wärst du das erste Mal in einem Auto.“, bemerkte Daniel schadenfroh, aber dennoch auch irgendwie genervt. Mit einer Hand auf meiner Brustkorb drückte er mich auf den Sitz und ließ dann mit der anderen Hand das Steuer los, um mich anzuschnallen. Für ein paar Sekunden war das Auto führerlos und mehr als eine Tonne Metall raste von allein über den Teer, an geschlossenen Supermärkten und anderen kleinen Läden vorbei. Für mich war ein Auto kein Untersatz, mit dem man von A nach B kommt. Für mich war das eine Höllenmaschine. Eine Waffe, mit der man leicht viele Menschen töten könnte, ohne sie dabei berühren zu müssen. Mein Herz schien stehen zu bleiben und es gelang mir kein Atemzug mehr, bis er wieder beide Hände ans Lenkrad gesetzte hatte.

Daniel war schon immer so kaltherzig gewesen. Es mangelte ihm einfach an Feinfühligkeit und Sensibilität.

Einmal hatte ich mich an den Tisch gesetzt und ihm erzählt, dass ich nun einen Freund namens Henry habe und er zu meiner Rechten sitzt. Daniel aß gerade einen Apfel und schälte mit einem Messer Schicht für Schicht herunter. Wie immer tat er so, als würde er mich gar nicht hören.

„Ich hab ihn in der Schule kennengelernt. Er mag Fernsehen, Eishockey und Kartoffelchips. Und wie er Kartoffelchips mag, er isst eigentlich nie etwas anderes. Zuhause hat er einen ganzen Schrank voll damit.“

Nun sah mich Daniel an. Mit einem breiten Lächeln fragte er mich: „Er sitzt genau da?“.

Dabei wies er mit seinem Messer auf den leeren Stuhl neben mir.

„Ja, er ist vor langer Zeit weggelaufen und nun wohnt er unter der Brücke im Park. Dort ist sein Geheimversteck. Es ist riesengroß, wie die Höhle von Batman und Robin.“

Immer noch breit lächelnd legte er den angeschnittenen Apfel beiseite und

fing an, in die Luft zu fassen.
„Dann packe ich deinen Fledermaus-Freund…“, das letzte Wort sprach er in einem ganz komischen Ton. Offenbar fand er es albern, dass ich mir einen imaginären Freund ausgedacht hatte: „und steck ihm mein Messer in die Kehle“.
In meiner kindlichen Fantasie konnte ich es fast sehen, wie es wirklich geschah. Henrys Augen starrten geradeaus. Blut quoll aus seinem Mund und aus seinem Nacken, da dort das Messer wieder herausragte. Er zitterte zuerst nur, doch dann sah er mich an und lächelte. Ich denke, er wollte sich nochmal verabschieden, bevor er für mich, für immer verschwinden würde.
Vielleicht überreagierte oder dramatisierte ich dann, aber ich weinte um meinen toten Freund. Ich tat dies immer wieder einmal, wenn ich mich alleine fühlte und jedes Mal musste ich dann auch an die Hand meiner Mutter denken, wie sie mir durch den Regen zuwinkte, bevor die Türen vor mir geschlossen wurden. Hatte sich ihre Hand vielleicht wirklich bewegt?
Nie wieder hatte ich es gewagt, mir einen neuen Freund auszudenken. Also blieb ich allein.
In meinem ganzen Leben war ich allein. Es gab nur selten Momente, in denen ich mich mit Daniel verbunden gefühlt habe.
Einer dieser seltenen Momente war kurz vor meinem zwölften Geburtstag. Diesen Tag musste ich alleine Zuhause verbringen und daher schaute ich pausenlos in den Fernseher. Er konnte mich in eine andere Welt entführen und mit ihm fühlte ich mich seltener allein. Es war sogar mehr. Der Fernseher nahm mich aus dieser Welt heraus und gab mir ein, sei es nur für ein paar Stunden, neues Leben. Kurz vor ein Uhr in der Früh kam dann Daniel nach Hause. Mit hochrotem Kopf schwankte er auf mich zu und fragte mich: „Du bist noch auf?“.
Ich nahm an, es sei eine rhetorische Frage, und antwortete deswegen nicht. Wie viel Bier hatte er dieses Mal wohl vernichtet? Sein Alkoholgenuss ekelte mich an. Schweigend setzte er sich an den Küchentisch und beobachtete mich ausgiebig aus der Ferne. Nach kurzer Zeit ließ ich meinen Blick von ihm ab,

um weiter fernzusehen und erst als er eine weitere Frage an mich stellte, sah ich ihn wieder an, „Stellst du dir nicht manchmal die Frage, warum du überhaupt weiterleben solltest?“.
Zuerst verärgerte mich diese Frage, doch dann wich die Wut ab. Es ging nicht darum, was er fragte, sondern eher, wie er diese Frage stellte. Als würde er die Frage auf sich selbst beziehen und das machte mich stutzig. In meinen Augen war Daniel eigentlich immer ein sehr selbstbewusster und selbstsicherer Mensch gewesen. Nie konnte ihn etwas aus der Fassung bringen und stets war er der Meinung, Recht zu haben. Er war richtig, weil er die Welt wie ein offenes Buch vor sich sah und alle anderen Menschen konnten das nicht.
Für eine Weile überlegte ich, was ich ihm nun sagen sollte, doch schließlich entschied ich mich dazu, auch darauf nichts zu antworten. Wenn ich es riskiert hätte, dass er sich nur für einen Moment schwach gefühlt hatte, dann würde er es mir am nächsten Tag zurückzahlen, indem er seine Stärke bewies. Das lief meistens so ab, dass er mich wegen jeder Kleinigkeit verprügelte. Etwas Trauriges musste in ihm schlummern, doch was es war, fand ich erst ein paar Jahre später heraus.

In der Schule nahm das Desaster „Mein Leben“ weiter seinen Lauf. Ich lernte ziemlich schnell zwei Gestalten kennen, die in meiner Klasse waren. Der erste war Jacob Coleman. Die Colemans waren eine sehr gepflegte Familie, doch leider schienen sie bei der Erziehung von Jacob irgendwie versagt zu haben. Während seine Eltern erfolgreich in der Berufswelt standen und seine Schwester später noch auf der Universität studierte, interessierte es Jacob nicht einmal, was für Zensuren er hatte. Er tat so, als würde ihm die Welt gehören. Sein von Sommersprossen übersätes Gesicht und sein Überbiss waren mir von Anfang an unsympathisch und dies schien er zu spüren. Zumindest entging er der Langeweile in der Schule, indem er mir das Leben zu Hölle machte. Dies tat er nie alleine, weil er vielleicht wusste, dass ich mich gegen ihn alleine wehren würde. Somit wären wir bei der zweiten Person, Ben Cunningham. Zusammen sahen beide aus wie Brüder. Cunningham war ein ziemlich großgewachsener Junge, der ständig Latzhosen trug. Er wohnte zusammen mit seinem Vater in einer kleinen Holzhütte am Ende unserer Kleinstadt. Anfangs schienen wir uns gut zu verstehen, als die ersten Schultage verstrichen. Wir beide hatten keine Mutter und mussten somit auf den weiblichen Part der Erziehung verzichten. Dazu kam noch, dass Daniel und sein Vater gute Freunde waren und sich am Wochenende immer zusammen mit Bier die Sinne betäuben. Doch irgendwann wendete sich das Blatt. Mal wieder wurde mir mein einziger Freund genommen. Ich bin mir nicht sicher, warum das so gekommen ist, aber nach unserem ersten halben Schuljahr verbrachte Ben nur noch Zeit mit Jacob und nach einem weiteren halben Jahr fingen sie an, mir die Hölle heiß zu machen. Vielleicht gibt es auch keinen Grund, dass es so gekommen ist. Vielleicht suchen Mobber nicht nach einem logischen Muster ihr Opfer aus. Manchmal wird erst mit dem Hänseln eine Person zum Außenseiter deklariert. Der Betroffene desozialisiert und der Teufelskreis ist geschlossen. Nach einer gewissen Zeit kann man aus diesem System nicht mehr ausbrechen, egal wie sehr man sich wehrt, da die Mehrheit bestimmt, was du bist und nicht du selbst. Zumindest ist das in jungen Jahren noch so. Somit war mein Leben wie zwei Folterkammern, zwischen denen ich immer wieder wechselte. In der Schule gab es Ben und Jacob und zu Hause Daniel.

„Sam, warte. Du weißt, du sollst nicht weglaufen, sonst machst du alles nur noch schlimmer.“, rief Jacob hinter mir her und sofort blieb ich wie angewurzelt stehen. Allein ihr Kichern und die Ungewissheit, was nun passieren würde, brachte mein Herz heftig zum Schlagen.

„Na Sam, wie ist es, der Arsch der ganzen Schule zu sein?“, fragte mich Ben rhetorisch und lachte laut auf. Nun waren sie bei mir. Ich hatte schon geglaubt, den Tag unbeschwert überstanden zu haben, da ich mich schon auf dem Heimweg befunden hatte. Immer wenn die Glocke ertönte, die unseren Unterricht beendete, tat ich so, als würde ich noch länger brauchen, meine Schulsachen einzupacken, damit in der Garderobe vor dem Klassenzimmer meine Mitschüler für ein wildes Getümmel sorgten. Während sie also alle damit beschäftigt waren, Jacken und Schuhe anzuziehen, sprang ich schnell in meine Schuhe mit Klettverschluss und stürmte durch die Menge. So ging ich Jacob und Ben aus dem Weg und es fiel ihnen einige Tage gar nicht auf, dass ich auf dem Weg nach Hause gar nicht mehr zu sehen war. Doch nun hatten sie wohl auch diese Taktik durchschaut...

Ben schlang einen Arm um mich und nahm mich in den Schwitzkasten: „Ich sagte: Wie ist es, der Arsch der Schule zu sein?".

In solchen Momenten, fällt mir immer wieder der Spruch meiner Mutter Mia ein. Der letzte Satz den ich von ihr hören sollte, als würde er mein Leben leiten:

„Versprich mir jetzt, dass du keine halben Sachen mehr machst".

Obwohl der Satz nicht einmal für mich bestimmt war, wusste ich, dass ich ihn auch befolgen musste.

„Einfach nur geil", keuchte ich hervor und versuchte, mich aus seinem Griff zu lösen.

„Hey, der Kleine will sich wehren.", kicherte Jacob und klopfte seinem kräftigen Freund auf den Rücken. Mit einem Ruck riss mich Ben auf den schmutzigen Boden.

„Ich hoffe, du fühlst dich nun besser, Ben.", schimpfte ich und versuchte, mich wieder hochzudrücken, doch das enorme Körpergewicht von Ben erlaubte es mir nicht. Er wog mindestens fünfzehn Kilo mehr als ich.

„Los, wirf den Rucksack her.", rief Jakob und wedelte mit den Armen.

Ehe ich mich's versah, wurde mir mein Rucksack gewaltvoll entrissen und flog in hohem Bogen durch die Luft, als wäre er ein Spielball.

Nachdem Jacob ihn geschickt aufgefangen hatte, musterte er ihn, als würde er solch einen Rucksack zum ersten Mal sehen.

„Wollen doch mal sehen, was deine Mami zu essen eingepackt hat."

Jacob konnte das mit meiner Mutter nicht wissen, doch Ben wusste darüber

Bescheid. Selbst für seine Verhältnisse war es nun unangebracht zu lachen, also lächelte er nur, um nicht aus der Rolle zu fallen.

„Gib ihn wieder her, Jacob.“, flehte ich, obwohl ich eigentlich einen Befehl aussprechen hatte wollte.

Ohne auf meine Worte zu reagieren, wühlte er ein paar Schulhefte hervor. Kurzzeitig sah er sie an und ließ eines nach dem anderen fallen.

Mit aller Kraft versuchte ich, mich aufzurichten, doch Ben schlug mir ein paar Mal zwischen die Rippen, sodass ich keuchend wieder zu Boden sackte.

Nun beschleunigte Jacob sein Spiel, indem er meinen Rucksack kopfüber ausleerte, bis jedes einzelne Utensil den Boden fand.

„Ihr miesen Arschlöcher.“

Endlich gelang es mir, ein wenig bedrohlich zu klingen.

Nun erreichte auch der Rucksack den Boden und Jacob wandte sich von uns ab.

Mit dem Blick über die Schulter sagte er noch: „Das reicht. Lass den Schwächling laufen.“

Und mit einem letzten Tritt wurde ich in Ruhe gelassen.

So vergingen die Schuljahre und ich schaffte es nie, meine Peiniger loszuwerden. Wenn ich mich an die Lehrer wandte, hatte ich vielleicht ein oder zwei Wochen Ruhe, doch dann schien es so, als wollten sie ihre verlorene Zeit wieder nachholen.

Mit den Jahren schienen sie auch immer weniger Rücksicht zu nehmen und nur selten versuchte ich, mich ordentlich zu wehren.

In der siebten Klasse traf ich dann auf Grace Havering. Sie war erst vor kurzem in unsere Straße gezogen, als sie dann in meine Klasse kam. Es war für sie nicht leicht, die Neue zu sein und meine Klassenkameraden machten ihr diese Aufgabe noch schwerer. Sie drangsaliert sie, indem sie ihr immer wieder vorhielten, wie peinlich und hässlich sie sei. Vielleicht taten sie das aus Neid, denn ich fand nicht, dass sie hässlich war. Um ehrlich zu sein fand ich sie wunderschön. Gut, die Wahl ihrer Kleider war schlicht, aber ich gebe

nicht sehr viel auf eine besondere Garderobe. Das Schönste an ihr waren die nussbraunen Haare und Augen. Manchmal, wenn sie in meiner Nähe war, sog ich ihren Geruch ein, und bekam ein ganz unruhiges Kribbeln in der Magengrube.
Es war verrückt: Im Grunde kannte ich sie doch gar nicht, woher kam dann dieses Interesse. Dieser Drang, mehr über diesen Menschen erfahren zu wollen. Etwas in mir sagte, dass dieser Mensch für mich bestimmt war. Anders als die anderen. Mehr wie ich.
Nachdem sie ein paar Monate in unserer Klasse war, kam sie auf mich zu und fragte nach meinem Namen und wie es mir geht. Es war ungewohnt, sich mit einem Mädchen zu unterhalten. Ich wusste nie wirklich, was ich sagen oder wie ich reagieren sollte. Nach einer Weile beschloss ich, einfach ich selbst zu sein. So funktionierte es am besten. Ihre Zuneigung war ein sehr neues und ungewohntes Gefühl, doch es kam mir bekannt vor, als hätte ich das ganze schon einmal vor langer Zeit erlebt. Ich genoss es sehr.
Zuerst redeten wir nur in der Pause und zwischen den Stunden. Ich erfuhr, dass sie nach Jackson gezogen war, weil ihre Mutter zum zweiten Mal geheiratet hat und ihr neuer Vater hier ein Haus besaß. Sie mochte die Farbe blau und hatte Angst vor Käfern, oder besser gesagt vor jedem Tier, das mehr oder weniger als vier Gliedmaßen besitzt. Sie trank gerne Kaffee, obwohl ihre Mutter das nicht duldete und ich fand, dies passte zu ihr, wegen ihren braunen Haaren und Augen. So nervös wie ich am Anfang in ihrer Nähe auch war, nach einer Zeit gewöhnte ich mich an ihre Anwesenheit und wurde ruhiger. Doch irgendetwas sagte mir, dass sie etwas verbarg. Ein Geheimnis. Nicht, dass sie mich anlog, aber sie zeigte mir nicht ihr wahres Ich, dessen war ich mir sicher. Vielleicht war sie einfach nur besonders schüchtern oder sie brauchte einfach noch ein wenig Zeit, um aus sich herauszukommen. Immerhin erzählte ich ihr auch nicht von meinem Aufenthalt in der Klinik, geschweige von meinem fehlgeschlagenen Selbstmordversuch. Ich denke, es gibt auch Geheimnisse, die man tatsächlich nie irgendjemandem erzählen kann. Geschichten, die man mit ins Grab nimmt.

Dennoch, mein Misstrauen vergrößerte sich, als ich die schadenfrohen Blicke meiner Klassenkameraden sah. Vielleicht fanden sie unsere Freundschaft lächerlich, obwohl es mit vierzehn Jahren nichts Ungewöhnliches sein sollte, eine Freundschaft mit einem Mädchen zu führen. Misstrauen oder nicht, wir verbrachten weiterhin Zeit miteinander.

Nach knapp drei Monaten fand ich es enttäuschend, dass zwischen uns immer noch eine kühle Distanz bestand. Hin und wieder fing sie sogar an, sich von mir zu distanzieren und plötzlich von einem Tag auf den anderen gab sie mir wieder mehr Interesse. Ich dachte viel darüber nach, warum sie das tat, aber letztendlich kam ich zu keinem Ergebnis. Irgendwann beschloss ich, alles auf eine Karte zu setzten.

„Keine halben Sachen“

Ich wollte sie fragen, ob sie meine Freundin werden will. Schließlich hatte sie sich dann zu entscheiden. Selbst wenn sie „nein“ wählen würde, dann hätte ich wenigstens Gewissheit.

Anfangs wolle ich es gleich vor der ersten Stunde versuchen, doch ich bekam einfach nicht den nötigen Mut zusammen. Wie genau sollte ich es sagen?

Willst du meine Freundin werden?

Willst du mit mir „gehen“?

Oder sollte ich ihr vielleicht vorher sagen, wie sehr ich sie mag? Erhöhe ich dadurch die Chancen, ein „Ja“ von ihr zu ergattern?

Kurzzeitig dachte ich schon, ich schaffe es gar nicht mehr, sie zu fragen, doch dann kam der Moment.

Es war in der zweiten Pause. Wir beide standen wie immer an unserem Baum im Pausenhof. Hier nahmen wir immer unsere Mahlzeiten ein und irgendwann sah ich sie an und mein Blick musste ihr schon verraten haben, was jetzt folgte. Ihr Gesicht wurde ausdruckslos.

„Grace, ich wollte dir etwas sagen.“

Mein Puls beschleunigte sich und jedes Anzeichen machte sich bemerkbar,

von denen ich sonst immer nur in Büchern gelesen hatte. Feuchte Handflächen, trockener Mund und das hämmernde Herz in der Brust. Ich erinnere mich noch an das Leuchten in den Augen einer Klassenkameradin. Sie stand nur wenige Meter von uns entfernt und musste meinen Satz mitbekommen haben.
„Ich finde, wir kennen uns jetzt ganz gut…“, fuhr ich fort, „und du bist mir sehr sympathisch, also dachte ich…“.
Meine Stimme verstummte, als ich bemerkte, dass sich mehrere Schüler unserer Klasse sich in der Nähe von uns versammelten. Irgendetwas war da im Busch, dessen war ich mir sicher. Für einen Moment dachte ich sogar, dass Grace kaum merkbar den Kopf schüttelte. Kurzzeitig überlegte ich, ob ich doch kneifen sollte, doch dafür war es nun zu spät.
„Ich wollte dich fragen, ob du meine Freundin werden willst?“
Für einen Moment kehrte Stille ein und Grace fixierte einen Punkt auf dem Boden, um nicht in meine Augen sehen zu müssen. Zuerst dachte ich, sie tat dies aus Verlegenheit, doch dann ordnete ich ihren Blick unter „schuldbewusst“ ein.
Die Stille wurde durch lautes Gelächter unterbrochen. Rasch wurde ein Halbkreis aus unserer Klasse um uns gebildet. Dutzende Finger zeigten auf mich. Ich konnte nicht begreifen, was hier gerade passierte und Graces gequältes Gesicht verwirrte mich nur mehr.
Was war denn so lustig?
Ist es so lächerlich, dass ich eine Beziehung wollte? Es ärgerte mich, dass ich einen riesigen Kloß in meinem Hals bekam und mir schwindlig wurde.
Ich wollte meinen Mitschülern nicht die Genugtuung geben, eine verletzte Reaktion zu zeigen. Immerhin stand ich zu meinen Worten und vor allem zu meiner Frage. Das wiehernde Lachen um mich herum ebbte nicht ab und ich dachte schon, ewig so angewurzelt dastehen zu müssen.
Doch dann erlöste mich die Pausenklingel von meiner Blamage und selbst Grace versuchte, schnell zum Klassenzimmer zurück zu eilen, um die Konfrontation mit mir zu vermeiden.
Im Unterricht versuchte ich ständig, zu begreifen, was da gerade vorgefallen

war. Leider schien die Antwort so fern zu sein, als könne man sie schlicht in 90 Minuten finden.

Später im Gang nahm ich Grace beiseite, um Klarheit zu schaffen. Was hier auch am Laufen war, es musste etwas Großes sein, denn ständig erntete ich schadenfrohe Blicke.

„Grace, was ist hier los?".

Wieder senkte sie ihren Blick: „Sie sagten, sie werden aufhören und mich in Ruhe lassen."

In meinem Kopf drehte sich ein riesiges Zahlenschloss, das versuchte alle Informationen wie ein Puzzle zusammenzusetzten.

„Was musst du tun, damit sie dich in Ruhe lassen?"

Meine Stimme hörte sich fremd an, als käme sie von irgendwo anders her. Noch nie hatte sie so frustriert geklungen. Die Situation ließ mich zerbrechen.

„Wenn ich so tu, als ob ich was von dir will. Wenn ich dir entlocke, dass du auf mich stehst."

Nun gab langsam alles einen Sinn. Es war nicht echt, es war nur Show. Deswegen spürte ich diese Distanz zwischen uns.

„Soll das heißen, du magst mich gar nicht?", fragte ich mit dem letzten Hauch meiner Stimme.

„Nein... Ich finde dich eigenartig."

In diesem Moment starb ein Teil in mir. Alles um mich herum war wie weggeblasen, als würde ich alleine im Nichts stehen. Früher hatte ich mich immer unter meiner Decke versteckt, doch gleich als Grace sich von mir abwandte, blieb ich im Gang alleine und verlassen stehen... und weinte. Vor Frustration krallte ich mich in meine Haare und der Moment wurde wie in Stein gemeißelt festgehalten, als weiterhin schadenfrohe Blicke auf mich einschlugen...

Also fassen wir noch einmal zusammen.

Was sollte mich in den letzten neunzehn Jahren das Leben lehren?

Dass Gott ein kleines fieses Wesen ist, das sich am Anblick meiner Hilflosigkeit ergötzt. Ein kleines Kind mit einer Lupe und ich als Ameise. Ich habe nicht das Gefühl, dass ich lebe, sondern dass ich mich nur von Tag zu Tag schleppe. Der Glaube, dass seit dem Tod meiner Eltern, alles irgendwann besser wird, wurde langsam aber sicher zu Tode gesteinigt. Nun musste ich lernen, stark zu sein.
Vielleicht fühlen sich andere jetzt wenigstens besser, wenn sie sich mit mir vergleichen. Ich wünschte, jemand könnte mich aus diesem Leben rausreißen und in ein anderes stecken.

Kapitel 1: Das Leben beginnt (22.04.1986)

„Sam, wach auf!"

Daniel brüllte von unten und riss mich damit gewaltvoll aus dem Schlaf. Letzte Nacht konnte ich nicht besonders gut einschlafen, so wie an jedem Sonntag. Der Gedanke, wieder zur Schule zu gehen, brachte mich förmlich um den Verstand. Ein weiterer Grund, warum ich nicht schlafen konnte, war dass ich einfach an den Samstagen immer zu lange aufblieb. Nachts hatte ich meine Ruhe und je mehr die Welt um mich herum schlief, desto mehr konnte ich für mich allein sein.

Mir war klar, warum Daniel so wütend war. Er hasste es, mich in die Schule zu prügeln zu müssen, aber war es nicht egal wenn ich zu spät kam? Wenn es nach mir ging, würde ich nie wieder in die Schule gehen.

„Sam!", brüllte er erneut.

Allein der Gedanke, beide Beine auf den Boden stellen zu müssen, bereitete mir Anstrengung. Mein ganzer Körper zuckte zusammen, als die Tür kraftvoll aufgetreten wurde und Daniel mit einem hochroten Kopf auf mich zustürmte. Zuerst versuchte ich, mich gegen seine großen Hände zu wehren, doch es war vergebens. Mit einem Ruck schleifte er mich aus dem Bett und schlug mir zweimal, mit der flachen Hand, ins Gesicht.

„Wenn ich sage „Steh auf", dann hast du aufzustehen.", brüllte er mich an und zog mich hoch auf die Beine.

Normalerweise schlug er mich nie so schnell wie heute, doch es war nicht das erste Mal. Wie hart es auch klingen mag, mittlerweile hatte ich mich daran gewöhnt. Es gab einfach keinen Grund für Selbstmitleid, da der Schmerz in fünf Minuten wieder vorüber gehen und nur ein leichtes Hitzegefühl auf meiner Wange zurückbleiben würde.

„War das mein Geburtstags Geschenk?", fragte ich ihn hasserfüllt und würdigte ihn keines Blickes.

Seine Stimme war nur noch ein Brummen: „Du denkst, ich hab ihn wieder einmal vergessen, nicht wahr? Dein Geschenk ist in der Küche."

Heute schien einer der seltenen Tage zu sein, an dem mich Daniel positiv beeindruckte. Er hatte wirklich ein Geschenk für mich?

Als er mein Zimmer verließ, war sein Ton wieder drohend: „Und räum endlich diesen Schweinestall auf. In dem Dreck kann doch keiner Leben."

Es ist nicht so, dass ich ein unordentlicher Mensch war. Vor noch zwei Jahren hatte ich mein Zimmer stets sauber gehalten. Mittlerweile mochte ich einfach lieber das Chaos. Die absichtlich schief hängenden Poster von den Rolling Stones und den Beatles, Bruce Springsteen und Elvis Presley, die ich alle aus Zeitschriften heraus geklaut hatte, so wie das die meisten Jugendlichen mal machen. Notizen zu einem eigenen Song, alte Pizzaschachteln, zerdrückte Cola-Dosen lagen wirr verteilt im Raum. Selbst die herumliegenden Klamotten lagen schon so lange an ihren Plätzen, dass sie schon beinahe zur Einrichtung zählten. Alles in diesen vier Wänden, ja sogar die alte, kaputte Lavalampe gehörte einfach zu mir und somit in dieses Zimmer. Wenn das eigene Reich die Seele des Bewohners zeigt, dann war ich innerlich voller Chaos und versteckte das vor keinem.

Immer noch im Halbschlaf zog ich dasselbe Gewand an, wie am vorherigen Tag. Eine ausgewachsene Jeans, die ohne Gürtel nicht halten würde, und ein schlichtes, weißes T-Shirt. Auf dem Weg zum Bad hörte ich Daniels Jazz-Musik aus dem Wohnzimmer. Schon immer hatte er seinen Morgen damit begonnen, sich in seinen alten, hellbraunen Ledersessel zu setzen und sich bei Jazz-Musik sein erstes Glas Whiskey zu gönnen. Vermutlich schwelgte er in Erinnerungen, stellte fest, wie unbedeutend er doch war und schlabberte sich dann mit Alkohol das Leben schöner.

Während ich beim Zähneputzen in den Spiegel sah, stellte ich fest, dass mein Körper zum Glück die Pubertät gut überstanden hatte. Endlich waren all diese lästigen Pickel verschwunden und mein Körper hatte eine feste und männliche Statur angenommen. Doch vor allem hatten sich die vielen Liegestützen ausgezahlt. Seit zwei Jahren hatte ich mir angewöhnt vor dem Schlafengehen so viele Liegestütze wie möglich zu machen. Dadurch gewann mein Körper an Festigkeit. Allerdings halfen sie mir nichts gegen meine Peiniger in der Schule, da ich mich nie ernsthaft zur Wehr setzte. Selbst an die Lehrer brauchte ich mich nicht zu wenden, da diese mich ironischerweise ebenfalls hassten.

Auf dem Weg in die Küche wartete bereits Daniel an der Türschwelle. Wir lebten in einem sehr kleinen Haus. Unsere Wände bestanden aus so dünnem Holz, dass man mühelos ein Loch durch sie schlagen hätte könnte. Auch wenn mein Zimmer vielleicht das unordentlichste war, viel sauberer waren die restlichen auch wieder nicht. Am schlimmsten jedoch war sowieso unser Vorgarten, der einer trockenen Steppe glich.
Als wollte uns unser Nachbar provozieren, konnte man auch ohne Zaun genau die Grundstücksgrenze erkennen, denn bei ihm spross das hell grüne Gras exakt auf acht Zentimeter getrimmt aus dem Boden. Auf die neckische Frage, wie es bei uns in der Sahara laufen würde, hatte Daniel vor ein paar Jahren entgegnet: „Wenigstens sieht unser Garten nicht wie ein zu klein geratenes Fußballfeld aus. Los, werfen Sie einen weißen Filzstift rüber. Ich ziehe ihnen die Mittellinien und vielleicht male ich ihnen noch ein schönes Arschloch auf den Rasen. Na wie wäre das?“.
Ja, es gab Tage, da konnte man Daniel schrecklich sympathisch finden.
Nun ging er in die Küche und zeigte über seine Schulter auf den Küchentisch: „Alles Gute zum neunzehnten Geburtstag, du kleiner Scheißer.“
Mir war klar, warum er eine Beleidigung am Ende seines Satzes anbaute: Ohne sie würde er etwas Nettes zu mir sagen, und um ehrlich zu sein, selbst ich würde das eigenartig finden. Auf den kleinen runden Tisch, der gerade noch so für zwei Personen ausgelegt war, lag eine kleine, goldene Taschenuhr. Sie war eine der älteren Modelle, die man noch auf- und zuklappen konnte. Wortlos nahm ich sie an mich und öffnete sie, um ihr Inneres zu erforschen. Auf der Innenseite war ein kleines Bild von einer bildhübschen Frau.
„Sie hat deinem Vater einmal gehört. Eigentlich wollte ich sie selber behalten,

damit ich deine Mia nicht vergesse, aber…“.

Er schwieg.

Meine Mutter. So hatte sie also ausgesehen. Nach ihrem Tod hatte ich beschlossen, nichts zu behalten, was mich an meine Eltern erinnern könnte, damit ich diesen grauenhaften Unfall vergesse. Es hatte nicht wirklich funktioniert. Ich wusste so ziemlich alles von dieser Nacht noch. Daniel hat Mia geliebt. Ursprünglich waren sie sogar viele Jahre ein Paar gewesen und machten schon Pläne gemacht zu heiraten. Doch dann kam mein Vater Michael ins Spiel. Nachdem er aus Europa zurückgekommen war, verliebte sich meine Mutter in ihn. Nie hatte Daniel dies seinem Bruder verziehen und vielleicht hasste er mich deswegen so sehr. Ich bin mir nicht mehr sicher, wie mein Vater ausgesehen hatte, aber ich glaube, ich sah ihm sehr ähnlich. Daniel gab seinem Bruder die Schuld, dass Mia nicht mehr am Leben war. Schließlich war er am Steuer gesessen. Immer wieder fragte ich mich, wie Daniel wohl vor dem Unfall gewesen war, obwohl ich mir diesen Mann nicht freundlich und gelassen vorstellen konnte. Selbst jetzt nicht, obwohl er mir gerade ein schönes Geschenk gemacht hatte.

„Danke. Ist sehr nett von dir.“, bedankte ich mich gedämpft.

Eine Weile lang sagten wir beide nichts.

„Du kannst heute mein Auto haben, ich bleibe zuhause.“

Seine Stimme klang frustriert. Früher einmal hätte ich vielleicht nachgefragt, ob alles in Ordnung sei, doch mittlerweile wusste ich, dass ich dann keine vernünftige Antwort zu erwarten brauchte.

„In Ordnung.“, gab ich ihm stattdessen zurück und strich an ihm vorbei. Im Hausgang kramte ich den Autoschlüssel aus der Schlüsselschale und öffnete die Haustüre. Bevor ich sie zuwarf, blickte ich noch einmal über die Schulter und sagte: „Wir sehen uns dann heute Abend.“

Wie sollte ich ahnen, dass ich stattdessen einen ganz anderen Weg einschlagen würde. Dies war der letzte Augenblick, an dem ich diesen traurigen und verlassenen Mann sah. Im Nachhinein finde ich es schade. Vielleicht hätte ich ihm noch etwas sagen sollen. Andererseits wüsste ich nicht, was passend gewesen wäre.

Was er wohl mittlerweile von mir halten mag.

Es folgten die schönsten fünfzehn Minuten eines jeden Tages wenn ich das Auto von Daniel bekam. Ich konnte für mich allein sein und dabei die Kraft des Gefährts genießen. Daniels Jeep war zwar nicht der neueste, aber schnurrte nach wie vor wie ein Kätzchen. Als wäre er der Sohn den er niemals hatte, pflegte er den Truck fürsorglich. Die Radmuttern waren genau mit hundertvierzig Newtonmetern angezogen und jeden Monat wechselte er das Öl, obwohl es bei weitem noch nicht fällig war.
„Solltest du mir das Auto in einen Graben fahren, bekommst du die Schläge deines Lebens. Ich prügle so lange auf dich ein, bis die Bullen mich von dir wegzerren. Darauf hast du mein Wort, Sam.“, versprach mir Daniel drohend, als er mir das erste Mal den Jeep geliehen hatte, damit ich damit ins Autokino fahren durfte. Ich fand, um „Die Fliege“ sehen zu dürfen, war es das Risiko wert.
Mit beiden Händen am Steuer konnte man sich seiner Kraft bewusst und eins mit der Straße werden. Ich hatte mittlerweile meine Angst, mit einem Auto zu fahren, gut überwunden. Jedoch war ich mir stets bewusst, dass diese Kraft auch gegen mich verwendet werden kann, sollte mir ein unglücklicher Fehler unterlaufen. Einen weiteren Unfall wollte ich in meinem Leben nicht haben. Mit leicht überhöhter Geschwindigkeit sauste ich die noch leeren Straßen von Jackson entlang. Vorbei am Hickory Lane Park, der außer zwei Fußballtoren, einem Klettergerüst und einer Bank nichts zu bieten hatte. So war unsere Kleinstadt nun mal. Einfach, bescheiden, aber auch friedlich. Stolz wehte die Nationalflagge durch den Ostwind angehaucht in so manchen Vorgärten, als könne man sogar hier den amerikanischen Traum finden, solange man über genügend Mumm verfügte. Nach und nach kamen die Bürger Jacksons aus ihren Häusern gekrochen, streichelten zum Abschied nochmal ihren Hund oder küssten ihre Frau und machten sich auf den Weg zur Arbeit. Dies wie ein stiller Beobachter aus dem Auto zu verfolgen, als würde man gar nicht leben, sondern nur einen Kurzfilm ansehen, gab mir immer das Gefühl, für immer glücklich zu sein, würde ich nur diesen Moment festhalten können. Leider

holte mich die Realität spätestens, wenn ich auf dem Schulgelände einparkte, wieder ein.

Ich spürte die Blicke vieler auf mir, als ich den Wagen absperrte und den Schlüssel in meine Hosentasche steckte. Es dauerte nicht sehr lange, da hatte ich die Verantwortlichen gefunden. Eine kleine Gruppe aus vier Leuten beobachtete mich ausgiebig aus der Ferne. Mir sagten diese Gesichter nicht sehr viel, außer, dass sie eine Klassenstufe unter mir waren. Wieso sahen sie mich so an? Gab es etwas Merkwürdiges an mir? Heimlich tauschten sie Worte untereinander aus, ohne mich dabei aus den Augen zu lassen.
Auf dem Weg ins Klassenzimmer vermieste sich meine Laune noch mehr. Mit verschränkten Armen warteten Jacob und Ben schon auf mich. Ihr fieses Lächeln verriet mir, dass sie nicht nur „Guten Morgen“ sagen wollten.
„Na Sam, bereit auf deine morgendliche Lektion.“, fragte mich Ben rhetorisch.
„Und was soll mich diese Lektion lehren?“, gab ich lässig zurück.
Mittlerweile hatte ich festgestellt, dass es besser war, wenn ich mich abschirme und es als selbstverständlich hinnehme. Allerdings gab ich nie klein bei. Immerhin hatte ich auch noch meinen Stolz und den Vorsatz von meiner Mutter, keine halben Sachen zu machen.
„Darauf musst du schon selber kommen.“, kicherte Jacob und umkreiste mich zügig. Von beiden Seiten konnte ich mich nicht verteidigen.
„Also, du weißt wie es läuft.“, sagte Ben, „Leg dich auf den Boden.“
Nie im Leben würde ich nur einen Befehl von ihnen annehmen. Heute war sogar einer der Tage, an denen ich mich stärker wehren wollte, auch wenn ich dann vermutlich mehr einstecken musste. Ich bin mir nicht sicher warum ich das wollte, aber vielleicht lang es an der goldenen Taschenuhr von Daniel. Ich denke, ich wollte gar nicht für mich kämpfen, sondern meiner Mutter zuliebe. Kann man das verstehen?
Gleich, als ich erkannte, dass Ben mich anzugreifen versuchte, kam ich ihm zuvor und riss ihn zu Boden. Dabei schlug ich ihm mehrmals mit meiner Faust zwischen seine Rippen. Ben kniff seine Augen zu und stöhnte vor Schmerz

auf. Anstatt sich zu wehren, hob er beide Hände schützend vor sein Gesicht. Jacob stand mit offenem Mund da und war viel zu perplex, um seinem Freund zu helfen.
Weitere Male Schlug ich zwischen Bens Rippen und brüllte ihn dabei an: „Du Wichser, du Schwanzlutscher, du hässlicher Hurensohn!".
Vor meinem inneren Auge flimmerte der Wunsch auf, ihm sein Gesicht einzuschlagen. Am liebsten so sehr, dass er für immer entstellt bleiben würde.
Ich wollte in sein Gesicht schlagen, weil er einmal Nacktschnecken in meine Schuhe gelegt hatte.
Ich wollte in sein Gesicht schlagen, für jedes Mal, als sie meinen Schulranzen ausleerten und danach in die Büsche geworfen hatte, sodass ich erst mal nach ihm suchen musste.
Ich wollte ihm ins Gesicht schlagen, für jede Gemeinheit und für jede Körperverletzung. Selbst für die spöttischen Blicke und Bemerkungen. Das Gefühl das sie mir gaben. Dass ich falsch, peinlich, dumm und schwach zu sei.
Am liebsten wünschte ich, er wäre tot und am liebsten würde ich das tun!
Ich...
Etwas ließ mich augenblicklich zusammenzucken.
Jemand hatte meinen Namen laut und aggressiv gerufen.
„Was ist hier los?", brüllte Mr. White den Schulflur entlang und bevor ich mich nur irgendwie verteidigen konnte, sprach mir Jacob dazwischen: „Sam ist total ausgeflippt. Er hat Ben aus dem nichts angegriffen."
„Mr. White... ich... ich...", stammelte ich los und wurde dann schließlich durch einen festen Griff an meinem Kragen zum Schweigen gebracht. Mr. White war unser Sportlehrer und hatte früher als Soldat im zweiten Weltkrieg gedient. Von allen Lehrern auf dieser Schule wollte ich gerade von ihm als letztes dabei erwischt werden, wie ich einen Mitschüler verprügele. Immer noch fest in seinem Griff, zog er mich Richtung Lehrerzimmer und hinter mir konnte ich noch das Kichern der beiden vernehmen. Ich wusste, dass ich gar nicht zu versuchen brauchte, meine Lage zu erklären. Mr. White hatte schon immer etwas gegen mich gehabt und diese Ungerechtigkeit machte mich

wahnsinnig. Jeder Muskel in mir verkrampfte sich vor Wut.
„Als ich in deinem Alter war, wäre ich von meinem Lehrer verprügelt worden. Leider sind diese Zeiten vorbei, also wirst du dir jetzt eine schöne Moralpredigt anhören müssen.“
Er schubste mich beinahe auf einen der freien Stühle und schloss danach die Türe des Lehrerzimmers.
„Sam. Du weißt, ich kenne Daniel persönlich, deswegen ist mir sehr wohl klar, dass er als Elternteil kaum Genüge tut. Deswegen mangelt es dir an Ehre, Stolz, Disziplin und vor allem mangelt es dir an Respekt...“
In solchen Momenten versuchte ich, einfach abzuschalten und die Zeit vergehen zu lassen.

Ich hasse alles und jeden auf dieser Erde.

„Du heißt Sam, richtig?“.
Gerade war ich noch in meinen Gedanken versunken und kauerte an meinem üblichen Baum im Pausenhof, als sich eine fremde Gestalt vor mir aufgebaut hatte. Es war eine der vier Personen, die mich heute Morgen beobachtet hatten, als ich Daniels Jeep abgesperrt hatte. An seiner arroganten und selbstbewussten Art erkannte ich, dass er der Anführer der Gruppe sein musste.
Geduldig wartete er auf eine Antwort, doch nach einer Zeit begriff er, dass ich wohl nie antworten würde.
„Ich hab dich heute Morgen auf dem Parkplatz gesehen.“
Zugegebenermaßen wurde ich schon neugierig, was dieser Junge von mir wollte, doch instinktiv baute sich in mir eine Skepsis auf. Bisher hatte er mich immer ignoriert.
„Mir ist aufgefallen, dass ihr mich beobachtet habt.“, gab ich ihm zurück und schaute dabei den Rest von seinem Clan an, der sich ein paar Meter von uns ruhig hielt, aber immer wieder vorsichtig zu uns rüber spähte.
„Ich bin Noah Johnson.“

Zu seiner Vorstellung bot er mir die Hand an, doch ohne sie zu erwidern fragte ich ihn: „Und was willst du von mir, Noah?“.

Nun ging er vor mir in die Hocke, damit unsere Augen auf gleicher Höhe waren. Dadurch fiel es mir schwer, seinen Blicken noch auszuweichen.

„Du hasst doch dieses Dorf und diese Schule, oder Sam?“

Seine Augen funkelten mich an.

Gerade noch schaffte ich es, zu nicken, bevor er zügig weitersprach: „Wir, also Aidan, Sofie, Jaydan und ich, wollen ein paar Wochen oder sogar länger durch das Land fahren. Uns die Staaten ansehen und jede Menge cooles Zeug erleben.“

Mein verächtliches Schnauben schien ihn zu stören, dabei musste er doch ahnen wie, unvernünftig sich solch ein Plan anhörte.

„Wieso solltet ihr mich denn bei so etwas dabei haben wollen? Und wie habt ihr euch das denn vorgestellt? Für so eine Aktion braucht man Geld.“

Nun fing er an zu lächeln: „Wir brauchen dich als Fahrer, Collister. Ich bin der Einzige, der einen Führerschein hat, und auf weiten Strecken fährt es sich zu zweit leichter. Das Geld treiben wir schon irgendwie auf. Aidans Vater ist ziemlich reich. Er wird uns das Benzin zahlen, aber nicht mehr. Jeder von uns kratzt also all sein Geld zusammen und falls wir keins mehr haben, werden wir halt ein bisschen arbeiten gehen müssen.“

Und ich dachte immer, dass ich verrückt wäre. Was sie da planten, war unvernünftig und gefährlich. Vermutlich würden sie irgendwo, als halbverhungerte obdachlose Landstreicher enden.

„Es tut mir leid, aber ich kann leider dein Angebot nicht annehmen. Ich würde auch die Erlaubnis nicht bekommen.“, lehnte ich ab und erhob mich. Kein weiteres Wort wollte ich mir von diesem Verrückten noch anhören, doch leider wurde ich am Oberarm gepackt. Noah hatte sich ebenfalls aufgerichtet und zog mich dicht an sich heran.

Seine Stimme klang nun viel ernster und eindringlicher: „Du brauchst keine Erlaubnis. Wir sagen niemandem Bescheid. Heute in der Nacht werde ich vor deinem Haus halten und du hast bis dahin schon dein Zeug unauffällig gepackt. Am nächsten Morgen werden sie nur noch fünf leere Betten von uns finden."

Ich versuchte, mich aus seinem Griff zu lösen, doch er zog mich schließlich noch näher zu sich heran. Plötzlich wirkte er gar nicht mehr wie ein naiver Achtzehnjähriger. Er meinte es todernst.

Ruhig flüsterte er weiter: „Auf dieser Schule gibt es viele, die einen Führerschein haben, aber es gibt einen Grund, warum dich gefragt habe, Sam. Du gehörst zu den Menschen, über die sich selbst der Herrgott lustig macht. Jeden Tag gehst du an Grace und ihrem neuen Freund vorbei. Sie scheißt dir sprichwörtlich Tag für Tag auf den Kopf. Hast du es nicht Leid, wie du behandelt wirst? Momentan ändert sich dein Leben ständig und zieht dich einfach mit. Dein Leben hat dich unter Kontrolle. Denkst du nicht, dass es endlich mal Zeit wird, dass DU deinem Leben zeigst, wer hier der Boss ist? Sei ein Mann und nimm dein Schicksal selber in die Hand. Das wird nicht nur ein Ausflug, sondern der Beginn einer neuen Ära für dich. Für uns Alle!"

Nun hatte er mich geködert. Seine Worte ergaben Sinn. Ohne groß darüber nachzudenken, gab ich auf seinen Vortrag murmelnd zurück: „Keine halben Sachen…".

„Keine halben Sachen", bestätigte er.

Noch einmal dachte ich gründlich darüber nach. Dies war keine Entscheidung, was man zu Abend isst. Ich würde mein Leben auf den Kopf stellen. Mein jetziges Leben würde nicht mehr existieren. Ich würde alles aufgeben, was ich hatte. Aber was genau würde ich verlieren? Einen unfähigen Erziehungsberechtigten? Verständnislose Lehrer? Zwei Feinde, die mich, seitdem ich zur Schule ging, drangsaliert hatten? Wieso sollte ich an meinem jetzigen Leben festhalten? Noah hatte recht: Ich werde tagtäglich angeschissen. Aber dennoch hatte ich auch Angst. Es war die natürliche Angewohnheit des Menschen, jede Veränderung zu fürchten. Das Unbekannte willkommen zu heißen, erfordert großen Mut und Entschlossenheit.

Ich drückte fest die goldene Uhr in meiner Hosentasche.

„Okay. Ich bin dabei."

Noahs Augen leuchteten erneut auf, doch dieses Mal vor Freude: „Klasse! Also heute Nacht um ein Uhr in der Früh bin ich bei dir. Nicht früher und nicht später. Du stehst dann schon auf der Straße, damit du einfach schnell rein springen kannst. Den ersten Teil werde ich fahren und nach ein paar Stunden wechseln wir, also sei ausgeschlafen.“
In mir baute sich eine beunruhigende Vorfreude auf.
Nickend wollte ich von ihm ablassen, doch sofort festigte sich sein Griff wieder und zog mich erneut an sich heran: „Eins noch: Erzähle niemandem davon. Hast du verstanden?“.
Wieder nickte ich kaum erkennbar und endlich gab er mich frei.

Der restliche Schultag ging an mir vorüber, als hätte es ihn nie geben. Meine Gedanken waren viel zu aufgewühlt, als dass ich mich auf den Unterricht hätte konzentrieren können. Warum sollte ich auch noch zuhören? Wenn wir viele Wochen unentschuldigt fehlten, würden sie uns von dieser Schule suspendieren.
Also wären wir fünf Menschen ohne Abschluss. Zukunftslose würden manche dazu sagen. Immer wieder überlegte ich, ob ich nach der Schule nach Noah suchen sollte, um ihm zu sagen, dass ich doch nicht mitkommen wollte. Die Konsequenzen würde ich dann schon ertragen. Er würde ein wenig zetern, dann versuchen mich noch einmal zu überreden und schließlich jemand anderen fragen.
Hatte ich die richtige Wahl getroffen? Würde mein Leben ab jetzt besser werden, oder versaute ich mir es nun komplett? Am Ende des Unterrichts kam ich zu dem Entschluss, dass ich mich immer noch umbringen konnte, wenn es ab heute noch schlimmer werden würde. Dieser Gedanke beruhigte mich ungemein.

Als ich die Schultüre öffnete und die ersten Sonnenstrahlen meine Haut berührten, fühlte ich mich plötzlich ganz anders. Als wäre ich gerade neu geboren worden. Durch mich strömte eine Energie, die mir sagen sollte, dass

ab jetzt endlich alles anders wird. Ich wette, so fühlt es sich auch an, wenn man seinen Abschluss gemacht hat und ein letztes Mal den Schulweg nachhause läuft. Das Gefühl, ein freier Mensch zu sein, begleitet von der Gewissheit, einen gewaltigen Sprung in Richtung Zukunft gemacht zu haben. Nun würde sich alles ändern und das war schön.
Selbst Jacob schien mich nicht aufhalten zu wollen. Er lehnte an einem der Geländer an unserer langen Schultreppe, die runter bis zur Hauptstraße führte. Neben ihm Ben, der sich immer noch seine rechte Rippenpartie festhielt. Ich hatte ihm wohl ganz schön zugesetzt und ich musste gestehen, dass gefiel mir so sehr, dass mein Grinsen noch breiter wurde. Während Ben so tat, als habe er mich nicht gesehen, blickte Jacob mich ehrfürchtig an. Solch einen Ausdruck hätte ich nie geglaubt, von ihm jemals zu bekommen. Konnte er es fühlen? Fühlte er, dass wir uns zum letzten Mal sahen? Ab jetzt war ich mir sicher, die richtige Entscheidung getroffen zu haben. Ich fühlte mich mächtig und unfassbar stark, als könne ich noch heute die ganze Welt aus den Angeln heben.

Auf dem Weg zum Auto sah ich noch einmal Noah. Er hockte zusammen mit einem unbekannten Mädchen auf einer Bank im Pausenhof, gerade mal einhundert Meter von mir. Er küsste sie heftig und sie schien verwundert.
Es war ein Abschiedskuss. Dessen war ich mir sicher. Noah gab viel mehr auf, als ich. Was war sein Beweggrund? Wollte er einfach ein Abenteuer? Oder lief er vor irgendetwas davon. Ich weiß es bis heute nicht und mittlerweile ist es mir auch egal. Auf den Noah-Clan, zu dem ich nicht gehörte und der somit aus vier Leuten bestand, wartete ein grausames Schicksal, das in dieser Nacht seinen Lauf nehmen würde.

Die Aufregung brachte mich fast um. Mir war klar, dass ich nicht zuhause in meinem Zimmer hocken würde können, um Selbstgespräche zu führen und dabei Musik zu höre. Was ich nun brauchte, war Ablenkung, doch wie sollte ich diese finden? Viele Stunden fuhr ich mit dem Auto quer durch Jackson und sah mir die Landschaft an. In so vielen kleinen Orten steckte eine Erinnerung. Der Spielplatz, auf dem ich mal als kleines Kind verhauen wurde, der Supermarkt, an dem ich mit sechszehn Zigaretten klaute und mir dann „cool“ vorkam, als ich sie hustend geraucht hatte, und die kleine Kapelle, an der ich gebetet hatte, um mich bei meinen Eltern für mein Verhalten zu entschuldigen. Sie waren sicherlich nicht sehr stolz auf mich, wenn es so etwas wie ein Paradies überhaupt gab. Auf irgendeine Weise würde mir Jackson sicher fehlen, denn den Großteil meines Lebens hatte ich hier verbracht. Dieser Ort hatte mich lange unter Kontrolle gehabt und nun brach ich aus. Wie ein Adlerjunges, das aus dem Nest hüpft, um zu fliegen.

Hoffentlich kann ich auch fliegen.

Als ich nach Hause kam, klebte an der Haustüre ein Zettel:

Hey Sam,
bin was
trinken gegangen.
Räum die Bude auf,
sonst versohle ich dir deinen Arsch.

Manchmal stellte ich mir vor, dass Daniel einfach nur einen ganz speziellen Scharm hatte und diese Nachrichten nicht böse, sondern humorvoll gemeint waren. Dass es nur leere Drohungen waren. Dass er zur Tür rein kam, sich gespielt umsah und mit einer übertrieben tiefen, ernsten Stimme sagte: „Na, wie sieht‘s denn hier aus? Da hat sich wohl jemand eine Lektion verdient und diese lautet: Kitzel-Attacke!“ Daraufhin würde er sich auf mich stürzen und miteinander raufen, ohne uns wirklich weh zu tun, so wie das Väter und Söhne nun mal machen. Zumindest kannte ich das so aus dem Fernsehen. Machen das Väter eigentlich wirklich? Vielleicht ein paar...
Naja, das alles war leider nur ein Wunschgedanke. Jedes Wort, das da stand, war absolut ernst gemeint. Dieses Mal enttäuschte mich seine Nachricht

jedoch nicht. Lächelnd stellte ich mir sein Gesicht vor, wie er feststellte, dass ich mich dieses Mal seinen Forderungen widersetzt hatte. Er würde wütend in mein Zimmer stapfen und ein verlassenes Bett vorfinden, sowie Noah es beschrieben hatte. Würde er mich vermissen, wenn ich nicht mehr bei ihm war? Würde er dann verstehen, was er all die Jahre lang falsch gemacht hatte? Schweigend strich ich durch die Räume und betrachtete meine vergangene Zeit. Warum hatte man mir dieses Leben gegeben? Alle Erinnerungen stauchten sich zu einem schwarzen Ball in mir zusammen. Es schien mich fast von innen aufzufressen.
„Je eher ich hier rauskomme, desto eher werde ich leben können.", dachte ich.

Unter „Gutes Leben haben"
versteht jeder Mensch etwas anderes.
Daher wird man dir verschiedene Ideen des Glücks aufzwängen.
Glücklich sein und ein „Gutes Leben haben" wirst du erst dann,
wenn du deine eigene Idee gefunden hast.

Einen Moment dachte ich schon, sie würden nicht auftauchen, doch dann bog ein kleiner, silberner Mercedes um die Ecke und nachdem zweimal schnell hintereinander die Lichthupe betätigt wurde, war ich mir sicher. Mit herunter gelassenem Fenster flüsterte Noah mir über die Straße zu: „Komm schnell. Leg deine Tasche in den Kofferraum."
Zügig verstaute ich meine Tasche wie befohlen, wobei ich nur schwer Platz zwischen den anderen Gepäckstücken fand und setzte mich auf die Beifahrerseite.
„Darf ich vorstellen? Das ist Sam Collister. Sam, das sind Jaydan und Sofie Summers und Aidan Doe."
Nun hatten alle Gesichter von dem Noah-Clan einen Namen. Die drei Gestalten auf der Rückbank schienen kein großes Interesse an meiner Person zu haben. Sie wollten mich nicht mit dabei haben. Jaydan und Sofie Summers sahen sich durch ihre Verwandtschaft sehr ähnlich und ich schätze, dass Sofie die ältere von den beiden war. Ihre Gesichter hatten beide weiche Gesichtszüge und selbst das Blond ihrer Haare war fast identisch. Auch ihre Augen, die weichen Wangenknochen und ihre allgemeine Körperhaltung sprachen für ihre Verwandtschaft. Jaydan machte auf mich einen unreifen Eindruck. Nach meiner Meinung gehört er zu den Menschen, die unsere Welt

verschwommen und mit einem hohen Kontrast betrachten. Irgendwann würde er vielleicht einmal aufwachen und erkennen, dass dieses Leben ernster ist, als man zuerst glaubt. Aidan war schwarzhäutig, groß und muskulös. Als wäre er der geborene Basketballspieler. Seinen Kopf hatte er, wie Daniel, kahl rasiert und sein ernster Blick ließ mich vermuten, dass sein Leben ihn schon öfters auf eine harte Probe gestellt hatte. Anders als Sofie und Jaydan, war er hier in diesem Auto, aus einem ähnlichen Grund wie ich selbst. Wir liefen davon, um alles auf eine Karte zu setzten. Bei den anderen zweien schien der Beweggrund eher aus jugendlichem Leichtsinn zu bestehen.
„Und das Abenteuer beginnt!“, rief Noah begeistert und brachte den Wagen zügig ins Rollen. Bei ihm war ich mir nach wie vor unsicher, warum er sich auf diese Reise machte. Wonach suchte er?

Die ersten Stunden unserer Fahrt vergingen. Wir fuhren durch leichten Nieselregen auf der Landstraße von Wisconsin Richtung Minneapolis. Von dort aus ging es weiter Richtung Süden, bis wir Faribault erreichten. Eine Kleinstadt mit ungefähr fünfzehntausend Einwohnern. Dort würden wir uns ein Motel zum Übernachten suchen. Irgendwie bereute ich es jetzt schon, mich auf diese Sache eingelassen zu haben. Der Clan machte es mir unmöglich, mich in ihrer Gruppe zu integrieren. Sie redeten ausgiebig miteinander und meist sprachen sie über Themen, bei denen man Insider-Wissen brauchte. Jaydan war sogar so dreist und sprach es einmal direkt an, dass er es besser finden würde, wenn sie nur zu viert verreisen würden. Noah setzte sich zwar kurzzeitig für mich ein und erklärte, dass meine Anwesenheit notwendig sei, aber letztendlich fühlte ich mich ausgeschlossen. Ich fragte mich, ob ich einfach Noah bitten sollte, mich aussteigen zu lassen, damit ich einfach wieder mit dem Bus nach Hause fahren konnte. Ungefähr um fünf Uhr in der Früh wäre ich wieder in Jackson gewesen, hätte meinen Anschiss von Daniel abgeholt und dann zwei Stunden geschlafen, bevor ich mich für die Schule hätte fertig machen müssen. Doch wahrscheinlich hätte mich Noah jetzt nicht mal gehen lassen. Er gehörte zu den Menschen, die, wenn sie sich etwas in den Kopf gesetzt hatten, dies auch durchziehen wollten. Die meiste Zeit lehnte ich also meinen Kopf an das Fenster, beobachtete, wie die dürren Tannenbäume an mir vorbeizogen und lauschte der kleingeistigen Unterhaltung des Noah-Clans.

Na, das kann ja was werden…

Das Motel war das preisgünstigste, das wir auf die Schnelle finden konnten. Ein grimmiger alter Mann drückte uns die Zimmerschlüssel in die Hand, nachdem wir uns mit falschen Namen eingeschrieben hatten. Um Geld zu sparen, bezahlte Noah für ein kleines Zimmer, das eigentlich nur für zwei Personen gedacht war.
„Das ihr mir aber nichts kaputt macht oder sonstige Schweinereien.", brummte der alte Mann. Mit der geballter Faust vor dem Mund, fing er an wie wild zu husten.
„Natürlich nicht, Sir. Wir sind anständige Gäste und hinterlassen das Zimmer so, wie wir es vorgefunden haben.", sagte Noah höflich und steckte den Zimmerschlüssel in die Tasche.
„Mir ist scheißegal, was ihr in dem Zimmer macht, was kaputt geht, wird bezahlt!".
Er wollte sich schon von uns abwenden, als ihm plötzlich noch etwas einfiel: „Und wehe, ihr schlachtet ein lebendes Schwein."
Die Drohung war nicht als Scherz gedacht.
Erst als er unsere geschockten Blicke wahrnahm - die Summers bekamen ihre Münder nicht mehr zu - ergänzte er: „Hier waren mal so scheiß Satanisten. Das Schwein war vermutlich eine Opfergabe oder so. Musste dann alles selber sauber machen und der Gestank ging wochenlang nicht mehr raus. Habt ihr schon mal an einem toten Schweinekadaver gerochen? Gott im Himmel, das ist wahrhaftig kein schöner Geruch."
Es schien mir überflüssig zu erwähnen, dass ich nun begriffen hatte, warum die Zimmer hier so billig waren.

Unser Apartment war die letzte Türe und somit am weitersten von der Rezeption entfernt. In den vier Wänden sollte nun mein Schicksal eine völlige Wendung nehmen. Unser aller Schicksal, wenn man es genau betrachtet. Mit nassen Haaren standen wir eng nebeneinander gedrängt im unserem kleinen, neuen Reich.
„Okay, wir schlafen zusammen auf dem Bett und du, Sam, schläfst auf dem Sofa.", bestimmte Noah, ohne mich zu fragen, ob ich einverstanden war. Das Sofa war unglaublich klein und glich eher einem Sessel für zwei Personen. Eine Nacht darauf zu verbringen schien mir unmöglich, aber die anderen

mussten sich zu viert ein Bett teilen, das eine Breite von eineinhalb Metern hatte. Also würde für uns alle die Nacht nicht angenehm werden. Dennoch fand ich es erneut enttäuschend, dass ich wieder einmal ausgeschlossen wurde. Vielleicht war ich auch nur durch die Müdigkeit empfindlich geworden.
Ohne einen Mucks von mir zu geben, beobachtete ich die Vier, wie sie zusammen funktionierten. Als hätten sie ihr ganzes Leben miteinander verbracht, waren sie zu einer Einheit zusammengeschmolzen. Es missfiel mir, dass Noah Sofie ungewöhnlich nah kam. Schließlich hatte ich ihn gestern noch mit einem anderen Mädchen gesehen. Sofie schien Noahs Aufmerksamkeit sehr zu genießen und ich fragte mich, ob sie über das andere Mädchen Bescheid wusste. Er packte sie an der Taille und zog sie fest an sich und sie reagierte darauf, indem sie kichernd die Arme um seinen Hals schlang.
„Hey Sam, du wurdest doch von Grace verarscht oder?", fragte mich Jaydan mit einem schadenfrohen Lächeln. Mir war nicht klar, warum es ihm gefiel, alte Wunden aufzureißen.
„Ja", gab ich plump zurück.
Nun kicherte Jaydan, ähnlich wie seine Schwester und ließ sich neben Noah und Sofie aufs Bett nieder. Die beiden waren schon heftig mit Küssen beschäftigt und nutzten das ganze Bett für sich, um sich hingebungsvoll zu streicheln, wobei jede Bewegung mit einem knarzen der alten Bettfedern begleitet wurde.
Das Apartment wirkte sehr alt und hatte wirklich eine Renovierung nötig. Der dunkelgrüne Teppich war an vielen Stellen ausgefranst und schmutzig. Die orange Tapete an den Wänden gab einem zwar ein warmes und geborgenes Gefühl, aber auch diese löste sich schon an so manchen Stellen ab.
Aidan hatte sich auf den Boden gesetzt und beobachtete mich schon eine Weile: „Wenn ich du wäre, hätte ich es der Schlampe heimgezahlt."
Kurzzeitig überlegte ich, was ich darauf sagen sollte. Inwiefern hätte ich es ihr denn heimzahlen können? Hatte sie überhaupt eine Strafe verdient? Immerhin wurde sie von anderen Mitschülern manipuliert.
Ein Klopfen unterbrach meine Gedanken und selbst Noah richtete sich von Sofie auf.
„Hey, jemand Zuhause?", sang eine bezaubernde Stimme von draußen. Zuerst dachte ich, die Stimme hätte nur ich gehört, doch nun stand auch Aidan irritiert auf und starrte auf die Türe. Jaydan wies mit einem Kopfnicken darauf hin, dass Noah an die Türe gehen sollte.

Lässig ging er seiner Aufgabe als Anführer nach und öffnete die Türe einen Spalt: „Kann ich dir helfen?“.
Sein Ton verriet mir, dass ihm die Person dort draußen gefallen musste. Vielleicht gehörte Noah aber auch zu den Männern, denen allen Menschen imponieren, solange sie keine Y-Chromosomen besaßen.
„Oh durchaus, wir wollen ein bisschen Spaß haben. Ihr habt doch auch gerne Spaß, oder?“
Mir war nicht klar, was mich dazu brachte, aber mein ganzer Körper versetzte sich in Alarmbereitschaft. Noah öffnete die Tür ein wenig weiter und da das Bett genau gegenüber stand, konnten nun auch Jaydan und Sofie einen Blick auf die neu aufgetretene Person gewinnen. Während Jaydan plötzlich höchst erfreut wirkte, reagierte Sofie verärgert. Offenbar hatte sie sich erhofft, Noah für sich alleine zu haben. Nur ich und Aidan hatten noch keinen Blick von der Frau erhaschen können.
„Kommt darauf an, was du unter Spaß verstehst.“
Der arrogante Ton von Noah missfiel mir.
„Meiner Erfahrung nach wird es dir nicht so sehr gefallen wie mir, aber ich stelle dir mal mein Baby vor.“
Mit dieser Aussage versetzte sie scheinbar den Raum in völliges verdutzen. Alle Augen starrten weiterhin auf Noah, als er käseweiß zurück stolperte und sich auf das Bett fallen ließ. Sein eigener Blick ließ dabei die Gestalt von außerhalb nicht aus den Augen. Was hatte er gesehen?

Nun sah ich sie zum ersten Mal. Die weibliche Gestalt betrat den Raum. Ihre linke Hand ruhte auf der Hüfte, während sie in der anderen einen silbernen Revolver auf die Schulter ablegte. Ihre Ausstrahlung war atemberaubend. In ihr schien eine unglaubliche Macht zu ruhen, mit der sie uns alle in Fetzten reißen hätte können. Niemand konnte den Blick von ihr abwenden und der ganze Raum füllte sich mit ihrer Aura. Sie hatte etwas finsteres an sich. Niemand brauchte eine gute Menschenkenntnis um zu erkennen, dass sie zu den unberechenbarsten Menschen zählte. Mit ihrer Waffe, dem Strohhut, der ein bisschen zu großen Bluse und den ausgewaschenen Jeansshorts wirkte sie wie ein Cowgirl.
Lässig richtete sie ihren Revolver auf Noah und lächelte nach wie vor freundlich, als gäbe es nichts Ungewöhnliches an dieser Situation. Eine

weitere Person betrat den Raum. Während ich die Frau auf Anfang zwanzig geschätzt hätte, war diese Person doppelt so alt. Ein kleiner Mann mit Halbglatze und der gleichen finsteren Aura. Im Gegensatz zur Frau wirkte sein Gesicht eingefallen und hässlich. Seine übrig gebliebenen Haare waren dünn wie Spinnweben. Sein Auftreten war nicht elegant, lässig und höflich wie bei der Frau, sondern ungehobelt und fast tollpatschig. Während er seine Latzhose zurechtzog, musterte er uns. Die ängstlichen Gesichter schienen ihm Freude zu bereiten.
„Na, Mason. Die kleine wäre doch was für dich?“, sagte die Frau mit einer festen und sicheren Stimme. Irgendetwas war an ihrer Art faszinierend.
„Oh ja. Genau meine Liga.“
Der Mann, der nun als Mason geoutet war, kratze sich an seiner Knollnase und fuhr dann fort: „Hab schon ewig nichts mehr zum Ficken bekommen.“
Zwei Menschen wie Tag und Nacht. Bewunderung und Ekel. Grazie und Taktlosigkeit.
Voller Vorfreude klatschte Mason in die Hände und leckte sich mit der Zunge über die Lippen. Nur kurz warf er einen Blick auf Aidan und wandte dann seine Aufmerksamkeit wieder Sofie zu.
„Und schau, für Conner ist auch noch was da.“
Die Frau lächelte Aidan freundlich an, ohne dabei mit der Waffe von Noah abzulassen.
„Ja stimmt. William, schau mal was hier für dich da ist!“, rief sie über die Schulter.
„Ja, genau. Schwing deinen Arsch hier her. Heute ist wieder ein Glückstag!“
Begleitet von Masons krächzendem Lachen betrat ein weiterer Mann den Raum. Seine Statur war groß und schlank. Er machte zwar nicht den kräftigsten Eindruck, aber trotzdem war er sportlich und wirkte im Vergleich zu den anderen beiden am normalsten. Sein Blick fühlte sich mit Trauer und Wut, als er Aidan anblickte.
„Wahrhaftig ein Glückstag.“
Eine tiefe und männliche Stimme sprach diese Worte aus, wie ein Dichter es täte.
Es fiel mir schwer, mit den neuen Gegebenheiten umzugehen. Dieser Raum war einfach nicht für so viele Menschen geschaffen.
Mason trat zügig um das Bett und griff nach Sofies Handgelenk.
„Lass sie los!“, brüllte Noah, als wäre es ein innerer Reflex, der in dazu trieb

und versuchte Masons Griff von ihr zu lösen, doch dieser lächelte nur und spuckte die nächsten Worte förmlich in sein Gesicht: „Sag gute Nacht, Arschloch."

Ein lauter Knall ließ mich zusammen fahren. Für eine zehntel Sekunde konnte man erkennen, wer zu wem gehörte. Alle, die nicht einmal mit der Wimper gezuckt hatten, gehörten zu den Neuankömmlingen, und alle, die vor Schreck erstarrten, zum Noah-Clan. In dem Moment, als dieser Knall ertönte, wurde Noahs Kopf zur Seite gerissen und die Wand hinter ihm verfärbte sich explosionsartig zu grellem Rot. Das restliche Blut verteilte sich auf dem Bett und in den Gesichtern der Geschwister Summers. Noahs Haltung wurde schlaff, als würde seine Seele davon schweben und seinen leeren Körper als Hülle zurücklassen. Leblos klatschte er auf das Bett. Sofie kreischte zugleich heiser auf und versuchte, die kleinen Gehirnstückchen von ihrer Hose zu kratzen, während Jaydan hingegen reglos vor sich hin starrte, als könnte er nicht begreifen, was er da gerade gesehen hatte. Aidan machte Anstalten, sich aufzurichten, um vielleicht zu fliehen, doch der sportliche Mann an der Tür brachte ihn wieder dazu sich zu setzen, indem er ihm mit einem Doppelklingenmesser drohte, das er nach dem Schuss gezückt haben musste. Mein Gefühl wollte mir sagen, dass Noahs Tod nicht echt sei.

Es zwang mich, an Filme, Bilder oder sonstige Momente, in denen ich einen Menschen sterben gesehen hatte, zu denken und damit einen Vergleich zu ziehen, um mich damit zu beruhigen: Das war nicht echt, das passierte hier nicht wirklich. Gleich würde ein Publikum hinter den dünnen Wänden des Motels applaudieren. Alle Darsteller samt mir würden sich verbeugen und auch Noah würde aufspringen und breit grinsend der tobenden Menge winken, immer noch mit dem blutigen Loch in seinem Kopf. Keine Sorge, das war alles nur Show. Alles gesichert, mit doppeltem Boden ausgestattet. Nichts von alledem war echt gewesen. Es ist alles in bester Ordnung...

Doch es war echt und das versuchte ich, in meinem Kopf klarzustellen: Was hier gerade passiert war, war echt. Noah Johnson hatte gerade einen Kopfschuss bekommen und somit sein Leben in diesem Motel gelassen. Ich war Zeuge eines Mordes geworden. Sofie wurde nicht der Moment gelassen, die Sache nur auf irgendeine Art und Weise zu verdauen. Mit aller Kraft packte Mason erneut ihr Handgelenk und zog sie mit allen Mitteln in das Badezimmer. Er musste sich nur noch gegen ein bedingtes Widersetzen behaupten, da Sofies Wille nun gebrochen war. Erneut musste William

Conner Aidan mit seinem Messer drohen, als dieser kurzzeitig versuchte, Sofie zu helfen. So sehr mich Aidans Heldenmut erstaunte, so schockierend fand ich es, dass Jaydan auf das Schreien seiner Schwester kaum reagierte. Seine volle Aufmerksamkeit galt dem rauchenden Revolver. Der Gesichtsausdruck der Frau hatte sich kaum verändert. Es war mehr als nur ein Pokerface. Tief in sich verspürte sie tatsächlich keine Veränderung. Wahrscheinlich war sie selbst kurz vor dem Abdrücken nicht einmal nervös gewesen.

In meinem Leben hatte ich Mädchen immer als kichernd, kreischend und schwatzend erlebt. Sie wirkten immer verspielt, verwirrt und unkontrolliert. Als kämpften sie jeden Tag mit sich selbst und ihren Gedanken. Bei dieser Frau war dies etwas anders. Sie hatte ein festes Auftreten und eine machtvolle Körpersprache. Es machte fast den Eindruck, man könnte sie gar nicht aus der Rolle bringen. An solch einer Willensstärke und so einem Selbstbewusstsein hatte ich schon immer gearbeitet. Also war sie an diesem Ziel, an das ich gelangen wollte.

„Wieso lächelst du denn?“, fragte sie mich und warf mich aus meinen Gedanken.

Hatte ich gerade gelächelt?

„Wie heißt du?“

Erneut beeindruckte mich diese feste Stimme, doch gleichzeitig wurde auch meine Angst größer.

„Sam“, brachte ich hervor und versuchte hilflos, ihrem Blick standzuhalten. Mein Herz hämmerte in meiner Brust. Wahrscheinlich würde sie mich bald auch töten.

Doch als ich meinen Namen ausgesprochen hatte, veränderte sich die Stimmung in diesen vier Wänden. Niemand sagte mehr ein Wort und die einzigen Laute, die noch ertönten, war das verzweifelte Schreien von Jaydans Schwester. Aus dem Kontext heraus schloss ich, dass sie gerade sexuell vergewaltigt wurde.

William lächelte die Frau schadenfroh an: „Der kleine heißt genauso wie du.“ Ihr Name war also auch Sam. Ich entnahm ihrer Mimik, dass unser gemeinsamer Name ihr missfiel.

„Ich hab gefragt, warum du gelächelt hast.“, wiederholte sie schroff und legte den Revolver auf ihrer Schulter ab.

Verzweifelt versuchte ich in meinem Kopf wahllose Wörter zu einem Satz zu

formen, doch leider wusste ich selbst keine Antwort auf ihre Frage. In meinem Hals bildete sich ein Kloß, der immer größer zu werden schien.
„Gefällt es dir, wenn ich Menschen töte?“
Sie stellte diese Frage nicht rhetorisch, sie wollte wirklich wissen ob dies so war. Für meinen Kopf war das alles viel zu surreal, als könne ich über so eine Frage nachdenken.
„Ich denke, der kleine gehört zu den Jungs, die auf Frauen mit Waffen stehen.“, sagte William und lachte spöttisch auf.
„Ist das so? Mach ich dich geil, wenn ich Menschen das Hirn raus blase?“.
Nun war ihre Stimme rau und tief, als wollte sie mich verführen. Immer noch bekam ich kein Wort über meine Lippen und wieder wusste ich nicht, wie ich mit dieser Situation umgehen sollte.
„Willst du es mal versuchen? Es ist nicht so schwer, wie es aussieht.“, bot mir Sam höflich an, als würde sie mir nur das Schnipsen beibringen wollen.
„Ich…“, brachte ich hervor und verfiel wieder in meiner Versteinerung. Während mein Köper regungslos war, rasten die Gedanken in meinem Kopf umher. Nichts gelang mir mehr zu begreifen.
„Komm her. Es wird dir gefallen.“
Vorsichtig ging sie auf mich zu, als würde sie mich sonst wie ein Rehkitz verscheuchen und streckte mir die Hand entgegen. Als sie feststellte, dass ich mich immer noch nicht rührte, griff sie grob nach meinem Oberarm und zog mich auf die Beine. In wenigen Schritten stand ich, mit wackeligen Beinen vor Jaydan und starrte in seine ängstlichen Augen.
William Conner hatte sich neben Sam gesellt, ohne dabei Aidan aus den Augen zu verlieren und flüsterte ihr zu: „Sam, was hast du vor?“.
Anstatt auf die Frage zu reagieren, drückte sie ihren Körper von hinten an mich heran, sodass ich ihre Brüste spüren konnte. Sie nahm meinen Arm, wie einen Tennislehrer in die Hand.
„Ich werde dir zeigen, wie es geht.“
Ihre Stimme war so nah an meinem Ohr, dass ich eine Gänsehaut am Nacken bekam. Noch nie war ein Mädchen so dicht an mir gewesen. Behutsam legte sie ihren Revolver in meine Hand und richtete ihn auf Jaydan.
Eine gewisse Anspannung baute sich in William auf. Es schien ihm nicht zu gefallen, dass Sam mir ihre Waffe gab. Seine Vorsicht war unbegründet. Nicht einmal in Traum würde ich daran denken, die Waffe gegen die beiden zu richten. Dafür wurde ich von ihnen viel zu sehr eingeschüchtert. Sam wusste

das. Da war ich mir sicher.
„Fass am besten mit beiden Händen...", riet sie mir und führte meine linke Hand zur Waffe: „...und halte sie gut fest. Der Rückschlag ist beim ersten Mal ein wenig erschreckend."
„Sam, was zum Teufel machst du da?", fragte William sie erneut flüsternd.
Aus dem Badezimmer ertönte ein lauterer Schrei von Sofie. Endlich schien Jaydan sie wahrzunehmen. Verzweifelt fing er an zu weinen und senkte seinen Blick auf Noahs Leiche. Er konnte es nicht begreifen. Ich war mir sicher, in ihm tobten die Gedanken noch schlimmer als in mir. Vor ein paar Minuten war doch alles noch gut gewesen. Mit voller Erwartung hatte der Noah-Clan in gespannter Erwartung in die Zukunft geblickt, und was war jetzt?
„Du trägst Wut in dir, hab ich recht?", fragte mich Sam. Ihr angenehm warmer Atem war so nah an mir.
Sie legte ihren Kopf auf meiner Schulter ab und aus meinem Augenwinkel sah ich ihren Blick.
„Ich möchte, dass du dich auf diese Wut konzentrierst. Die Wut wird dein Katalysator sein, um den nächsten Schritt zu verdauen."
Was für eine Wut hatte ich? Wen sollte ich hassen? Sollte ich Gott hassen, weil er mir meine Eltern genommen hatte? Sollte ich meine Mitschüler hassen, weil sie mich nicht integrierten oder sogar drangsalierten? Warum sollte ich diese Wut an Jaydan auslassen? Er konnte nichts dafür, dass Daniel ein schlechter Vater gewesen war.
„Dein Kopf sagt dir, dass du nicht töten darfst, aber das ist keine Entscheidung, die du selbst getroffen hast. Es wurde dir so beigebracht. Die Menschen brechen andauernd ihre eigenen Regeln. Schon in dem Moment, als du geboren wurdest, wurdest du von dem Virus namens Mensch infiziert. Dieser Virus macht dich arrogant. Wir halten uns für etwas Besseres. Für etwas Großartiges. Soll ich dir sagen, was wir sind?".
Aus dem Augenwinkel konnte ich erkennen, wie Aidan den Kopf hob. Anscheinend wollte er die Antwort auch wissen.
„Wir sind Monster."
Ihre Stimme wurde ganz tief: „Wir sind Abschaum. Die meisten Menschen wollen das nicht wahrhaben, doch ich akzeptiere meine Natur. Ich glaube, du gehörst zu den Menschen, die begreifen, dass man unsere Welt nicht mehr retten kann. Willst du wirklich weiter so vor dich hin leben, in der Hoffnung, du könntest irgendwann glücklich werden? Dein Leben lang hast du dich

unterdrücken lassen. Eine Hand wäscht nicht die andere. In unserer Welt pinkeln wir uns gegenseitig ans Bein und wer am meisten pinkelt hat gewonnen."
Nun konnte ich William Conners Blick auf mir spüren.
„Dein Leben lang wurdest du gefickt, doch jetzt kannst du endlich mal zurückficken.", stimmte er mit Sam ein. Ihre Worte brannten in meinem Herzen, als wäre mein ganzes Leben nur auf diesen Augenblick ausgelegt. Es gab nicht mehr viel zu denken. Letztendlich würde ich auf keinen grünen Zweig mehr kommen. Immerhin stand ich schon da, mit der Waffe in der Hand. Viel Zeit zum Nachdenken würde mir nicht mehr bleiben.
Vielleicht würde mein Leben sogar in den nächsten Minuten enden. Sie konnten mich nicht am Leben lassen. Ich kannte ihre Namen und wäre als Zeuge eine zu große Gefahr. Warum sollte ich nicht abdrücken? Warum sollte ich weiterhin ein guter Mensch sein? Es würde nur ein Zucken mit dem Finger sein und Jaydan wäre von diesem Albtraum befreit. Wenn auch nicht durch meine Hand, Jaydans Schicksal war es, heute zu sterben.
Noch ein letztes Mal holte ich tief Luft und ging den Satz meiner Mutter im Kopf durch:

Keine halben Sachen…

Dann drückte ich ab.

Kapitel 2: Eine neue Familie. (24.04.1986)

Verrückt, wie sich das Leben manchmal verändert. Das Schlimme ist, man kann meistens nichts dagegen machen. Ich persönlich bin oft nicht damit klar gekommen, wenn sich mein Leben zum Schlechteren verändert hat.
Verzweifelt wollte ich an der alten und besseren Zeit festhalten. Leider ist dies nur Zeitverschwendung. Nichts wird mehr so sein, wie es früher einmal war.
Je schneller man das akzeptiert, desto besser.

Ich konnte es in seinen Augen sehen. Jaydans lebhafte Augen, die diese Welt immer als einen Ort der Freude wahrgenommen hatten, waren nun leer. Als hätte ich das Leben aus ihnen gesogen. Nun gab es weder kindliche Verspieltheit noch seine junge Naivität in ihm.
Es war nur ein Zucken mit dem Finger. Eine kleine Tat mit großen Auswirkungen.
Gleich als ich abdrückte, wurde mein Handgelenk ruckartig hochgerissen, bis es schmerzte.
Obwohl ich es war, der abdrückte, erschrak ich von dem Knall.
Ich, der abdrückte, das Projektil auf die Reise schickte und damit ein Stück aus Jaydans Hals heraus riss.
Keuchend und Blut spuckend wurde er auf das Kissen neben Noah geschleudert. Nun bestritt er einen verbitterten Kampf gegen den Tod.
Verkrampft drückte er sich ins Hohlkreuz und presste seine beiden Hände auf die Wunde.
Ich fühlte mich schrecklich. Mein Entsetzen über mich selbst und meine Tat raubte mir jeden Atem. Wie konnte ich nur so etwas tun?
Schlapp ließ ich meine Arme herunter hängen und schaute auf mein blutiges Verbrechen.
„Wo bleibst du, Anthony? Du verpasst die ganze Show.“, rief William und klopfte mir auf die Schulter.
Sam schien überglücklich über meine Tat zu sein. Sie stand immer noch dicht an mir und schlang ihre Arme um meinen Körper.
„Ich wusste, dass du es kannst.“, kicherte sie in mein Ohr und zugleich wurde mir wieder heiß. Mir fiel auf, dass William mich mit einem Blick ansah, als

wäre er ebenfalls mit Stolz erfüllt. Auf irgendeine Weise schien mich das glücklich zu machen. Mir war nie klar gewesen, wie sehr mir ein Lob gefehlt hatte. Die Blicke der beiden ließen meine Zweifel schwinden und ersetzten sie langsam durch ein Gefühl des Erfolgs. Ich hatte ihre Erwartungen erfüllt. Noch nie war ich so angesehen worden. Die meisten Menschen nahmen mich nicht einmal richtig wahr. Andere schenkten mir nur gespielte Freude, wie meine Lehrer. Doch hier war es etwas anderes. Das Lächeln, das sie mir schenkten, war aufrichtig und wahrhaftig. Es galt nur mir.

Diese Menschen verstellten sich nicht.

Und machte sie nicht genau das zu ehrlichen Menschen?

Dennoch hatte ich Angst, dass diese schrecklichen Gefühle der Schuld mich irgendwann wieder einholen würden, die mich vor einer Sekunde noch zu erdrücken schienen.

Gedämpft vernahm ich, wie jemand den Raum betrat. Wer auch immer dieser jemand war, er gab mir nicht einmal die Zeit, ihn anzusehen. In dem Moment, als Sam sich von mir löste, wurde ein dickes braunes Seil um meinen Hals geschlungen. Bevor ich nur aus irgendeinem Instinkt heraus handeln konnte, wurde es fest um meinen Hals geschnürt und riss mich nach hinten. Stolpernd lag ich der neuen Gestalt zu Füßen. Es war ein Mann und er war riesig. Er hob seine rechte Hand, in der sich das Seilende befand, und brachte mich mühelos dazu, mich aufzurichten. Dann hob er sie noch ein wenig weiter, bis ich auf Zehenspitzen stehen musste und sich das dicke Seil so fest um meinen Hals so schnürte, dass keuchende Laute aus meiner Kehle drangen. William nannte diesen Mann Anthony. Er wirkte auf mich wie ein Monster. Seine Statur war die eines Stieres. Sein Gewand wirkte uralt. Seine braune Hose und der olivgrüne Pullover waren blass und an manchen Stellen eingerissen und fleckig. Selbst seine Schuhe waren ausgefranst.

Am schlimmsten jedoch war sein Gesicht. Seine Haut war dunkelgrau und wellig und an manchen Stellen mit vielen kleinen Bläschen übersät. Es waren Brandnarben. Diese Brandschäden waren nicht nur im Gesicht zu sehen. Er hatte sie auch an den Armen und am Hals. Wahrscheinlich hatte er sie am ganzen Körper.

„Beeil dich Anthony. Ich glaub, Mason ist gleich fertig.“, sagte William und schaute zur Badezimmertür.

Anthony hob mich in die Luft und schürte mir damit den Atem ab. Sein Blick war gleichgültig und ruhig, als würde er dabei nichts empfinden. Doch Tief in

seinen grünen Augen erkannte ich sogar so etwas wie Trauer. Sein Gesicht wirkte verformt, als wären diese Brandnarben bei einer solchen Hitze entstanden, dass seine Haut förmlich geschmolzen war. Langsam schnaufte er pfeifend die Luft durch seine dicke Nase. Verzweifelt versuchte ich, mit meinen Beinen irgendwo Halt zu finden, um mich nach oben zu drücken, doch sie ruderten nur in der Luft herum. Mit beiden Händen krallte ich mich an dem Strick fest.
Nun würde ich sterben. Als vorletzter vor Aidan.
Ich wollte nicht sterben. Ich hatte es mir zwar manchmal gewünscht, doch als die Luft immer weniger in den Lungen zu werden schien, kroch der Überlebenstrieb, wie der letzte noch lebende Krieger, hervor.
Mach, dass es aufhört!
Schau, dass du wieder Luft bekommst!
Wir dürfen nicht aufhören, zu leben!
Wir müssen leben!
Nun war jede Luft in meinen Lungen verbraucht und es baute sich wieder dieser Druck in meinen Augen auf.
Wieder...?
Ja, jetzt erinnerte ich mich. Ich war schon einmal in dieser Lage gewesen, nur war dies schon sehr, sehr lange her und ich hatte es daher völlig vergessen. Auf der Krankenstation war ich es gewesen, der mir den Strick umlegte hatte, um mich selbst zu erhängen. Damals hatte ich nicht gezappelt und mit den Füßen wild umher gerudert. Ich saß ruhig auf den Tod wartend wie ein Zauberer in der Luft. Mein ganzes Gewicht getragen von meinem kleinen Kinderhals.
Dieses Déjà-vu beruhigte mich ungemein. Vielleicht war es okay, nun endlich zu sterben. Es gab doch nichts, für was es sich zu Leben lohnte. Selbst, wenn ich es schaffen würde, diesen Moment zu überstehen, wo sollte ich dann hin? Zurück nach Jackson? Nach diesen fünfzehn Minuten war es unmöglich, in mein altes Leben zurückzukehren. Vielleicht war es gut, dass dieser riesige Mann endlich das übernahm, für das ich seit meinem ersten Selbstmordversuch immer zu feige war.
Ja, lass es einfach geschehen. Schließlich hatte ich eh keine Chance, mich gegen dieses Ungetüm zu wehren.
Also entspannte ich mich. Meine Arme und Beine hingen an mir herab, als wäre ich schon tot. Während meine Ohren zu rauschen begannen und mein

Gesicht immer rötlicher durch das angestaute Blut wurde, zählte ich die letzten Sekunden meines Lebens. Nur noch ein bisschen, dann hast du es geschafft.
Erst jetzt fiel mir Sams Blick auf. Für einen Moment schaute sie mich nicht mehr mit ihrem selbstsicheren Blick an. Ihr Ausdruck wirkte nachdenklich und zweifelnd, ehe er wieder fester wurde.
„Lass ihn runter, Anthony.“, befahl sie wie eine strenge Mutter. Ohne zu zögern kam er dem Befehl nach und senkte seinen Arm, als wäre er darauf programmiert, jeden Befehl zu befolgen. Der brennende Schmerz an meinem Hals ließ mich zusammenfallen. Hustend kauerte ich auf dem Boden und rang nach Luft. Mein Kehlkopf schien immer größer zu werden und meine Lungen schmerzten, als sie sich wieder ausdehnten.
„Sam, was soll denn der Scheiß!“, fluchte William Conner erneut und blickte abwechselnd von Sam zu mir.
Weiterhin blieb ihre Stimme ruhig: „Er ist einer von uns. Wir nehmen ihn mit.“
Mit diesen wenigen Worten hatte sie den Entschluss in Stein gemeißelt. Man könnte zwar versuchen ihr zu widersprechen, aber am Ende würde es beim Gleichen bleiben. Ich war mir sicher, sie hatte hier definitiv das Sagen.
Doch wie kam sie darauf, dass ich zu ihnen gehören würde?
Nur weil ich meinen Überlebenstrieb abschalten konnte?
Was konnte sie nach dieser kurzen Zeit in mir erkennen?
Bis heute habe ich keine Antwort auf diese Frage bekommen.
Aidans Nerven waren am Ende. Mittlerweile hatte er die Embryostellung eingenommen und heulte vor sich hin. Ich glaube, er dachte, dass ich gestorben wäre, als ich mich plötzlich schlaff im Strick hängen gelassen hatte.
Vorsichtig tastete ich mit der Hand an meinen Hals, der höllisch brannte, und merkte, dass er blutig war. Dieser sollte mir in den nächsten Tagen immer wieder Schmerzen bereiten.
Sam ging genau vor mir in die Hocke und wieder war ihr Gesicht so nah bei mir, dass ich ihre Körperwärme spüren konnte. Eindringlich sah sie mich an und mir fiel auf, dass sie die schönste Augenfarbe hatte, die es gab: Ein helles, kräftiges Blau mit einem Hauch Hellgrün in der Nähe der Pupille. Auch wenn ich Angst vor ihr hatte, war ihr Äußeres so unbeschreiblich schön, dass sie mich erregte.
„Ich will, dass du mit dem Motelbesitzer redest. Er hat unsere Anwesenheit

sicher bemerkt."
Sie sah kurz zum Bett. Mittlerweile tropfte das grellrote Blut schon von dem hellgrünen Laken. Der Besitzer würde mit Sicherheit den Teppich wechseln müssen.
Sie sah mich wieder an und lächelte freundlich: „Da du noch nicht so viel Erfahrung hast, werde ich dich begleiten und dir helfen, falls du meine Hilfe brauchst. Betrachte es also als eine Art Training für dich. Schau, dass du gelassen bleibst. Geht das in Ordnung? Bekommst du das hin?"
Jedes ihrer Worte kam kontrolliert über die Lippen, als hätte sie sich diese Sätze im Voraus im Kopf zurechtgelegt. Sie plapperte nicht wild darauf los. Egal, was sie von sich gab, alle Laute hatte sie bewusst und zielgerichtet von sich gegeben. Mir war nicht ganz klar, warum, aber dies begeisterte mich. Auf eine Frage sollte eine passende Antwort folgen, nicht wahr?
Doch in diesem Fall passierte etwas, was wir alle nur unterbewusst wahrnehmen. Wenn wir zum ersten Mal mit Jemandem sprechen, bauen wir den ersten kommunikativen Kontakt auf und somit lassen wir stets zu, dass diese Person uns, ein gutes Stück näher kam. Man stellt eine... sagen wir eine, „geistige Verbindung" auf. Schon nach den ersten Sekunden kann man einordnen, wo man bei dem Anderen steht.
Sollte ich Sam also nun antworten, würde ich auch diese Verbindung herstellen und damit zulassen, bei allen vier Mördern eingeordnet zu werden. Man sollte meinen, dass ich das vielleicht beunruhigend gefunden hätte, aber das tat ich nicht. Vielleicht kann man das nicht so leicht nachvollziehen, aber ich wollte mehr über diese Menschen wissen:
„Ja, das bekomme ich hin."

- Im Laufe eines Lebens lernt man so einige Menschen kennen. Vielleicht ist ein Mörder unter ihnen.

Als ich zusammen mit Sam das Zimmer verließ, warf ich einen letzten Blick auf Jaydans Leiche. Beide der Geschwister Summers hatten heute Nacht ihr Leben verloren. Wie Sofie gestorben war, war mir nicht klar. Es wurde mir nur ein kurzer Einblick geboten. Wenige Sekunden sah ich Sofies Leiche, als Mason aus der Badezimmertür kam und sie sofort wieder hinter sich schloss. Die weißen Kacheln um sie herum waren mit ihrem hellroten, warmen Blut verschmiert, das sich in den Fugen weiter seinen Weg bahnte. Vielleicht hatte

er ihr den Hals aufgeschlitzt, um es kurz und schmerzlos zu machen, ich hatte allerdings nie nachgefragt.
Sobald Sam die Apartmenttür schloss, fühlte ich mich auch von den jüngsten Ereignissen ausgeschlossen. Nur Aidans Wimmern war noch zu hören, das sich schlagartig verstärkte. Wahrscheinlich stillte nun William seinen Blutdurst.
Sam schenkte mir ein freundliches Lächeln und in mir kamen erneut gemischte Gefühle auf. So sehr auch die Angst vor ihr präsent war, tief in mir verspürte ich den Drang, ihr näher zu kommen.
Der alte Motelbesitzer kam uns auf halbem Wege entgegen und hatte nur eine kurze Schlafhose und ein weißes, mit gelben Schweißflecken versehendes, Unterhemd an.
„Was ist da bei euch los? Feiert ihr Silvester im Voraus?"
Mir war nicht ganz klar, ob er seine Frage als Scherz gemeint hatte, da der ironische Unterton fehlte. Sam würde diesen Mann töten wenn ich ihn nicht abwimmeln konnte, dessen war ich mir sicher.
„Es tut mir leid, Ihnen das sagen zu müssen, aber wir haben Besuch bekommen.", fing ich an zu erzählen und versuchte meine brüchige Stimme unter Kontrolle zu bekommen. Während ich auf Sam hinwies, konzentrierte ich mich darauf, mehr Beständigkeit in meinen nächsten Wörter zu legen: „Ob sie es glauben oder nicht, sie ist ein echter Fan von Satanismus."
„Du willst mich doch verarschen.", fluchte der alte Mann und stampfte schnaubend auf: „Sagt mir nicht, ihr habt jetzt wirklich ein Tier geschlachtet."
Sam konnte nicht wissen, dass der Mann beim Einchecken etwas von Tierritualen erwähnt hatte und deswegen verwunderte es mich nicht, dass ich eine leichte Verwirrung aus ihrem Blick vernehmen konnte.
„Leider doch. Aber keine Angst wir werden alles wieder sauber machen. Sie werden ihr Zimmer wie gewohnt vorfinden."
Mit Sicherheit lag es an seiner Senilität, dass er mich nicht durchschaute, denn ich fand nicht, dass ich sehr überzeugend klang.
„Dann legt aber sofort los und in spätestens zwei Stunden seid ihr Arschlöcher aus dem Zimmer raus, Gott verdammt. Und lasst die Fenster offen, sonst bekomme ich den Geruch nicht raus"
Der Mann tobte vor Wut.
„In Ordnung. Wir entschuldigen uns für die Unannehmlichkeiten."
Ich dachte schon, wir hätten es geschafft, den Mann abzuwimmeln, doch dann

hakte er nochmal nach: „Und was ist mit deinem Hals passiert?“
Obwohl der Schmerz nach wie vor da war, hatte ich diesen total vergessen.
„Das war ich.“, sagte Sam und legte mir ihren Arm um die Schulter, als wären wir ein Paar. Der senile Mann schüttelte entsetzt den Kopf und wandte sich von uns ab, während er etwas Unverständliches murmelte.
Für einen kurzen Moment fühlte ich mich wie der letzte noch klar denkende Mensch auf dieser Welt. Als wäre ich wie Alice im Wunderland in einen Kaninchenbau gefallen, nur dass es in meinem Fall ein altes Motelzimmer war. In dieser neuen Welt, in die ich gefallen war, gab es nur noch geistig Gestörte und durch das hohe Alter unklar denkende Menschen.
Sam drehte mich zu sich und sah mir wieder tief in die Augen, als würde sie sonst befürchten, dass ich ihr nicht zuhören könnte: „Kannst du fahren?“.
„Ja“
„Gut, dann wirst du diese Nacht fahren. In einer Viertelstunde brechen wir auf.“
Sie drückte mir einen silbernen Autoschlüssel in die Hand und schritt gleich darauf zügig zurück in Richtung unseres Apartments.
Völlig verdutzt starrte ich auf den Schlüssel. Warum vertraute sie ihn mir an? Ich könnte doch jetzt einfach ohne sie wegfahren. Vielleicht glaubte sie daran, dass ich mich nicht an die Polizei wenden würde, weil meine Fingerabdrücke auf der Tatwaffe waren. Oder sie wusste einfach, dass ich nicht wegfahren würde, weil... weil sie davon überzeugt war, dass ich zu ihnen gehörte. Vielleicht nahm sie mich jetzt schon als vollwertiges fünftes Mitglied ihrer Familie wahr. Diese Familie, die ausschließlich aus schwarzen Schafen bestand.

Der Schlüssel gehörte zu einem Van, der direkt vor unserem Apartment geparkt hatte. Sam hatte aus ihm ein paar schwarze Müllsäcke, einen Putzeimer und ein paar alte Lappen geholt.
Da der Motelbesitzer uns zwei Stunden gegeben hatte, war ich mir nicht ganz so sicher, warum wir uns beeilen mussten.
Die anderen schienen sich jedoch einig zu sein. Sie waren der Inbegriff für Teamwork. Anthony, der große Riese mit den Brandnarben, hatte die körperlich anstrengenden Arbeitsvorgänge zu erledigen, wie das Bugsieren der Leichen in die Müllsäcke, um diese schließlich in den Van zu schaffen. Mason, der kleine, tollpatschige, stets zufrieden lächelnde Troll, hatte

zusammen mit William, dem Mann, der mich mit überredet hatte, Jaydan zu töten, die Aufgabe das Blut aufzuwischen. Ein Problem waren jedoch die blutigen Laken samt Matratze, also beschloss Sam, sie einfach zu stehlen. Sie hatte die Aufgabe, alle Beweise zu vernichten. Unter anderem wischte sie zum Beispiel die Blutreste mit einem feuchten Tuch ab oder sammelte die Patronenhülsen auf.
In der kompletten Aufräumaktion fiel kein einziges Wort. Jeder tat einfach das, was er für richtig hielt.
Als ich vom Van aus das Geschehen beobachtete, erfuhr ich, dass Mason mit Nachnamen Young und Anthony Bennett hieß, da sie sich manchmal auch mit ihren Nachnamen ansprachen.
Nur von Sam wusste ich den vollen Namen noch nicht.
Es hatte siebzehn Minuten gedauert, bis Sam auf den Beifahrersitz hüpfte. Gleich darauf wurden die beiden Türen des Laderaums geschlossen und Mason Young, William Conner und Anthony Bennett hockten sich einfach auf den Boden und lehnten ihre Rücken gegen die Wand, beziehungsweise gegen die gestohlene Matratze. Zu ihren Füßen lag verschiedenes Gerümpel wie Konserven von Bohnen und Linsen, aber auch vier Müllsäcke mit den Leichen des Noah-Clans. Das Zimmer sah nun so aus, als wäre darin nichts Grausames passiert, und dies beunruhigte mich. Schon bald würden dort wieder Gäste übernachten, völlig unwissend, was darin vorgefallen war.
Doch so ist das nun mal. Unsere Welt existiert schon so lange, dass die Chance, in einem Raum zu sein, in dem schon mal jemand gestorben ist, größer ist, als einem lieb ist.
„Habt ihr die Müllsäcke doppelt für eine Leiche genommen? Ich will nicht das wieder eine Tüte reißt.“, rief Sam und betrachtete die drei durch den Rückspiegel.
„Haben wir und jetzt fahrt los, bevor der alte Sack kommt.“, antwortete Mason und gab wieder sein grunzendes Lachen von sich.
Ich drehte den Zündschlüssel und rollte langsam los. Noch nie hatte ich ein Gefährt dieser Größe gefahren.
„Fahr langsam“, forderte mich Sam auf und kurbelte das Fenster herunter. In der anderen Hand hielt sie den Zimmerschlüssel.
Vorsichtig rollte ich an der Rezeptionsgebäude des alten Mannes vorbei. Womöglich wartete er darauf, dass wir demnächst auschecken würden.
Sam schleuderte den Schlüssel gegen eines der Fenster der Rezeption, von

dem es mit einem lauten Knall prallte und zurück auf den Kiesboden fiel.
Gleich darauf wandte sie sich zu mir und rief: „Fahr!"
Dies kam so unerwartet, dass ich panisch das Gaspedal durchdrückte. Mit quietschenden Reifen schoss ich aus der Ausfahrt, sodass Sam und ich in den Sitz gedrückt wurden und die drei Jungs im Laderaum umher kugelten. Mason lachte dabei wieder.
„Sam, willst du uns umbringen?", rief er nach vorne und versuchte, sich wieder aufzusetzen.
„Wen von uns beiden meinst du?", fragte Sam und lächelte mich an.
„Ich glaube, euch beide."
Ich verringerte wieder die Geschwindigkeit und fuhr mit sechzig Meilen pro Stunde die Landstraße hinunter. Mir war nicht klar, wohin wir wollten, doch das Beste war erst mal, so weit wie möglich von dem Motel wegzukommen.
William taumelte zu uns vor und lehnte sich zwischen unseren Sitzen an.
„Das mit euren gleichen Namen ist umständlich, wir müssen da eine Lösung finden."
„Vielleicht nennen wir Sam ab jetzt Fräulein Dearing.", bot Mason scherzend an, worauf sie ihn böse anfunkelte.
„War doch nur Spaß.".
Mason hob schützend die Arme, als würde er sich ergeben wollen.
Es drängte sich mir eine Frage auf und es kostete mich Überwindung, diese auch zu stellen, da ich immer mehr ein Teil der Gruppe werden würde, je mehr ich mich mit ihnen beschäftigte, doch meine Neugier war schließlich größer: „Sam ist doch sicher nur eine Kurzform oder?".
„Ja, aber ich will Sam genannt werden", entgegnete sie.
„Was gibt es denn an Samantha auszusetzen?", fragte William rhetorisch und zwinkerte mich dabei an. Ihr Name war also Samantha Dearing.
„Heißt du Samuel mit ganzem Namen?", wollte Samantha wissen und schob William wieder zurück in den Laderaum.
„Hey, was soll das?", protestierte er, doch sie schob ihn erneut von uns weg:
„Wolltest du dir nicht noch dein Andenken von deinem schwarzhäutigen Freund holen?"
„Da hast du recht.", stimmte er zu und ließ uns beide alleine.
Samantha sah mich von der Seite an und setzte wieder ihr bezauberndes Lächeln auf: „Also, ist Sam eine Abkürzung für Samuel?"
„Nein, ich heiße Sam Collister."

Ich weiß nicht, wie ich es beschreiben soll, aber diese Minuten im Van waren für meinen Kopf nur schwer zu begreifen. Seitdem Sam wie ein Cowgirl in unser Zimmer getreten war, kroch immer und immer wieder eine Frage in meinen Kopf und egal wie oft ich sie mit „Ja“ beantwortete, sie kam immer wieder zurück geflogen, wie eine besonders nervige Mücke.

Passiert das gerade wirklich?

Der Unterschied war, dass ich im Motelzimmer noch vom Adrenalin betäubt und die Situation viel zu surreal war, als dass ich sie ganz begreifen konnte. Doch nun saß ich am Steuer eines Vans. Es gab nichts mehr, was mich um den Verstand brachte und somit festigte sich dieser langsam. Vor nicht einmal einer Stunde dachte ich noch, ich würde gleich versuchen einzuschlafen, während ich mit Mühe das Getuschel von Noah und Sofie ignoriere. Stattdessen hatte ich bei der Tötung von zwei Menschen zugesehen, wäre fast erhängt worden und habe obendrein Jaydan erschossen.

Nun fuhr ich in einem fremden Van durch die Nacht und unterhielt mich mit meinen neuen Freunden, als ob nichts passiert wäre. Als wäre nichts Außergewöhnliches daran, jemanden grundlos zu töten. Wie oft hatten sie etwas Derartiges schon abgezogen, wenn es in ihnen schon eine Routine gab? Zehn oder zwanzig Mal? Oder noch öfter?

„Dann können wir dich ja einfach Collister nennen oder sogar Cole?“, schlug Sam vor.

„Wenn ich dich Samantha nennen darf?“, scherzte ich, ohne darüber nachzudenken. Allein dass ich scherzen konnte, schockierte mich selbst. Machte es mir am Ende sogar selbst nichts aus, dass ich jemanden umgebracht hatte? Vielleicht wollte ich aber auch nur meinen eigenen Verstand schützen.

„In Ordnung. Dann machen wir das so.“

Durch den Rückspiegel erkannte ich, dass William mit seinem Messer in Aidans Kopf herum ritzte. Was für ein Andenken wollte er? Und warum gerade von Aidan?

Als ich feststellte, dass Samantha meine Verwirrung bemerkte, fühlte ich mich ertappt.

„William hat eine Schwäche für dunkelhäutige Menschen. Ich weiß nicht woher das kommt, aber an ihnen lässt er sich besonders gerne aus. Er braucht seine Haut, um sich eine Maske zu bauen.“, erklärte sie mir und warf dabei einen Blick über die Schulter. Mir fiel auf, dass Samanthas Stimme nun so anders klang. In ihr lag eine gewisse Ehrfurcht, als habe sie einen großen

Respekt vor William. Als habe sie sogar ein wenig Mitleid mit ihm, was für Serienmörder eher untypisch war. Ich fragte mich, wozu man eine Maske aus Menschenhaut brauchen sollte, aber ich traute mich nicht nachzufragen. Stattdessen fragte ich: „Wo soll ich hinfahren?"

„Wo genau ist uns egal, aber vielleicht suchst du einen Schleichweg, damit wir die Leichen und den Rest rauswerfen können. Wir wollen, dass es ein paar Tage dauert, bis sie gefunden werden", gab sie mir zu verstehen und rutschte tiefer in den Sitz, um sich auf ein Nickerchen vorzubereiten: „Anthony wird sich darum kümmern. Du musst dafür nicht einmal anhalten."

Als sie ihren Strohhut tief in die Stirn zog, stellte ich verblüfft fest, dass sie selbst während dem Schlafen schön war. Als habe Gott mit einer seiner Schöpfungen angeben wollen.

In dieser Zeit gestand ich mir jedoch noch nicht ein, dass ich schon Hals über Kopf in diese Frau verliebt war. Ich finde das so interessant, dass man in jungen Jahren glaubt, man sei schon verliebt und dabei war es nur eine Schwärmerei. Man hat sich ein wenig verknallt, mehr nicht. Der jugendliche Körper sehnt sich nach der ersten Nähe eines Menschen. Doch wenn man sich dann das erste Mal wirklich verliebt, begreift man, wie unbedeutend alles andere davor war. Es ist mehr als nur ein Verlangen, das wie ein süßer Schmerz in einem lodert. Auch mehr als bloße Bewunderung. Es ist eine Verknüpfung zweier Menschen, die tief in unserem Geiste stattgefunden hat. Wenn liebe wahrhaftig ist, erkennt man, dass man die geliebte Person nicht mehr als jemand anderen sieht, sondern als Teil von einem selbst. Man ist wie ein und dieselbe Person. Es existiert nur noch das „Wir". Das Begehren jedoch nimmt eine eher mythische Art an, als könne man es nur noch auf etwas rein Körperliches herunterbrechen. Selbst mit vierzig Grad Fieber, Rotz in der Nase und verschwitztem Haar, bleibt die Person hübsch wie eh und je. Hübsch auf ihre oder seine Weise.

Wenn Liebe anfängt, kann mich diese Wissenschaft am Arsch lecken. Sie ist mehr als nur ein paar Hormone in einem.

Samantha war viel mehr als das!

Mit der Zeit werde ich das immer mehr verstehen.

Zwei Stunden lang folgte ich der Überlandstraße Richtung Des Monines, bis ich einen Waldweg fand. Mittlerweile waren wir also schon in Iowa und somit mehr als sechs Stunden von Jackson entfernt. Ohne eine Aufforderung stand Anthony auf und hob einen Leichensack auf. Mit seinen Füßen öffnete er einer der Ladeflächentüren. Sogleich strömte die kalte Landluft in den Van, die mich erschaudern ließ. In Anthonys starken Armen wirkten die Leichen federleicht. Ein Sack nach dem andern wurde aus dem Van geschleudert und jede der Leichen zerschellte durch die Fahrgeschwindigkeit an den Bäumen und Sträuchern. Danach segelten Matratze und Bettlaken durch die kalte Nachtluft. William Conner hatte Aidans Gesichtshaut vollkommen herunter geschnitten und trug sie mittlerweile, so wie Samantha es voraus gesagt hatte, als Maske.

Dies sah ich allerdings nur aus dem Augenwinkel. Aidan Does Gesicht jetzt zu sehen, würde mir den Verstand rauben.

Die Nacht war dafür eindeutig viel zu lang gewesen.

Von da an wechselte ich zurück auf die Landstraße und fuhr direkt nach Nebraska. Das flache Land stellte meinem Blick nichts den Weg. Ich hatte das Gefühl, als könnte ich die schnurrgerade Straße bis in die unendliche Tiefe erblicken. Nur mit Mühe konnte ich verhindern, in Schlaftrance zu fallen. In den letzten drei Stunden vor dem Sonnenaufgang konnte Samantha nicht mehr schlafen. Ich erzählte ihr sehr viel über mich und meiner Vergangenheit, allerdings nichts von meinen Eltern. Trotzdem fühlte es sich gut an, meinen Aufenthalt in der Klinik und alle Geschichten mit Daniel loszuwerden. Es war so ungewohnt, dass mir jemand wirklich zuhören wollte. Immer wieder hatte ich erwartet, das Samantha so etwas sagen würde wie: „Warum hast du Daniel nicht einfach umgebracht?“, doch das tat sie nicht. Sie schwieg einfach nur und sah aus dem Fenster, als ich mit meiner Geschichte fertig war.

Auch wenn die Stille ein wenig drückend war, ließ ich das Schweigen zu, bis sich Samantha mir wieder zuwandte.

„Mir hat noch nie jemand so ehrlich sein Leben erzählt. Von den Jungs weiß ich eigentlich nichts von ihrer Vorgeschichte.“.

Sie späte in den Van. Außer Anthony schliefen alle. Mason schnarchte zwischenzeitlich, bis William ihn mit einem leichten Tritt wieder zum Verstummen brachte. Irgendwie hatte Anthony etwas von einem Wachhund, da er nie sprach, aber stets etwas beschützendes an sich hatte. Auch jetzt schien er, über die Schlafenden zu wachen.

„Wie habt ihr euch kennen gelernt.“, fragte ich.

Samantha lächelte und sah wieder zu mir.

Zur meiner Überraschung erzählte sie mir nun ihre Geschichte.

Buch: Samantha Dearing

(27.09.1965-12.09.1989)

Ich weiß nicht, wann, aber ich musste noch sehr klein gewesen sein, als mit klar wurde, dass ich anders war. Wirklich spüren konnte ich es nicht, aber ich sah es in den Augen meiner Eltern. Es beunruhigte sie, dass ich mit meiner Puppe nicht spielte, sondern sie wie eine imaginäre Freundin behandelte. Ich wusste, dass sie ein Wesen war, das mich versteht und in all meinen Entscheidungen unterstützt. Ihr Name war Sandy und sie konnte nicht reden. Sie hockte einfach nur still da und hörte mir zu. Man muss wissen, dass ich eigentlich ein sehr stummes Kind war, doch mit Sandy war dies anders. Die Art, wie Menschen sich verständigen missfiel mir schon immer. Wie laut ihre Stimmen sind und wie viel Unwissenheit in ihnen schlummert. Vor allem in den Stimmen der Kinder. Meine Kindergärtnerin erklärte meinen Eltern, dass ich Schwierigkeiten hatte, Hilfe anzunehmen und wenn man mir etwas nicht zutraute, von dem ich überzeugt war dazu fähig zu sein, aggressiv reagierte. Was sollte daran falsch sein, schnell selbständig zu werden? Warum darf man nicht anders sein als andere Kinder? Sandy verstand mich doch auch. Nein, Sandy unterstützte mich sogar.

Ich mochte meine Eltern trotzdem gerne. Obwohl sie so viel stritten, mein Vater mich manchmal schlug und meine Mutter oft weinte, hatte ich sie wirklich gern. Als sie sich dazu entschieden hatten, ihre Ehe zu beenden, war ich viel zu klein, um zu verstehen, was das für mich bedeutete. Ich stellte nur überrascht fest, dass ich nach einem halben Jahr einen neuen Daddy hatte. Anfangs mochte ich ihn, doch das sollte sich in ein paar Jahren ändern. Von meinem leiblichen Vater habe ich nie wieder etwas gehört. Es ist nicht ausgeschlossen, dass ich das Problem war.

Das war aber auch in Ordnung. Kein Mensch muss für ewig bei mir bleiben. Die Schule hatte mich nicht besonders begeistert. Anfangs besuchte ich die Grundschule von Buena Vista. Eine unabhängige Stadt in Virginia, USA. Da ich so anders war, bekam ich sogar richtige Schwierigkeiten. Schon in den ersten Monaten schlug ich auf eine Klassenkameradin ein. Sie hatte mich schon seit längerem drangsaliert und daher war es sehr befriedigend, meiner Wut freien Lauf zu lassen und die Süße der Rache zu schmecken. Mit all

meiner Kraft schlug ich immer wieder auf ihr Gesicht ein, bis es sich langsam verformte. Es dauerte ein paar Minuten bis eine Lehrerin eintraf und mich von ihr herunter zog. Mir gefiel ihr entstelltes Gesicht. Da ihre Lippen geschwollen und an den Seiten aufgeplatzt waren, sah sie aus wie ein lächelnder Clown. Ihre Augen waren in ihrem neuen dicken Gesicht wie verschwunden. Lächelnd schaute ich auf meine blutigen Hände, von dem ein Teil zu meinem eigenen gehörte, da ich sie mir wundgeschlagen hatte. Mein Geist befand sich in einer solchen Ekstase, das ich gar nicht mitbekam wie meine Lehrerin entsetzt auf mich ein brüllte.
Die Schülerin hatte überlebt, aber ich hatte sie nie wieder gesehen.
Mum hatte schrecklich geweint. Seitdem musste ich mit einem Psychiater reden, der uns mitteilte, dass ich Schwierigkeiten damit hatte, meine Aggressionen in den Griff zu bekommen und dass mein Frust wahrscheinlich durch die Scheidung entstanden sei. Er meinte auch, dass es ungewöhnlich sei, so wenig Scheu davor zu haben, jemanden weh zu tun. Vor allem... weil ich ein Mädchen war.
Ich versteh schon… Als Dame gehört es sich nicht, sich zur Wehr zu setzen. Das muss ein „Mann“ übernehmen…

Mir war klar, dass ich eine schreckliche Tochter war. Ich zerstörte grundlos Dinge, musste mehrmals Klassen wiederholen und geriet ständig in Schlägereien, die ich allesamt gewann. Egal, wie kräftig oder wild mein Gegner war. Schließlich wurde ich auf eine Sonderschule geschoben. Von da an war es offiziell. Nun gehörte ich zu den Anderen. Diese Kinder mit den schlechten Zukunftsaussichten.

Mein Leben schlug von da an eine neue Richtung ein. Alles fing damit an, dass ich auf dem Nachhauseweg einen zerquetschten Igel sah. Das arme Kerlchen musste genau im falschen Moment die Straßenseite gewechselt haben und wurde dabei genau in der Hälfte zerdrückt. Sein kompletter Unterkörper war platt wie ein Pfannenkuchen, während dessen ursprünglicher Inhalt nun aus dem Mund quoll. Ich starrte auf die Überreste und fragte mich, wie es sein muss, zerquetscht zu werden. Wie fühlt es sich an, wenn die Innereien so nach oben gedrückt werden. Schmerz ist eigentlich eine sehr Interessante Sache, fand ich. Wie entsteht er, woher kommt er und warum fühlen wir diesen. Gibt es eine Grenze, wie viel Schmerz ein Mensch aushalten kann?

Also kaufte ich mir, als ich bereits ein paar Jahren schon lesen konnte, ein paar Bücher über die Foltermethoden im Mittelalter. Ich musste einen älteren Jungen bitten, sie für mich zu kaufen, da der alte Bibliothekar es mir verweigerte.
„Ein kleines hübsches Mädchen wie du sollte nicht so etwas lesen. Wir haben eine sehr schöne Ecke mit spannenden Geschichten von Disney."
Innerlich unterdrückte ich den Wunsch, auch sein Gesicht wie das meiner Mitschülerin damals zu entstellen, aber äußerlich lächelte ich und bedankte mich für seinen Vorschlag.
Als ich schließlich das gewünschte Buch in meinen Händen hielt, zerplatzte ich beinahe vor Vorfreude.
Jede Seite des Buches las ich mit Begeisterung.
Ich las es gefühlte hunderte Male durch.
Dann kaufte ich weitere Bücher, wie die Foltermethoden in den Konzentrationslagern während des zweiten Weltkrieges. Man hatte tatsächlich getestet, wie viel Überdruck ein Mensch aushielt, bevor das Trommelfallplatzte platzte oder ob es möglich war, einen Menschen mit einem Hund zu kreuzen. Um einiges extremer war allerdings das Foltern während der Zeit der Hexenverbrennungen. Zu jener Zeit wurde das Trommelfell noch mit Nadeln zerstochen. Daumen gequetscht, Zähne gezogen und Verbrennungen wurden zugefügt, indem man die vermeintlichen Hexen, mit kochendem Wasser übergossen hatte.

Mittlerweile wirken solche Geschichten ziemlich surreal. Kaum einer von uns, kam mit solchen Grausamkeiten noch in Kontakt, doch gerade deswegen faszinierten mich diese Bücher. Es gibt eine Welt, voller Grausamkeit und jenseits jedes Mitleids.
Doch wieder stieß ich auf die Intoleranz meiner Eltern.
„Ein Mädchen sollte nicht den ganzen Tag in seinem Zimmer sitzen und solche Bücher lesen.", meinte mein Stiefvater. Mir war schleierhaft, warum ich meine Eltern nicht zufrieden stellen konnte. Sie setzten viel auf das Wirken des Psychiaters, aber weil ich mich nicht ändern wollte, hatte er kaum Chancen, mich zu ändern. Was ist, wenn ich gar nicht krank bin, sondern ich selbst? Kann man dem Menschen seinen wahren Charakter abtrainieren?
Ich bin, wie ich bin, das war mir immer klar.

In einer Hinsicht konnte ich meine Eltern zufrieden stellen und das war mein Aussehen. Immer wieder bekam ich von Freunden und Bekannten meiner Eltern das Kompliment, wie hübsch ich doch sei. Nur dann waren meine Eltern auf mich stolz, doch das machte mich irgendwie wütend. Vermutlich, weil ich mich schwer tat, Aussehen zu bewerten. Ich kannte nur die Grundregeln. Je länger und gesünder das Haar oder je sauberer die Haut, desto besser. Doch manchmal sollte eine Person schöner als die andere sein und ich wusste beim besten Willen nicht, warum. Dass ich sehr schön sein musste, erkannte ich nur daran, dass beinahe jedes Mädchen mich hasste.

Die Zeit verging und mein Körper wurde zu einer Frau. Ab da an mangelte es mir nicht mehr an männlicher Aufmerksamkeit. Jungs, die mich früher nur als den Freak sahen, hatten nun Interesse an mir. Wie viel durfte ich darauf geben? Wie ehrlich waren diese Menschen, wenn sie mir sagten, dass sie mich liebten? Vielleicht logen sie nicht einmal, vielleicht waren sie sich selbst über ihre Gefühle nicht im Klaren oder sowas. Von den Mädchen jedoch erntete ich nur noch mehr Verachtung und was Mobbing betrifft, sind Mädchen wahnsinnig kreativ. Sie sind schlimmer als Jungs. Jeder wusste, dass es eine unkluge Idee war, sich mit mir körperlich anzulegen, deswegen begannen sie mich auf eine andere Weise anzugreifen. An einen Mobbingversuch erinnere ich mich noch sehr gut. Ich war noch gar nicht lange auf der High School in Charlottesville. Als ich in der Früh den Schulflur entlang ging, fielen mir in den Händen der Schüler oder an den Wänden kleine blaue Flyer auf, auf denen stand, dass ich eine Lesbe sei und meine Eltern Geschwister. An diesem Tag hatte ich zum ersten Mal in meinem Leben den Wunsch verspürt, einen Menschen zu töten. Es war mehr als ein Verlangen durch Wut, sondern eine Verlangen, das schon immer in mir schlummerte. Im Mittelalter hätte ich den Beruf eines Henkers gewählt. Leider durften damals aber nur Männer diesen Beruf ergreifen, hatte ich mal gelesen, also wäre selbst das nicht einmal möglich gewesen.

Bis ich siebzehn war, ignorierte ich diese Mobbingversuche, doch dann fand ich eine Möglichkeit. Ich fand Erin Black.

Er war der erste Junge, den ich mochte. Den ich an meiner Seite haben wollte. Seine Familie war erst vor kurzem hierher gezogen und auf unserer Schule galt er als Freak… So wie ich.

An dem Tag, als wir uns kennenlernten, hockte er auf einer Schaukel im Park und rauchte eine Zigarette nach der anderen. Im Stillen beobachtete ich ihn, von einer nahe gelegenen Parkbank aus, auf der ich immer meine Bücher las. Nicht, weil ich Angst hatte ihn anzusprechen, sondern weil ich einfach das Bedürfnis dazu verspürte. Eigentlich wollte ich einfach mein neustes Buch lesen, doch ich musste ihn immer wieder ansehen. Nach vielen Minuten, als ich von meinem Buch aufblickte, stand er plötzlich vor mir.

„Interessantes Buch liest du da?", sagte er und zündete sich eine weitere Zigarette an. Was mir an Erin gefiel war, dass er gar nicht wie siebzehn aussah. Er sah aus wie ein Mann. Er gab nicht sehr viel auf sein Aussehen. Seine Hose war fleckig und sein Hemd zerknautscht, doch er war groß und kräftig. Am meisten jedoch köderte er mich mit seinen verstrubbelten Haaren und seinen Augen. Nicht, weil sie tief blau waren, sondern weil etwas in ihnen schlummerte. Ich glaube, ich sah in ihnen eine gewisse Trauer. Ich fühlte, dass dieser Mensch etwas wusste, was ich gerne wissen wollte. Als ob er von der Statur her nicht schon genug Mann gewesen wäre, hatte er sogar noch einen Dreitagebart.

„Ich lese nur solche Bücher.", antwortete ich.

Die Art, wie er mich ansah, war anders. Die meisten Jungs sahen nur zu gern meinen Körper an. Er jedoch sah mir immer nur ins Gesicht und dann wieder in die Ferne, als könne er sich nicht allzu lange auf eine Sache konzentrieren.

„Deine Eltern finden das sicher nicht in Ordnung.", vermutete er und setzte sich zu mir auf die Bank.

„So wie deine Eltern mit dem Rauchen?"

„Meinen Eltern bin ich egal."

Er hatte eine tiefe und feste Stimme. Nach dem er noch einmal von seiner Zigarette gezogen hatte, fragte er: „Warum liest du solche Bücher?"

Dies war eine sehr persönliche Frage, doch sein eindringlicher Blick verleitete mich dazu, ehrlich zu sein: „Ich denke, weil ich es faszinierend finde, zu was manche Menschen fähig sind. Was für die meisten Menschen unmöglich erscheint, machen diese mit Leichtigkeit. Vielleicht, weil es einfach ihre Natur ist. Vielleicht, weil es das einzige ist, was sie wirklich gut können."

Nun sah er wieder in die Ferne.

„Du meinst zu töten?"

„Ja".

Was er nun von mir denken mag. Er blieb eine Weile lang still, bis er sagte: „Ich denke, das stärkste Gefühl, das ein Mensch gewinnen kann, ist nicht geliebt, bewundert oder verehrt zu werden, sondern gefürchtet. Ein gefürchteter Mensch hat die größte Kontrolle oder nicht?"
Ab da an wurde mir etwas klar. Ich war nicht alleine. Es gab einige wenige Menschen auf diesen Planeten, die denselben Drang verspürten wie ich.
Erin gehörte auch zu diesen Menschen.
Eine Weile lang sah er mich an, bis er leise flüsterte: „Möchtest du es gerne mal ausprobieren?".
Zuerst verstand ich nicht was er meinte.
„Zu töten?".
„Ja".
Seine Stimme wurde noch tiefer. Ich musste davon ausgehen, dass es ein Scherz war, aber irgendwas sagte mir, das Erin nicht sehr viel für Scherze übrig hatte. Der heutige Mensch würde meine Gefühle nicht verstehen, aber vor vielen Jahren hätten viele Frauen genauso wie ich jetzt empfunden: Der Gedanke, dass dieser Mensch vor mir schon mal getötet hatte, ließ meine Begierde nach ihm steigen. Also nickte ich, kaum erkennbar. Ich wollte es ausprobieren.

Erins Vater war von Beruf Förster und daher gehörte ihm der halbe Wald von Buena Vista. Für ihn gab es nichts Wichtigeres als seinen Wald. Viele Stunden verbrachte er in der Wildnis und hütete das Gleichgewicht der Natur. Vor allem erlegte er die gefährlichen Tiere wie Bären oder Wölfe. Erin hatte viel von seinem Vater gelernt. Er wusste, wie man Fallen aufbaut und wie man ein wildes Tier tötet. Als ich zustimmte, einen Tötungsversuch zu unternehmen, hatte ich zuerst Bedenken, ob ich überhaupt zu so etwas in der Lage bin, doch dann wurde mir klar, dass ich ein wildes Tier töten sollte. Zum Wohle des Waldes ein Tier zu erlegen, stellte ich mir durchaus plausibel vor. Erins Vater gab den Tieren einfach einen gnädigen Kopfschuss, doch Erin machte sich seit ein paar Jahren einen Spaß daraus, die Tiere auf eine qualvollere Art zu töten. Sein Vater jedoch wusste davon nichts und Erin vermutete, dass er auch großen Ärger bekommen würde, falls er mal eines Tages erwischt werden sollte.

Als wäre es unser erstes Date, trafen wir uns, zwei Tage nachdem wir uns kennengelernt hatten, auf einem alten Forstweg. Der Plan war es, alle Fallen von seinem Vater zu überprüfen. Falls in einem ein Tier war, hatten wir unser Opfer.

Ich fühlte mich in Erins Gegenwart sehr gut. Während wir uns unterhielten, musste ich kein Blatt vor den Mund nehmen. Jedes meiner Worte kam genauso bei ihm an, wie ich es vorgesehen hatte. Es verstärkte meine Entschlossenheit noch mehr, ich selbst zu sein. Auch wenn mich der Rest der Welt nicht verstand, ein Mensch tat es zumindest schon einmal.

Die dritte Falle erwies sich als Treffer. Es war eine tiefe Grube, in die ein verzweifelter Wolf gefallen war.

„Als erstes müssen wir ihn lebendig dort raus bekommen, ohne dass er uns aus Furcht attackiert. Am besten hältst du ein bisschen Abstand, falls ich einen Fehler mache. Hock dich ruhig hin, das kann eine Weile dauern.“, erklärte mir Erin und legte seinen Rucksack auf den Boden. Heute sah er mit seinem karierten, roten Hemd und der dunkelblauen Jeans aus wie ein Holzfäller. Mit einem Seil versuchte er wie ein Cowboy eine Schlinge um den Hals des Wolfes zu legen. Das Tier biss nach dem Seil, als wäre es lebendig. Es presste seinen Körper dicht auf den Boden und funkelte Erin böse an. Dann sprang es und versuchte aus der Grube zu kommen, aber es schaffte gerade mal zwei Drittel der Höhe. Ich schätze, ihm waren die bösen Absichten von Erin klar, da es seitdem wir hier waren, knurrte, keuchte und winselte, als habe es den Verstand verloren. Geduldig sah ich Erin zu, wie er in voller Konzentration einen Versuch nach dem anderen unternahm.
„Man darf nicht aufgeben. Irgendwann wird er müde und macht einen Fehler.“, erklärte er mir und dem war so. Nach einer halben Stunde schrie Erin triumphierend auf und zog an dem Seil, so fest er konnte. Er zog den Wolf nicht ganz aus der Grube sondern wartete zuerst. bis er in Ohnmacht gefallen war.
Ihn bei der Arbeit zu beobachten, hatte etwas Beruhigendes. Sein konzentrierter Blick und seine Fingerfertigkeit ließen ihn kühn und begabt wirken. Wie oft hatte er dies schon gemacht? Ich muss gestehen, dass ich Erin gerne als Freund gewollt hätte. Ich hatte mir sogar vorgestellt, wie es wäre, mit ihm meine erste intime Erfahrung zu haben.
„Jetzt kann es gleich losgehen.“, sagte Erin zufrieden und hob den Wolf aus

seiner Grube. Schließlich half ich ihm, den Wolf mit vielen Seilen so an den Baum zu binden, dass alle vier Pfoten wie kleine Säulen in den Himmel ragten.

„Durch diese unnatürliche Haltung wird der Wolf anfangs Orientierungsschwierigkeiten haben.“, erklärte mir Erin.
Nie war mir klar, dass ein Wolf ein solches Gewicht hatte. Nach dem wir unsere Arbeit vollbracht hatten, waren wir beide schweißgebadet.
„Also entweder du fängst jetzt gleich an oder du wartest noch bis er aufwacht.“
Nun baute sich Nervosität in mir auf.
„Ich denke, ich werde es gleich probieren.“, sagte ich unsicher und starrte auf das gefesselte Tier. Erin trat nah an mich heran und ergriff meine Hand: „Es ist leichter, als man denkt und wenn du dich erst mal daran gewöhnt hast, kannst du gar nicht mehr damit aufhören.“
Mein Körper bebte, als er mich sanft auf meinen Hals küsste. Langsam ließ er wieder von mir ab und kniete sich zu seinem Rucksack. Er holte aus ihm ein kleines Taschenmesser heraus und reichte es mir mit einem freundlichen Lächeln.
„Du bist zu gar nichts gezwungen. Wenn du es dir anders überlegt hast, kann auch ich es zu Ende bringen.“, bot er mir an.
„Nein, ich will es tun.“
In einem der Bücher, die ich gelesen hatte, stand, dass man im Mittelalter oft Menschen an einen Pfahl gebunden hatte und mit einem Schwert, einen gezielten Schnitt am Bauch setzte. Dadurch rutschten die Eingeweide heraus, bis sie den Boden berührten, aber es tötete sie nicht. So ließ man die Menschen dann tagelang hängen, bis sie an Wassermangel oder Infektion starben. Dies galt natürlich als Abschreckung für den Rest des Volkes. Es war eine Art Exempel.

„Solltest du es wagen, dies oder das zu tun, dann blüht dir das! Schau also, dass du nicht so endest! Sei ein guter Bürger!“

Wie Erin gesagt hatte: Furcht ist Kontrolle.
In unserer Welt scheint ein Gefängnis so abwegig, dass einige Verbrecher nie daran denken, eines Tages in einem zu enden.
Doch die Idee mein erstes Opfer, im Gedenken an eines meiner

Lieblingsbücher auszuweiden, gefiel mir und da die grundlegende Anatomie von Mensch und Tier sich nicht allzu viel unterscheidet, beschloss ich, genau diesen Schnitt bei dem Wolf anzuwenden. Da der Wolf jedoch mit dem Bauch nach oben an den Baum gebunden worden war, würde ich selbst hineingreifen. Mir war klar, dass dies für mein erstes Mal sehr viel Brutalität auf einmal war, aber mein Entschluss stand fest.

Erin stand genau neben mir und beobachtete jeden meiner Handgriffe.

„Kann er sich sicher nicht befreien, wenn er aufwacht?“, fragte ich Erin und setzte die Klinge in der Mitte seines Bauches an.

„Vertrau mir. Ich mach das nicht zum ersten Mal.“

Sein Tonfall war überzeugend. Am meisten jedoch überzeugte mich das Seil, das um das Haupt des Wolfes gebunden war. Selbst, wenn er es schaffte, sich aus den Seilen zu winden, würde er sich wahrscheinlich selbst erdrosseln. Langsam ließ ich die Klinge eintauchen und ein Ekel durchfuhr mich. Für einen kurzen Moment dachte ich, ich müsste nun einen Rückzieher machen, doch dann spürte ich es tief in mir, wie der Hass auf diese Welt schwand. Es war, als würde sich ein Ventil öffnen und endlich konnte ich ausatmen. Mir kam es vor, als würde sich ein Druck, der schon immer auf mir gelastet hatte, nun langsam abbauen. Ja, es ist so einfach, wie es klingt. Der Grund, warum ein Raucher, sich eine Zigarette anzündet oder andere ihren Monatsverdienst in einen blinkenden Automaten werfen. Es geht nur um das Aufatmen, weil das Leben sehr erdrückend sein kann. Natürlich gab es noch weitere Gründe, warum etwas zu einer Sucht werden kann. In meinem Fall gab es mir ein überlegenes Gefühl, wenn ich über das Leben dieses Tieres bestimmen konnte. Vorsichtig vergrößerte ich den Schnitt und währenddessen fing der Wolf an, mit seinen Gliedern zu zucken. Sein Körper wollte ihn trotz immer noch fehlenden Sauerstoffs wieder zu Bewusstsein zwingen. Gerade als ich den Schnitt vollendet hatte und ich das warme Blut an meinen Fingern spürte, rastete der Wolf komplett aus. Laut und hektisch wechselte das Tier zwischen Knurren und Winseln. Sein ganzer Körper wand sich in den Seilen, wobei er sich selbst ein paar Rippen brach. Erin hatte seine Arbeit wirklich gut gemacht. Mit einem breiten Lächeln strich ich über seine Wunde. Ich hatte das getan! Dies war mein Werk.

„Spürst du seine Angst?“, fragte mich Erin, als wolle er meinen Wahnsinn noch mehr anstacheln. Er hatte Recht. Ich konnte seine Angst tatsächlich spüren und ich sah sie auch in den Augen des Raubtieres.

Nun gab es keinen Zweifel mehr, es lag in meiner Natur. Es lag in meinen Genen und in meinem Kopf. Ich gehörte zu den Menschen, die Sehnsucht verspüren, zu töten. Es machte mir keine Angst, so eine Art von Mensch zu sein. Es erfüllte mich mit Stolz. Es machte mich zu etwas besonderem und mein Handeln könnte gesetzlos sein.

Es fühlte sich aufregend und beruhigend zu gleich an, als ich meine Hand in die Wunde gleiten ließ. Ich hatte mir das Innere immer ganz in Rot vorgestellt, allerdings gab es dort auch jede Menge gelbweiße Fettablagerungen. Schließlich konnte sich Erin nicht mehr halten und mischte mit einem zweiten Messer mit. Zusammen tobten wir uns an dem Tier aus, bis irgendwann seine verzweifelten Laute verstummten. Dennoch hatten wir nicht genug. Wie in einem schlechten Zombiefilm griffen wir in es hinein und zogen alles Mögliche heraus, bis an dem Baum nur noch das lose Fell hing. Ich verliebte mich in die glitschigen Geräusche, den Duft des Todes und dieses leichte Kribbeln in meinem Bauch, als würde ich einen kleinen Teil seiner Schmerzen mitfühlen.

Den Rest unseres Tages verbrachten wir damit, den Wolf zu vergraben und ausgiebig darüber zu reden, wie das alles für mich war. Erin schien stolz auf mich zu sein und ich war auch stolz auf mich. Mehrmals wies er mich darauf hin, niemandem von diesem Tag zu erzählen. Natürlich war mir klar, dass wir für solche Aktionen vielleicht sogar ins Gefängnis kommen konnten.

Am Abend fuhr mich Erin nach Hause. Vor meiner Haustür packte er mich an der Hüfte, zog mich zu sich heran und küsste mich. Zuerst war ich total perplex und überfordert von diesem neuem Gefühl, doch dann gab ich mich ihm hin. Ich fühlte mich so geborgen in seinen Armen. Ab da an war ich davon überzeugt, dass ich diesen Menschen wirklich lieben konnte. Zurückblickend kann ich dazu nur sagen: Ich war noch jung.

An dem Abend merkte ich zum ersten Mal, dass etwas mit Simon nicht stimmte. Er war mein Stiefvater. Nie hatte ich mit ihm Probleme gehabt, außer dass er mich manchmal schlug, was ich aber nicht als sonderlich schlimm empfand. Doch als ich mich gerade fürs Bett fertig machen wollte und mir im Bad die Zähne putzte, betrat er leise das kalte Badezimmer und sah mich mit einem Blick an, den ich noch nie zuvor bei ihm gesehen hatte. Es war ein

Blick, wie kein Vater seine Tochter ansehen sollte, aber mehr verriet er mir nicht.
„Ich habe dich mit diesem Jungen gesehen.“, sagte er mit seiner tiefen rauen Stimme. Mir war nie klar, was Mum von diesem Mann wollte. Außer seiner kräftigen Statur und seiner gebräunten Haut hatte er sonst nichts zu bieten. Er hatte nur einen Teilzeitjob in einer Bar und wirkte selbst nach dem Duschen ungepflegt. Sein Gesicht war viel zu kantig.
„Er heißt Erin.“
Noch ein weiteres Mal sah er mich mit diesem neuen Blick an.
„Bist du nun soweit, mit Jungs auszugehen?“
Seine Frage hörte sich für mich so an, als wäre sie ein Test. Als würde er erwarten, dass ich nun die falsche Antwort geben würde. Mit dem Gesicht am Wasserhahn, um mir den Mund auszuspülen, überlegte ich mir meine Antwort, doch als ich mich wieder aufrichtete, sah ich im Spiegel, dass Simon nun ganz dicht an mich heran gerückt war. Mit geschlossenen Augen legte er beide Hände auf meiner Taille ab und flüsterte in mein Ohr: „Du bist genau so hübsch, wie deine Mutter vor fünfzehn Jahren.“.
Als wäre ich zu Eis erstarrt, krallte ich mich am Waschbecken fest. Zu nah! Er war einfach nur viel zu nah an mir. Ich weiß nicht, wie lange es gebraucht hätte, bis ich irgendwie auf das alles reagieren würde können, doch zum Glück ließ Simon von mir ab. Nun hatte sein Lächeln wieder etwas Väterliches. Bevor er das Bad verließ, wünschte er mir gute Nacht.

Die nächsten zwei Wochen verliefen sehr aufregend. In der Schule sprach es sich schnell rum, das Erin und ich ein Paar waren. Manche Jungs waren ganz baff, wie so ein Typ mich haben konnte, doch die meisten waren der Meinung, dass sich genau die richtigen Freaks gefunden hätten und da gab ich ihnen Recht. So etwas wie uns gibt es nicht sehr oft auf der Welt, doch ich nannte es nicht mehr „anders“, sondern ich nannte es „besonders“. Erin und mich verband etwas Einzigartiges. Uns verband das Töten. Immer wieder schlichen wir uns in den Wald und jedes Mal töteten wir noch grauenvoller. Es war wie eine Droge. Man wollte immer eine noch größere Dosis davon, in dem Glauben, es würde keine Nebenwirkungen geben. Während Erin sein Verlangen am besten dadurch stillte, dass er größere Wunden langsam und gezielt ausschnitt, hatte ich die größte Befriedung mit festen schnellen Stichen. Am Ende der zwei Wochen hatte mich Erin sogar schon so weit gebracht, dass

ich die Augen des Tieres am liebsten zuerst zerstach. Es hatte sogar manchmal etwas Erregendes an sich. Manchmal wünschte ich mir, Erin würde gleich drauf mit mir schlafen.
Ich fühlte mich gut mit. Er gab mir ein Gefühl, als würde uns die Welt gehören, in der wir alles sein könnten. Unsere Küsse wurden immer intensiver.

Mein Leben hatte eine so aufregende Wendung gemacht, dass ich zugeben musste: Jetzt war ich wirklich glücklich.

Vielleicht war es Gott oder das Schicksal, aber es kam der Tag, an dem ich den Preis dafür zahlen musste, nicht auf meinen Instinkt gehört zu haben. An einem Freitagmorgen, hatte ich mich mit Erin im Wald verabredet. In meiner Vorfreude auf Erin versunken, merkte ich leider nicht, wie jemand mir folgte. Erst als ich schon im Wald war, hörte ich wie Schritte hinter mir das Laub aufwühlten. Ich erinnere mich noch ganz genau, wie sich dieser Moment angefühlt hatte. Jeder von uns hatte schon mal das Gefühl, verfolgt zu werden, doch die wenigsten stellten fest, dass ihr Gefühl stimmte. In einem solchen Moment gefriert das Blut in den Adern und der Körper wird ganz steif vom überschüssigen Adrenalin. Das höchste Gefühl des Unbehagens und das stärkste Gefühl der Vorsicht. Es war Simon, der mich verfolgte. Sein schadenfrohes Lächeln verriet mir, dass ich in dem Moment wie ein ängstliches Reh ausgesehen haben muss.
„Keine Angst. Ich bin es nur.“, sagte er und trat näher an mich heran.
Immer noch gelähmt starrte ich ihn an. Warum war er mir gefolgt? Wusste er etwas von den Tiermorden?
„Machst du einen Waldspaziergang, Sam?“
Seine Frage klang rhetorisch und neckisch. Vielleicht wollte er aber auch, dass ich irgendetwas sage.
„Bist du mir gefolgt?“, fragte ich so heiser, dass man es kaum hören konnte.
„Als ich deine Mutter kennenlernte, war ich ein sehr verzweifelter Mann. Meine Pläne selbstständig zu werden, waren alle gescheitert, meine Familie hatte mich verstoßen und selbst meine Freunde kehrten mir den Rücken. Umso dankbarer bin ich natürlich, dass ich deine Mutter habe.“
Mir war nicht klar, warum er mir das erzählte, doch die Tatsache, dass er auf meine Frage nicht geantwortet hatte, machte mich nervös. Mein ganzer Körper versetze sich in Alarmbereitschaft. Er kam weiter auf mich zu, bis er direkt

vor mir stand. Wie neulich im Badezimmer legte er beide Hände um meine schmale Taille.

Ich überlegte schon, ob ich ihn wegstoßen sollte, als er sein Griff verstärkte und mich langsam Richtung Boden drückte. Für einen Moment konnte ich mich aufrechthalten, indem ich mich an Simons Schulter fest krallte, doch dann warf er sich auf mich. Panisch fing ich an, um mich zu schlagen.
„Simon, hör auf", brüllte ich vor Angst.
Zwei feste gezielte Schläge auf mein Gesicht ließen mich verstummen. Aus meiner Nase schoss ein Schwall salziges Blut.
Nun hörte ich ihn nur noch gedämpft: „Deine Mutter hat doch auch mit jedem gefickt, also tu nicht so, als wärst du anders."
Erst als ich diese Worte hörte und sah, wie Simon seine Hose aufknöpfte wurde mir klar, was er von mir wollte. Mir wurde auch klar, was dieser unväterliche Blick zu bedeuten hatte. Er hatte mich schlicht begehrt und nun wollte er sein Verlangen unrechtmäßig stillen. So wie ich an den vielen Raubtieren. Erneut versuchte ich, mich zu Wehr zu setzen. Simon reagierte so schnell, dass ich zuerst nur einen brutalen Schmerz verspürte, ehe mir klar wurde, dass er noch einmal genau auf dieselbe Stelle geschlagen hatte. Ich presste beiden Händen auf mein Gesicht und schrie durch zusammengebissene Zähne, in der Hoffnung der Schmerz würde dadurch aufhören. Die Tränen schossen nur so aus meinen Augen. Ich ekelte mich vor Simons erregtem Atem an meinem Hals. Während er mich mit einer Hand würgte, schob er die andere unter mein Shirt und fing an, meine Brüste unsanft zu massieren. Aus Angst davor, noch ein weiteres Mal geschlagen zu werden, wimmerte ich vor mich hin: „Bitte lass mich in Ruhe."
„Weißt du eigentlich, wie schön du doch bist."
Lächelnd starrte er auf mein blutiges Gesicht.
Da ich heute nur einen knielangen Rock angezogen hatte, fiel es ihm nicht sonderlich schwer, in mich einzudringen.
Nie hatte ich es mir so schmerzhaft vorgestellt. Nach ein paar Sekunden, als Simon gerade in Ekstase versinken wollte, zog er sich auf einmal ruckartig zurück. Ehe ich begreifen konnte, was ihn so aufgescheucht hatte, stürzte sich Erin auf ihn. Mit der geballten Faust schlug er auf Simon ein und landete auch ein paar ordentliche Treffer. Dennoch war mir klar, dass man Simon nicht so leicht aufhalten konnte. Ich weiß nicht, ob es an Erins Anwesenheit lag, aber

plötzlich hatte ich meinen Kampfgeist wieder gefunden. Es war mehr Instinkt, als bewusste Tat, die mich dazu verleitete, zu seinem Rucksack zu laufen, um das Messer zu holen. In meinem Augenwinkel sah ich, wie Erin abgeworfen wurde und sich vor Schmerzen krümmte. Zusammen mit dem Messer in der Hand richtete ich mich auf.
„Du blödes Arschloch", fluchte Simon, als er sich aufrichtete und funkelte Erin böse an. Sein siebzehnjähriger Körper wirkte im Vergleich zu Simons kindlich und schwach und er sah nicht aus, als würde er erneut versuchen wollen, sich mit ihm anzulegen. Also würde es nur auf mich ankommen. Normalerweise sollte ich in solch einem Moment lieber weglaufen, doch etwas in mir hatte sich verändert. Ich hatte keine Angst mehr vor Simon. Selbst wenn das meine letzten Sekunden vor dem Tod wären. Ich wollte nicht weglaufen.
„Simon", sagte ich selbstsicher und zeigte mit der Klinge auf ihn.
„Du kannst mit solch einem Ding, doch gar nicht umgehen.", entgegnete er, doch er klang verunsichert.
In mir baute sich eine unerwartete Vorfreude auf, diese Klinge unter seine Haut zu rammen. Ich wollte dass sein Körper so rot war, wie das Laub das um uns herum lag. Ich wollte seine Schreie durch den ganzen Wald hallen lassen. Er musste bezahlen!
Langsam ging ich lächelnd auf ihn zu und sofort begann er, eine abwehrende Haltung anzunehmen. Er hatte tatsächlich Angst vor mir.
„Sam, ich warne dich. Leg das Messer weg.", drohte er finster, doch nun konnte ich auch Nervosität in seiner Stimme hören.
Ich konnte mir das Lachen nicht mehr verkneifen, als ich mich auf ihn stürzte und dabei das Messer in seiner Brust versenkte. Sein Schmerzensschrei schallte so wie ich es mir vorgestellt hatte durch den Wald. Ich warf meinen Kopf in den Nacken und genossen diesen Laut wie die schönste Musik. Mit ein paar weiteren Stichen brachte ich ihn zu Boden. Instinktiv versuchte er, meine Messerangriffe abzuwehren, doch ich fand immer wieder einen Punkt, an dem ich ihn treffen konnte. Es drang ein, so wie er in mich eingedrungen war. Ich roch seine Angst wie ein Raubtier. Es war nichts andres, als einen Wolf zu töten. Gerade als, er mich fest an den Schultern packt hatte, um mich abzuwerfen, traf ich scheinbar einen sensiblen Punkt im Bauchbereich. Sein ganzer Körper verkrampfte sich und sein Gesicht glich einer Schmerzensmaske. Dieses Gefühl der Übermacht gefiel mir so sehr, dass ich

erneut auflachen musste. Warme Stahlen der Morgensonne schienen durch die Lichtung auf uns, wie Scheinwerfer.
Seht genau hin, meine Damen und Herren! Dies ist der letzte Akt, für Simon, den Hurensohn aus Buena Vista!
„Ist das geil? Stehst du darauf?“, fragte ich ihn breit lächelnd.
Er schien mir wirklich antworten zu wollen: „Ich…“
Mit einem letzten Stich rammte ich das Messer in seinen Hals. Schlagartig veränderte sich das schmerzverzerrte Gesicht von Simon zu einem entsetzten Starren. Der Mann wusste, dass seine letzten Sekunden abliefen. Noch einmal sprangen leise Gluckslaute aus seinem Hals, ehe er sich entspannte. Ich zog an seinen Haaren seinen Kopf in den Nacken und schnitt in wenigen Zügen seinen Hals bis zur Wirbelsäule auf. Dann drehte ich den Kopf ruckartig hin und her, bis auch die Wirbelsäule brach und ich sein Haupt vom Rest seines Körpers lösen konnte. Dies tat ich so routiniert, wie ich es an den Tieren geübt hatte. Zufrieden stand ich auf und wedelte mit meiner neuen Trophäe Erin zu, der nur wenige Meter von mir immer noch auf dem Boden lag.
„Sam. Was hast du getan?“, fragte er empört und stand zittrig auf: „Du… du hast ihn umgebracht.“
Total verwirrt starrte ich den Mann an, von dem ich geglaubt hatte, uns beide würde genau das verbinden.
„Er hatte den Tod verdient.“, gab ich darauf zurück.
„Du bist doch total übergeschnappt. Wie sollen wir das der Polizei erklären?“
Noch nie hatte ich ihn so aus der Rolle gesehen. Schlagartig verlor ich an ihm das Interesse an ihm. Ich sah auf Simons Kopf in meinen Händen. Seinen starren, letzten Ausdruck hatte ich wie eine Photographie für immer aufgefangen. Ich stand mit ihm in der Hand, blutüberströmt in der Lichtung und genoss es, wie sich mein Herz mit Stolz füllte.
„Wie werden ihnen die Wahrheit sagen. Es war Notwehr.“, erklärte ich gelassen und sah wieder Erin an.
„Du hast ihm den verdammten Kopf abgeschnitten! Du bist doch wahnsinnig! Was ist, wenn sie anfangen, die Gegend zu untersuchen und die Tiergräber finden? Wie willst du das deiner Mum erklären?“
Wo war der starke Mann, der er mal war? Erin wirkte auf mich wie ein weinerliches Baby.
Dennoch gaben mir seine Fragen zu denken. Wenn sie die Gräber finden würden, könnten sie dann nachweisen, dass ich mit diesen in Verbindung

stand? Hatte ich Spuren meiner D.N.A. irgendwo im Wald gelassen? Schlimmer jedoch war Erins zweite Frage. Wie sollte ich meiner Mum erklären, dass ich ihren Bastard von einem Mann getötet hatte? Würde sie mir glauben, dass er mich vergewaltigen wollte?

Meine neu gewonnene Stärke half mir, die Situation besser einzuschätzen: Egal, was wir uns einfallen lassen, eines Tages würde die Wahrheit ans Licht kommen und in Virginia galt bei Mord lebenslange Haft. Also gab es nur eine Möglichkeit, die allerdings erforderte, dass ich mein jetziges Leben aufgeben musste. Ich musste mir ein paar Tagen Vorsprung vor dem Gesetz fliehen. Die Vorstellung, ein freies Pionierleben zu führen, versetzte mich in Aufregung. So ein abenteuerliches Leben hatte ich mir schon immer gewünscht. Allerdings wollte ich Erin nun nicht mehr mit dabei haben. Kurz überlegte ich, ob ich seinen Kopf mit in meine Sammlung aufnehmen wollte, doch dann… hatte ich eine viel bessere Idee.
„Jetzt lass uns erst mal die Leiche vergraben. Dann gehen wir nach Hause und schlafen erst mal drüber. Morgen reden wir dann, wie es weiter gehen soll.“, sagte ich, mit ruhiger Stimme und packte ein Bein von Simons Leiche, um diesen tiefer in den Wald zu ziehen.
„Wir müssen ihn aber ganz tief vergraben. Keiner darf ihn jemals finden.“ Seine Stimme klang so, als müsste er bald weinen.

Wir vergruben ihn, zusammen mit dem Messer, einen halben Meter tief, in der Mitte eines Dickichts. Mehrmals versicherte ich Erin, dass niemand ihn dort finden würde, doch dieser Meinung war ich nicht wirklich. Vielleicht würde er eines Tages von einem Wanderer entdeckt, dessen Hund ihn zu dem Grab gelockt hatte. Die Nase eines Hundes durfte man nicht unterschätzen. Doch bis dahin sollte ich schon weit weg von diesem Wald sein.

Noch bevor es dämmerte, hatte ich meinen Rucksack mit dem Nötigsten gepackt, eine Nachricht für meine Mutter hinterlassen, dass ich zusammen mit Simon übers Wochenende verschwinden würde und brach mit dem Auto von Simon in mein neues Leben auf. Ich würde das Auto nicht allzu lange benutzen, da man irgendwann nach dem Nummernschild suchen würde, aber für ein oder zwei Tage, konnte ich so sehr weit kommen. Es war erstaunlich, wie einfach es für mich war, mein Leben zurück zu lassen. Man muss verstehen, dass ich nie eine emotionale Bindung zu einem Ort oder einem Menschen hatte. Was ich wollte, war einfach nur leben.

Gerade als ich Buena Vista verließ und ich den schmalen Waldstraßen Richtung Amherst folgte, sah ich Erins Vater auf dem Seitenstreifen, wie er gerade ein Rehbock auf die Ladefläche seines Pickups hievte. Um ein Haar hätte er mich gar nicht gesehen, wenn er nicht im letzten Moment einen Blick über die Schulter geworfen und er mir direkt in die Augen gesehen hätte. Schimpfend verringerte ich die Geschwindigkeit und hielt einige Meter nach dem Pickup auf dem Seitenstreifen an. Von allen Menschen die meine Flucht bezeugen hätten können, war Erins Vater Mr. Black einer der unangenehmsten, da er durch Erin mit mir zu sehr in Verbindung stand. Mein Plan war ursprünglich gewesen, dass ich in paar Tagen als vermisst gelten würde, doch nun gab es einen Menschen, der mich zuletzt gesehen hatte und meine Flucht bezeugen könnte. Mir war klar, dass man mir zwar Tier- oder Menschenmorde nicht so schnell zutrauen würde, aber es gab etwas vor dem ich geflohen bin, also wäre eine Mitschuld nicht auszuschließen. Ich musste die Situation wieder zu meinen Gunsten drehen. Durch den Rückspiegel beobachte ich, wie Mr. Black auf meinen Wagen zukam. Im Grunde sah er aus, wie eine ältere Version von Erin. Bis auf den Schnauzer war die Ähnlichkeit verblüffend. Als er bei mir war, ließ ich das Fenster herunter und schaute ihn verzweifelt an:
„Mr. Black, ich bin so froh, Sie zu sehen."
Sein höfliches Lächeln verschwand und gleich darauf beugte er sich hilfsbereit zu mir hinunter.
„Was ist den passiert. Hat Erin etwas angestellt?"
Es wunderte mich nicht, dass er sofort Erin verdächtigte. Mir war schon vor einer Woche aufgefallen, dass sein Vater nur das Schlechteste von ihm hielt.
„Ja. Sie haben sicher schon gemerkt, dass Sie in letzter Zeit nicht mehr so viele Tiere fangen, oder?"
Von meinen schauspielerischen Künsten selbst beeindruckt, klopfte ich mir in Gedanken auf die Schulter.
„Was hat er getan?", fragte er erneut und erhob dabei die Stimme.
„Ich glaube, er tötet die Tiere im Wald."
Als ich in Tränen ausbrach, wurde die Mine des Mannes wieder sanfter.
„Nicht weinen. Alles wird wieder gut. Ich werde mich darum kümmern."
„Ich danke Ihnen.", schluchzte ich und rieb mir die Tränen aus dem Gesicht:

„Die armen Tiere verdienen solch einen Tod nicht."
„Ich hatte schon immer so eine Vermutung. Wenn Erin sich zulange im Wald rumtreibt, kann doch nichts Gutes dabei heraus kommen. Ich danke dir für deine Ehrlichkeit."
Nun richtete er sich wieder auf und sah zu seinem Pickup.
„Nochmals danke, dass Sie sich darum kümmern.", sagte ich, mit einer noch immer weinerlichen Stimme und startete den Motor.
„Im Grunde ist das mein Job. Fahr vorsichtig Sam."

Die Art, wie ich seit neuem Entscheidungen traf, gefiel mir. Ich hatte schnell und zielsicher gehandelt. Nun würde man die Leiche zwar schneller entdecken, da die Polizei sicher den ganzen Wald nach Tierleichen absuchte, dafür würde man aber Erin für den Hauptverdächtigen halten. Ich würde vorerst nur als vermisst gelten und wahrscheinlich würde man auch dafür Erin verdächtigen. Selbst auf seine Version der Geschichte würde man keinerlei Wert legen. Wie könnte man einem kleinen Bücherwurm wie mir einen Mord zutrauen. Das einzige Puzzlestück, was nicht passen würde, wäre die Tatsache, dass Simons Auto fehlte und man es irgendwann verlassen finden würde. Es blieb mir nichts anderes übrig, als zu hoffen, dass die Polizei nicht zu viel Energie dafür verwenden würde, mich zu finden, weil sie einfach noch andere Fälle zu bearbeiten hatte. Ich fuhr zwei Tage lang auf der Route 81 und 40 Richtung Oklahoma und kaufte nur das Nötigste von meinem Geld. Mit meinem Taschengeld, dem aus Simons Brieftasche und was ich noch in unserem Haus fand, hatte ich gerade mal ein paar Hundert Dollar. Als ich zum fünften Mal tanken musste, beschloss ich die letzte verfügbare Reichweite zu nutzen, um tief in den Wald von Oklahoma zu fahren und vorerst mal dort zu leben. Da ich ständig in Bewegung bleiben und nie allzu lange an einem Ort verweilen wollte, legte ich die Regel fest, nie zu tief in den Wald zu gehen. Im Notfall wollte ich immer wieder zur Zivilisation zurückfinden. Anfangs war es nicht leicht, meinen Hunger zu stillen, doch dann stellte ich Fallen auf, die nach demselben Prinzip funktionierten, wie die von Eriks Vater. Selbst das Schlafen war nicht so einfach, wie anfangs gedacht. Zum einen, weil der Wald in der Nacht erstaunlich laut war, und zum anderen, weil in den Wäldern von Oklahoma auch gefährliche Tiere lebten. Zum Glück fand ich nach nur wenigen Tagen einen verlassenen Jägerstand. Dieser war wie ein Baumhaus in die Baumkronen gebaut und war genügend groß, sich flach auf den Boden

legen zu können.
In den Nächten stellte ich oft fest, dass ich einen einsamen Weg gewählt hatte, doch ich bereute es nicht. Ich war fest davon überzeugt, das Richtige getan zu haben und dass mein Leben von jetzt an besser laufen würde. Nun war ich frei.

Nach einem halben Jahr hatte ich mich an das Leben im Wald gewöhnt. Nur an ganz seltenen Tagen kehrte ich in abgelegene Dörfer zurück. Manchmal, um einfach nur Menschen zu beobachten. Oft packte mich die Lust, zu töten, um das friedvolle Leben dieser Menschen zu beenden. Zwar fand ich meine Befriedung zum größten Teil beim Wildern von Tieren, doch ich erinnerte mich noch, wie intensiv es war, Simon zu das Leben zu nehmen und sehnte mich danach, es wieder zu tun. Es ist erstaunlich, wie man irgendwie sogar selbst zu einem Tier wird, wenn man sich erst einmal wieder mit der Natur angefreundet hat. Ich weiß noch, dass ich manchmal sogar rohes Fleisch gegessen hatte, wenn ich richtigen Hunger hatte.

Schließlich kam dann der schöne Tag, an dem ich Anthony Bennett traf. Ich war gerade tief in den Wäldern, da sah ich ihn auf einem abgesägten Baumstamm im Wald sitzen. Er sah so aus wie heute, nur stark abgemagert. Ich glaube bis heute, dass er den Hungertod wartete. Er sah aus wie eine sitzende Statue mit einem Gesicht voller Trauer. Als ich mich langsam näherte, erwachte er aus seiner Versteinerung und sah mich an. Sein Gesicht blieb dabei ausdruckslos, obwohl ich zu dem Zeitpunkt noch voller Blut von der Jagd war. Ich glaube, es gefiel ihm, dass ich mich trotz seiner vielen Brandnarben nicht fürchtete, denn… vielleicht war es auch nur eine Einbildung, aber ich meine mich zu erinnern, dass er damals kurz gelächelt hatte.

„Hey. Wie… heißt du?“, fragte ich. Es fühlte sich nicht richtig an, nach so langer Zeit des Schweigens, zu sprechen. Jedes meiner Worte verließ unsicher meine Lippen und es hatte ein halbes Jahr gebraucht, bis ich wieder ordentlich ganze Sätze aussprechen konnte. Er sah mich eine Weile an und sagte seinen ersten und gleichzeitig auch letzten Satz: „Ich heiße… Anthony Bennett.“ Seine Stimme klang zwar traurig, aber man hörte in ihr auch eine ewige Ruhe. Ich kann es gar nicht in Worte fassen, aber etwas in mir wollte nicht, das er starb.

Anthony war für mich wie meine Puppe Sandy. Er sprach zwar nicht, aber er verstand mich. Obwohl er vermutlich weit mehr als doppelt so alt wie ich war, weckte er in mir mütterliche Gefühle. Nachdem er beschlossen hatte wieder zu essen, fütterte ich ihn manchmal wie einen kleinen Jungen. Natürlich hätte er auch selber essen können, doch er wirkte so lustlos, nur im Geringsten seine Arme zu bewegen. Ich half ihm immer beim Aufstehen und selbst beim Gehen versuchte ich, seinen großen Körper zu stützen. Nur nachts war er wie ein Vater, wenn ich mich an ihn kuschelte und er mich in seine warmen starken Arme nahm. Zwischen uns gab es nie etwas Sexuelles, es war aber auch keine Freundschaft. Wir halfen uns einfach gegenseitig, besser zu überleben, das war alles.

In den nächsten Wochen erzählte ich ihm alles über mich. Von meiner Kindheit, bis zu meinem ersten Mord. Er wirkte nicht sonderlich verwirrt, als ich ihm mitteilte, dass ich mit Genuss meinen Stiefvater enthauptet hatte. Es sah fast so aus, als verstünde er es und das fand ich gut.

Bennett wurde immer kräftiger und irgendwann hatte ich den Eindruck, er könne bald mit seinen bloßen Händen ganze Bäume ausreisen. Er gab mir das Gefühl, nie allein zu sein und auch wenn ich das nie wirklich wahrhaben wollte, irgendwie war dieses Gefühl schon wichtig für mich.

An meinem achtzehnten Geburtstag beschloss ich, den Wald zu verlassen. Viel zu lange hatten wir uns schon versteckt. Es wurde Zeit, dass uns die Welt zu spüren bekam. Der Entschluss festigte sich, als ich in einer Lichtung einen großen Truck sah. Auf dessen Ladefläche lagen viele mittelgroße Bäume. Der Besitzer war also Holzfäller und den Geräuschen von Motorsägen nach zu urteilen, schien er nicht weit weg zu sein.

„Wir werden dem Menschen jetzt sehr wehtun, Anthony.“, sagte ich und strich über seinen Rücken. Darauf sah er mich eindringlich an und nickte schließlich.
„Ist es okay, wenn ich mich um ihn kümmere, während du auf dem Truck ein wenig Platz für seinen Leichnam schaffst? Am besten so, dass wir ihn unter den Bäumen begraben können. Soll ja nicht jeder sehen, dass wir ihn spazieren fahren.“
Er nickte erneut.

„Ich bin gleich wieder zurück, mein Großer."
Er sah glücklich aus, als ich ihn fest drückte und erneut über seinen Rücken strich.
Als hätte er es darauf angele, hatte der Mann keine Schutzkleidung an. Es war ein leichtes, mich unter dem ganzen Lärm, an ihn heran zu schleichen. Gedankenversunken sägte er gerade einen Baum frisch an, als ich ihn so stark schubste, dass ihm die Baseballmütze vom Kopf flog. Dabei schnitt er sich versehentlich seinen Oberschenkel mit der Motorsäge auf, bevor er hart auf dem Boden aufschlug. Ein paar Jeansfetzen segelten durch die Luft. Mit zusammengebissenen Zähnen umklammerte der Mann sein Bein und keuchte ein paar Flüche. Wahrscheinlich wurde ihm gerade speiübel. Zu meinem Glück lag die Kettensäge immer noch knatternd auf dem moosbewachsenen Boden. Nie zuvor hatte ich so ein Ding angeworfen, vielleicht wäre ich damit überfordert gewesen.
„Du dämliches Dreckstück.", fluchte der Holzfäller, als er mich sah. Er konnte noch nicht wissen, in was für einer Gefahr er sich befand. Mit einem freundlichen Lächeln hob ich die Säge auf, als würde ich einen höflichen Knicks machen. Erst als ich die Säge aufjaulen ließ, wurde das Pausbäckchengesicht des Mannes käseweiß. In den nächsten Sekunden schallten seine Schreie tief in den Wald. Anthony hatte mich dabei beobachtet. Nicht, weil er sehen wollte wie ich jemanden umbrachte, sondern weil er Angst um meine Sicherheit hatte. Erst als er erkannte, dass ich alles im Griff hatte, wandte er sich ab und lehrte die Ladefläche des Trucks.

Und so brach eine neue Ära in meinem Leben an. Anthony und ich durchquerten die Staaten und lebten im Hier und Jetzt. Es war eine schöne, in sich schlüssige Zweisamkeit, bis wir eines Tages auf William Conner und Mason Young trafen. Sie waren genauso wie wir quer durch die Wälder gelaufen und ich erkannte schnell, dass sie auch so besonders waren. Zwar machte Mason zunächst einen sehr einfältigen Eindruck und William war sonderbar schweigsam, doch beide hatten die Willensstärke sich nichts von dieser Welt gefallen zu lassen. Vermutlich hätte ich ohne Anthony an meiner Seite, unser Zusammentreffen nicht überlebt. Mason hatte schon sein Messer gezückt und machte schon Anstalten mich anzugreifen, ehe er den Riesen erblickte. Somit war recht schnell klar, wer hier das sagen hatte. William dagegen, schien es sehr schön zu finden, endlich jemand anderes als

Gesprächspartner zu haben. Mittlerweile weiß ich nur zu gut, wie anstrengend Mason manchmal sein kann. Es war keine bewusste Entscheidung die beiden in unsere kleine Familie mitaufzunehmen, aber nachdem wir ein paar Tage zusammen verbachten stellte sich heraus wie nützlich es war. Mason konnte so ziemlich jedes Schloss öffnen und somit konnten wir in verlassene Orte einbrechen, abgesperrte Bereiche betreten oder sogar Autos stehlen. William dagegen, war clever und konzentriert. Er wusste, wie man gezielt und lautlos ein Verbrechen verübt. Vieles was ich heute weiß, hatte ich einst von ihm gelernt.

Jetzt sind es fast fünf Jahre her, seitdem ich von Zuhause fortgelaufen war. Bisher schien es nicht einmal so, als ob uns die Polizei überhaupt suchen würde. Wahrscheinlich erkannten sie nicht einmal einen Zusammenhang zwischen den Morden. Und solange es keine Zeugen gab, würde dies auch so bleiben.

Buch: Sam Collister

(23.08.1967-12.09.1989)

Part 2

Vorwort

Man wird wie die Menschen, mit denen man sich umgibt. Dies hatte man mir mal gesagt. Nun erkenne ich, wie sehr das der Wirklichkeit entspricht. Mein Leben sollte sich von dem Tag an, an dem ich Sam und die anderen traf deutlich verändern.

Diese Veränderung würden wohl viele nicht gutheißen, aber mein Leben ist nun deutlich besser. Viel besser, als es jemals zuvor war.

In der Nacht, als Samantha mir ihre Geschichte erzählte, wurde mir klar, wie schwer es doch so viele Menschen haben, sich in dieser Welt zurechtzufinden. Anstatt wie ich zu versuchen, sich dieser Welt irgendwie zu fügen, hält sie ständig an sich selbst fest. Sie will nicht wie die anderen sein. Sie will besonders sein. Dem Gruppenzwang zu entfliehen, das kam mir immer so gut wie unmöglich vor.

Die meisten Menschen würden Samantha Dearing wohl verurteilen, doch ich sehe sie als die wohl stärkste Frau der Welt, denn während wir anderen, wir normalen da draußen darüber nachdenken ob wir gut sind, ist sie einfach sie selbst. Niemand kann sie.

Kapitel 1: Wir nehmen alles, sogar das Leben. (25.04.1986)

„Cole, wach auf.“

Ich spürte, wie jemand mir den Finger in die Seite bohrte. Wieso nannte mich diese weibliche Stimme Cole? Langsam öffnete ich die Augen und begriff erst nicht, wo ich mich befand. In einer unbequemen Stellung hatte ich mich auf einem Beifahrersitz zusammengekauert. Als ich mich streckte, spürte ich, wie durch die Starre ein leichter Schmerz durch meine Glieder schoss.

„Wir haben ausgemacht, dass ich dich Cole nennen darf, also musst du auch auf diesen Namen reagieren.“

Verschlafen sah ich zu Samantha am Steuer des Vans. Flüchtig warf sie mir ein Lächeln zu, ehe sie sich wieder auf die Straße konzentrieren musste. Dann fiel es mir wieder ein.

Wir hatten uns gestern am frühen Morgen am Steuer gewechselt.

Das war aber längst nicht alles, was mir nach und nach wieder einfiel.

Ruckartig richtete ich mich auf.

Verdammt, Sam! Wie konnte das gestern alles passieren?

„Guten Morgen.“, sagt Sam und lächelte mich wieder an. Ich glaube sie konnte sich gar nicht vorstellen wie ich mich gerade fühlte. Gestern war ich um Mitternacht aufgebrochen, um ein neues Leben zu starten. Die Gruppe, mit der ich diese Reise antreten wollte, war vor meinen Augen getötet worden und einer davon sogar durch meine eigene Hand. Als ob dies noch nicht an Absurdität ausreichte, schüttete ich noch mein Herz bei einer Serienkillerin aus und im Gegenzug erfuhr ich ihre Geschichte…

Ziemlich viele Veränderungen für nur einen Tag. Unsicherheit baute sich in mir auf. Wie sollte es nun weiter gehen. Würde ich ein weiteres Mal einen Menschen töten können, oder war dies gestern nur der richtige Augenblick dafür gewesen? Würden sie mich töten, falls ich mich nicht wie sie verhielte?

Ein unangenehmer Geruch bohrte sich in meine Nase. Mit einem Blick über die Schulter in den Laderaum sah ich, woher er kam. William Conner hatte noch immer Aidans Gesichtshaut als Maske auf. Mittlerweile war jede Feuchtigkeit aus ihr entwichen und dadurch sah es so aus, als wäre Aidan über Nacht um fünfzig Jahren gealtert. Er und Mason schliefen noch. Nur Anthony hockte wach an derselben Stelle wie in der Nacht zuvor, als habe er nicht

einmal geschlafen. Gegen sechs Uhr in der Früh hatten ich und Samantha die Plätze getauscht. Mit einem Blick auf die Uhr über dem Armaturenbrett erkannte ich, dass ich fünf Stunden Schlaf abbekommen hatte.
„Wo sind wir?“, fragte ich Samantha und sah aus dem Fenster.
„Wir haben gerade Denver passiert. An der nächsten Raststation halten wir. Die Jungs brauchen sicher was zwischen die Zähne.“
Sie klang so freundlich harmonisch, dass ich ihr nie etwas Böses zugetraut hätte, doch ich wusste es besser. Mittlerweile waren wir also schon in Colorado und somit über vier Staaten von meiner Heimat entfernt.
„Wacht auf, ihr Schlafmützen! Zeit fürs Frühstück!“, rief Samantha über die Schulter und gleich darauf hoben William und Mason die Köpfe. Mittlerweile war ich mir sicher. Sie war tatsächlich die Anführerin. Schon öfters hatte sie Befehle erteilt und auch wenn die beiden diese manchmal hinterfragten, wie zum Beispiel die Entscheidung, mich mitzunehmen, galt letztendlich ihr Entschluss. Anthony schien am gehorsamsten zu sein. Er würde alles für Samantha tun, dessen war ich mir sicher.
„Wirf‘ endlich die Fresse von diesem Neger weg, Conner. Das stinkt ja fürchterlich.“, fluchte Mason und wedelte mit der Hand vor seiner Nase. Kommentarlos nahm William die Maske ab. Durch das getrocknete braune Blut klebte die Maske leicht an seiner Haut. Während er zu Wagentüre ging, rieb er sich die letzten Blutkrusten aus dem Gesicht. Ich kurbelte mein Autofenster herunter, um den ätzenden Gestank mit dem Geruch frischer Vormittagsluft zu ersetzen. Dafür, dass es erst April war, war es erstaunlich warm.
Als wir von der Autobahn auf eine Landstraße wechselten, stand schon die nächste Raststätte in zehn Meilen ausgeschrieben.
„Ich hoffe, die verkaufen Waffeln. Ich habe tierisches Verlangen nach Waffeln.“, sagte Samantha und beschleunigte den Wagen ein wenig.
William hatte sich mittlerweile, wie gestern schon, zwischen unseren Sitzen abgestützt und zeigte an den Straßenrand ein paar hundert Meter vor uns: „Da, die nehmen wir mit.“
Zuerst konnte ich gar nicht erkennen was er meinte, doch dann sah ich, wie zwei Anhalter am Straßenrand um eine Mitfahrgelegenheit baten. Sie waren beide weiblich und wohl kaum über sechszehn Jahre alt.
„Denen wird gar nicht klar sein, wie viel Pech sie haben“, lachte Mason. Er hatte Recht. Als Samantha den Van an den Straßenrand lenkte, hüpften die

Mädchen vor Freude auf uns zu. Auf ihren Schultern lasteten schwer die Umhängetaschen und in beiden Händen hatten sie jeweils einen Reisekoffer.
„Danke, dass ihr uns mitnehmen wollt. Wir wollen nach Nevada. Ist das eure Richtung?“, fragte das Mädchen, das ein wenig älter wirkte als die andere. Sie standen so dicht an meinem Fenster, dass das gespiegelte Sonnenlicht von ihren goldblonden Haaren mich blendete. Da ihre Augen das gleiche grün hatten, ging ich davon aus, dass sie Geschwister waren.
„Ihr habt Glück. Genau da wollen wir auch hin.“, antwortete ich und spürte den stolzen Blick von Samantha auf mir.
Verdammt, warum hatte ich das gesagt… Warum? War es mir wichtig, meine neuen Freunde zu behalten oder ging es mir nur um Samantha?
Ich nahm an, dass die beiden Mädchen Nevada niemals erreichen würden. Sie hatten diesen abenteuerlichen Blick in ihren Augen und jede Zelle ihres Körpers strömte ihren Tatendrang aus. Wie der Noah-Clan waren sie auf der Suche nach dem ultimativen Glücksgefühl.
„Am besten setzt ihr euch beide auf dem Beifahrersitz.“, empfahl Samantha über meine Schulter hinweg zu den Mädchen und sah dann mich an: „Du gehst am besten nach hinten, Cole und nimm ihr Gepäck mit.“
Noch immer hatte ich mich an meinen neuen Spitznamen nicht gewöhnt. Wie befohlen stieg ich aus und nahm ihre Taschen entgegen. Die ältere von den beiden sah mich kurzzeitig besorgt an. Ich glaube, sie hatte gespürt, dass ich mir kurz Sorgen um sie gemacht hatte, ignorierte dann aber ihr Gefühl. Immerhin hatten sie bisher nur mich und Samantha gesehen und wir sahen nicht gerade gefährlich aus.

Auf dem Weg zur Raststätte stellten sich die Mädchen mit Cindy und Lois vor. Lois war die große Schwester und hatte ihre Haare zu einem Pferdeschwanz zusammen gebunden. Im Gegensatz zu Cindy war sie sehr frühreif und hatte daher schon die Figur einer jungen Frau angenommen. Ihre Gesichter wirkten auf mich liebevoll und nett. Wahrscheinlich gehörten sie zu den höflichen und hilfsbereiten Menschen.
„Wissen eure Eltern, wo ihr seid?“, fragte Samantha die beiden und hatte wieder ihr bezauberndes Lächeln aufgesetzt.
Dem Erröten der Wangen entnahm ich, dass die beiden sich ertappt fühlten.
„Sie denken, wie wären in einem Freizeitcamp.“, antwortete Cindy zögernd.
In wie vielen Tagen würden ihre Eltern die Meldung erhalten, dass die

Leichen ihrer Kinder gefunden wurden? Wie viele Stunden hatten die beiden noch zu leben?
„Dann wollen wir mal hoffen, dass eure Eltern nicht mitbekommen, wie ihr eure Ferien verbringt.", entgegnete William und lachte: „Aber ich bewundere euren Mut. Nicht jeder traut sich, bei Fremden mitzufahren. Es gibt gefährliche Leute hier in der Gegend."
Die Art, wie William Conner indirekt auf uns hinwies, versetzte mir eine Gänsehaut. Sie waren alle unglaublich gute Lügner.
Als die Mädchen Anthony sahen, sah man das Entsetzen auf ihren Gesichtern, doch als Mason ihnen versicherte, dass er niemanden etwas tat, übten sie sich in einem höflichen Lächeln.

An der Raststation fuhr Samantha sofort zur Tankstelle, an die erste Zapfsäule. Mit einem Blick über die Schulter befahl sie dann: „Mason, tankst du bitte."
Young fing zwar sofort an, zu meckern, aber kam dennoch prompt ihrer Anweisung nach. Erstaunlich, wie Sie die Gruppe im Griff hatte.
„William und Cole könnten ja schon mal rein gehen und dann bezahlen. Nehmt auch was zum Essen mit."
Auch wir setzten uns sofort in Bewegung und folgten Mason aus dem Van. Es fühlte sich gut an, nach einer langen Fahrt, endlich wieder auf festem Boden zu stehen und sich die Beine vertreten zu können.
Der Rastplatz wirkte um diese Uhrzeit noch recht verlassen. Womöglich war hier erst in einigen Stunden ordentlich was los. Es parkten gerade einmal drei LKWs an der Seite, in denen die Fahrer ein Nickerchen machten, bevor sie ihre weite Reise fortsetzen mussten.
Auf dem halben Weg zur Tankstelle hörten wir, wie Cindy nach uns rief: „Wartet, ich komme mit."
Es wunderte mich, dass sie ihre Schwester alleine ließ. Konnte sie denn nicht die Gefahr spüren?
„Die haben doch sicher eine Toilette?", fragte sie uns, als sie uns eingeholt hatte.
„Mit Sicherheit.", entgegnete William darauf und legte eine Hand behutsam auf ihren Rücken, bevor er sie in den Laden schob.

Cindy kaufte eine Diät-Cola, damit sie die Toilette benutzen durfte. Zuvor hatte Conner ein Dutzend trockene Vollkornsemmeln gekauft und erklärte mir,

dass sie immer nur das billigste und nötigste kauften, um das Geld besser einzuteilen. Gutes Essen gab es nur ein paar Mal im Jahr. Dies war für mich eine ungewohnte Lebensumstellung, aber ich verstand die Notwendigkeit dahinter.
Sofort als Cindy den Laden mit dem Toilettenschlüssel verließ, nickte William ihr nach und sah mich dann eindringlich an. Offenbar wollte er, dass ich ihr folgte. Meine Muskeln verkrampften sich. Was wollte er von mir? Sollte ich sie einfach nicht aus den Augen lassen oder wollte er sogar, dass ich ihr etwas antue. Nervosität stieg in mir wegen der Unsicherheit auf und er schien das zu bemerken. Seufzend versicherte er mir: „Ich komme gleich nach. Lass mich nur noch schnell bezahlen."
William wandte sich von mir ab und kramte ein paar Münzen hervor. Er ging fest davon aus, dass ich seinem Befehl nachkommen würde, doch ich stand eine Weile reglos da und starte auf die einzelnen Artikel die die Regale füllten. Die viel zu bunten Tiere auf den Gummibärchenpackungen lachten mich auf eine groteske Weise an, dass ich nicht anders konnte, als den Laden zu verlassen. Gott möge mir vergeben.

Mit zügigen Schritten, ging ich um die Tankstelle herum. Immer noch war ich unschlüssig was William von mir erwartete, aber ich beschloss, sie einfach anzusprechen, sobald sie aus der Toilette herauskam, um sie so lange hinzuhalten, bis William bei uns war. Die Raststation grenzte an ein Waldgebiet, das grundsätzlich aus Fichten bestand. Vielleicht wollte William sie dorthin schleifen?
Mit wackeligen Beinen sprang ich über eine Betonbegrenzung und folgte einen kleinen, gekiesten Pfad, bis ich endlich an der Rückseite der Tankstelle, bei den Waschräumen stand. Ich fühlte, wie die Unruhe in mir zunahm, als ich auf die Tür der Frauentoilette starrte. Immer wieder streifte ich meine schwitzenden Hände an meiner Jeans ab und versuchte, mich zu konzentrieren. Nun war der Moment gekommen, an dem ich mich entscheiden musste. Wollte ich wirklich so sehr zu den Vieren dazu gehören, dass ich ein unschuldiges, junges Mädchen dafür töteten würde?
Wenn nicht, wäre nun der Zeitpunkt gekommen, mich aus dem Staub zu machen. Ich würde in den Waldlaufen müssen und hoffen, dass ich irgendwann irgendwo anders eine Siedlung fand. Dort würde ich entweder David anrufen können oder ich würde einfach mit dem Bus irgendwo

hinfahren, wo es mir gefiel, um dort ein neues Leben zu starten. Ich würde schon vergessen, dass ich einen Menschen getötet hatte und wenn nicht, dann würde ich dieses Geheimnis mit ins Grab nehmen.
Doch dann merkte ich, dass ich mich eigentlich schon längst entschieden hatte. Es ist vielleicht nicht so leicht nachzuvollziehen, aber zum ersten Mal in meinem Leben hatte ich mich bei jemand wohlgefühlt. Diese vier Menschen waren nicht nur Serienkiller. Sie waren die ersten Menschen, die mich je akzeptiert hatten und… irgendwie auch mochten. Die mich freiwillig in ihrer Gruppe aufnahmen. Ich musste sie nicht überreden. Samantha wollte mich einfach dabei haben. Sie sagte, ich sei einer von ihnen und vielleicht hatte sie damit sogar Recht. Klar war ich nie so gewalttätig wie Samantha es in meinem Alter war, doch auch ich kannte dieses schöne Gefühl das sie beschrieben hatte, wenn ich auf Ben oder Jacob einschlug. Vielleicht war dieses verbotene Leben das einzige Leben, in dem ich glücklich sein konnte und verdiente nicht auch ich ein Recht auf Glückseligkeit? Wenn ich dazu geschaffen war zu töten, sollte ich nicht dann meiner Bestimmung nachgehen? Es gibt so viele Menschen auf dieser Welt und nur die wenigsten sind glücklich. Wie unbedeutend ist es doch, wenn man in dieser kranken Welt ein Verbrechen ausübt. Cindy war einfach im falschen Moment am falschen Ort. Wäre sie doch lieber im Camp geblieben.
Ich faste den Entschluss, es zu versuchen, denn sollte ich jetzt weglaufen, würde ich mir immer fragen, was gewesen wäre, wenn ich mich diesen Serienkillern angeschlossen hätte.
Und vor allem würde ich mich fragen, was aus Samantha geworden war. Also. Seit dem gestrigen Tag, begann ein neuer Abschnitt in meinem Leben: Ich würde von nun an versuchen, ein Mörder sein kann, selbst wenn ich eines Tages dafür meine Strafe bekäme. Ich drückte die kleine, goldene Uhr in meiner Hosentasche, sowie damals im Pausenhof von Jackson und wartete mit flachen Atemzügen auf Cindys Rückkehr.

Schon als sich die Türe zur Frauentoilette öffnete, hatte ich meine ganze Wut in meine Faust gelegt. Sie hatte gerade noch Zeit, mit einem unaufmerksamen Blick den Waschraum zu verlassen und mit der linken Hand den Halt ihres Pferdeschwanzes zu prüfen, als ich mit zwei kurzen Schritten meine Faust mitten in ihr Gesicht donnerte. Ihr Kopf wurde dabei heftig in den Nacken gerissen, sodass sie schon bewusstlos war, ehe ihr Körper auf der feuchten

Wiese aufschlug.
„C..Collister.“, stammelte Conner verwundert meinen Nachnamen: „Ich wusste gar nicht, dass du so viel Talent hast.“
Lachend schlang er seinen Arm um meine Schultern.
Wieder fühlte sich seine Bestätigung gut an.
„Keine Zeit für Glückwünsche. Wir müssen sie wegschaffen. Bevor uns einer sieht.“, sagte ich mit fester Stimme.
„So gefällst du mir“
Williams Laune war auf dem Höhepunkt. Immer noch breit lächelnd packte er die Cindys Arme und zusammen trugen wir sie dann knappe hundert Meter in den Wald und legten sie mit dem Kopf voran über einen Baumstamm. Nur wenig Sonnenlicht durchbrach, die Baumkronen und es war beinahe nichts zu hören, außer leisem Wind.
„Sam scheint dir zu gefallen, oder?“, fragte William, während er seine Hände an seiner Hose abstreifte.
Er sah seine Annahme bestätigt, als ich mit der Antwort zögerte: „Sam ist nicht leicht zu beeindrucken. Sie scheint jedoch irgendwas an dir zu finden und damit bist du bestimmt weiter als jeder andere Mensch je war.“
Immer noch zeigte ich keine Reaktion auf seine Aussagen.
„Hätte sie gesehen, wie du es Cindy gerade gegeben hast, dann wäre sie sicher beeindruckt gewesen.“
Er klopfte auf Cindys Rücken und entfernte sich dann zügig viele Meter.
„Hast du schon mal mit Messern geworfen, Collister?“
Nun gab ich ihm endlich eine Antwort: „Nein, noch nie.“
„Dann wird es aber Zeit. Komm, ich zeig es dir.“
Er winkte mich zu sich her. Es gefiel mir, dass er mich unterrichten wollte. Als wäre er der große Bruder, den ich nie hatte.
Aufmerksam beobachtete ich, wie er aus seiner Tasche am rechten Bein auf Oberschenkelhöhe viele kleine Wurfmesser zog.
„Ich finde, dass das Messer die beste Waffe ist, um einen Menschen zu töten. Verstehe gar nicht, was Sam mit ihrem Revolver hat.“
Er suchte sich einen sicheren und festen Stand und nahm das erste Messer in die Hand.
„Ein Messer ist leise, aber das wichtigere ist, dass du die Kraft bestimmst. Bei einem Revolver zuckst du nur mit dem Finger. Der Schütze fühlt den Mord nicht so sehr in sich, wie wenn du zum Beispiel jemanden mit einer Axt

enthauptest."
Sein Zeigefinger lag auf dem Griffrücken, während die restlichen Finger den Griff umschlossen. Beim Wurf selbst ließ er von dem Moment an, an dem er den Schwung holte, bis das Messer seine Hand verließ, den Arm ständig durchgestreckt, um die größte Wucht zu erzielen. Nur mit dem Handgelenk versetzte er dem Messer eine leichte Drehung sodass es letztendlich mit der Klinge voraus, in das Ziel traf.
Die Geschwindigkeit des Messers war so enorm, dass es scheinbar einer Gewehrkugel glich. In einem Bruchteil einer Sekunde schlug das Messer in Cindy ein, sodass nur noch der Griff aus ihrer linken Schulter ragte. Ein kurzes Stöhnen schalte durch den Wald. Die Schmerzen schienen Cindy zurück ins Bewusstsein zu zwingen. Langsam rollte sie sich von dem Baumstamm und kauerte sich auf dem Moosboden zusammen. Der Anblick löste diesmal in mir überraschenderweise nur wenig Schock aus. Als machte sich mein Verstand auf den Weg, mein jetziges Leben zu akzeptieren. William dagegen stöhnte beim Einschlag des Messers ebenfalls vor Erregung auf.
„Mh, das ist schön. Diese Energie."
Er wedelte mit den Armen in der Luft und musterte mich dabei, um zu sehen ob ich ihn verstand.
„Nun bist du dran, aber lass dir nicht zu viel Zeit, sonst kommt sie wieder auf die Beine."
Mit einer lässigen Bewegung legte er mir weiteres Messer in die Hand. Ich schätzte, nach der Größe seiner Tasche, das er mindestens noch ein halbes Duzend davon hatte. Unsicher versuchte ich, seine Bewegungen so gut wie nur möglich zu imitieren. Ungefähr fünf Meter lagen zwischen mir und Cindy. Tief in mir baute sich ein finsterer Abgrund auf. Nun würde ich erneut versuchen, einen Menschen ernsthaft zu verletzen. Nicht, dass ich Bedenken hatte, doch spürte ich deutlich wie meine Seele immer finsterer wurde, je mehr ich mich auf dieses Leben einließ. Würde ich schon bald großen Gefallen daran finden?
Ich setzte all meine Kraft in den nächsten Wurf und schleuderte das Messer in Cindys Richtung. Enttäuscht stellte ich fest, dass ich sie knapp verfehlt hatte, doch William schien über meine Leistung überrascht.
„Gar nicht schlecht für den Anfang. Heute Abend üben wir das nochmal", sagte er und zwinkerte mir zu. Cindy versuchte sich gerade aufzurichten, als

William ein weiteres Messer in ihre Richtung schleuderte. Es traf sie direkt oberhalb vom Hals und riss ihren Kopf in den Nacken. Wie eine leblose Puppe legte sie sich zu ihrer ewigen Ruhe. William Conner wirkte wie ein mächtiger Gott mit beeindruckender Stärke. Er gehörte zu den Männern, mit denen man sich lieber nicht anlegte. Gleichzeitig wirkte er, als wäre er von unserer Gruppe der Vernünftigste, wenn man von seinem Problem mit Dunkelhäutigen absah. Er lächelte mich an und drückte mich kurz an sich, als wollte er mich trösten, dass ich nicht getroffen hatte.
„Du wirst noch richtig gut. Das weiß ich."
Mir wurde angenehm warm um mein Herz.

„Wo wart ihr denn so lange", schimpfte Samantha. Mit beiden Händen in den Taschen ihrer kurzen Shorts lehnte sie lässig am Van. Ihren Strohhut hatte sie tief in die Augen gezogen.
„Du hättest mal Collister sehen sollen. Der ist mit der Faust voran in ihr Gesicht gesprungen.", lachte William und imitierte meinen Angriff.
„Ein Grund mehr, dass wir verschwinden sollten."
Ich fragte mich, woher die schlechte Laune von Samantha kam. Gefiel es ihr nicht, wenn sie nicht die volle Kontrolle über die Situation hatte? Oder vielleicht, weil sie keinen Spaß mit Cindy haben durfte?
„Ich stimme Samantha zu. Wir sollten weiter fahren.", sagte ich und öffnete die Beifahrertüre des Vans. Gerade als ich einsteigen wollte, ergriff Conner meine Schulter: „Vielleicht solltest du fahren. Sam braucht auch mal eine Pause."

Nun fuhren wir nach Süden und steuerten somit Utah an. Es verwundete mich nicht, Lois geknebelt im Laderaum zu sehen. Ihr Wimmern war mit voller Angst erfüllt. Sie musste ahnen, dass ihre Schwester schon nicht mehr am Leben war und dass wir auch sie töten würden.
Mason Young gefiel diese Furcht. Wie ein tobender Troll sprang er lachen vor ihr her und fragte sie immer wieder, warum sie denn weinte?
Die Stimmung im Van war einmalig. Samantha hatte das Radio laut aufgedreht und wippte zur der Countrymusik, während sie mit den Armen herum ruderte, als wäre sie in eine Art Drogenrausch verfallen. Immer wieder schenkte sie mir ein Lächeln und stachelte mich an, schneller zu fahren oder mit zu tanzen. Ihre Fröhlichkeit war ansteckend. Bei den wenigen Liedern, die

ich kannte, sang ich aus voller Kehle mit. Niemanden schien das zu stören. Im Gegenteil: Immer, wenn ich sang, sprang William auf und packte Anthony bei den Händen und forderte ihn dadurch auf, mitzutanzen. Er selbst schien nur ein wenig aufmerksamer als sonst. Fast hätte ich auch geglaubt, ein Lächeln auf seinen Lippen wahrgenommen zu haben, als er beobachtete, wie William von einem Bein auf das andere sprang und laut: „Yeeeehaaa“ rief, als wäre er Cowboy. In mir wuchs ein beinahe unbekanntes Gefühl, das ich mit Heimeligkeit oder Geborgenheit beschreiben würde. Ich hatte meine Familie gefunden. Hier war ich zu Hause. In diesem Auto, mit diesen verrückten Menschen. Ich mochte sie alle. Anthony Bennett, der wie ein Wachhund über uns wachte und aufmerksam unsere Gespräche belauschte.

Mason Young, der mit Lois in Arm wild umherschunkelte, als wäre sie seine Geliebte.

William Conner, der immer wieder von hinten meine Schultern umfasste und in meinen Gesang einstimmte.

Und dann war da noch Samantha Dearing. Dieses faszinierende Wesen. Noch nie hatte ich eine Frau als so anziehend empfunden. Sie hatte mir dieses neue Leben geschenkt. Ohne sie würde ich vermutlich mit Noah und den anderen irgendwo in den Staaten umher irren. Ich hätte mich noch einsamer und verlassener gefühlt als in meiner gesamten Jugend in Jackson. Wir fünf waren zusammen ein Team, von dem sich jeder Mensch zu fürchten hatte. Nun fühlte ich mich nicht mehr schwach. Die Zeiten, in denen ich vor anderen Menschen schlecht behandelt werden worden war, gehörten nun der Vergangenheit an. Nie wieder würde ich mich dieser Schikane noch einmal aussetzen. Von jetzt an würde ich mich gegen Alles und Jeden wehren. Denn ich bin Sam Collister. Das neuste Mitglied dieser Gruppe an Massenmördern. Der Junge, der endlich seinen wahren Charakter entdeckte. Nun war ich in meinem Element. Nun war ich vollkommen.

„Sam, mach lauter.“, brüllte Mason nach vorne und drückte seiner neuen Geliebten einen Kuss auf. Sam tat dies und so fetzten wir mit dröhnender Musik über die Landstraßen nach Utah, wie ein weißer unaufhaltsamer Pfeil.

Schon immer zelebrierten Menschen ihr Glück mit Feiern. So auch wir. Wir feierten, als gäbe es kein Morgen. Doch wie immer holte auch uns der Morgen irgendwann ein.

„Wir sind gar nicht weit von Grand Junction entfernt.“, sagte Samantha und unterbrach damit ein längeres Schweigen.
„Ich weiß, worauf du hinaus willst, Sam. Du willst Mirac besuchen gehen.“, sagte Mason und lächelte dabei breit.
Samantha streckte ihren Arm aus dem Fenster, um die lauwarme Abendluft zu spüren. Wenn ihre blonden Haare im Wind wehten, sah sie wie ein Engel aus.
„Wer ist Mirac?“, fragte ich, ohne meinen Blick von der Straße zu wenden.
„Er ist ein guter Freund.“, antwortete Samantha, als sie sich zu mir wandte:
„Er wohnt auf einer Ranch und gibt uns immer gutes Essen. Sein Charakter ist zwar fragwürdig, aber er ist einer von uns.“

(Notiz von Sam Collister)

Einer von uns…
Wenn Samantha das sagte, hörte sich das immer an, als würde sie unsere Spezies meinen. Als gehörten wir nicht zu der Gattung Mensch. Es hörte sich so an, als fände sie, wir wären etwas Besseres als der Mensch.
Eine Art Übermensch.
Anfangs verstand ich nicht, warum sie das tat, doch mittlerweile gebe ich ihr Recht. Wir sind nicht alle gleich. Die meisten Menschen auf dieser Erde sind seelenlose Sucher. Sie glauben, das Leben gäbe ihnen nicht genug und fragen sich, für was sie bestraft werden. Hält man ihnen allerdings ein Messer unter die Kehle, fangen sie ganz schnell an, ihr Leben zu schätzen. Sie betteln: Bitte töte mich nicht.
Wie armselig sie doch sind.
Nie wieder würde ich der Welt die Schuld geben, dass mein Leben schlecht ist.
Jeder ist selbst für sich verantwortlich.
Man muss für sein Leben kämpfen und es in vollen Zügen genießen.
Es gibt nur wenige Menschen, die so sehr gelebt haben wie wir.
(Das Ende der Notiz)

„Dann fahren wir zu ihm. Wie muss ich fahren?“
„Wir müssen die Landstraße gleich verlassen. Ich sag´ dir Bescheid. Das wird so schön, ihn endlich mal wieder zu sehen.“
Dass sich Samantha auf Mirac so sehr freute, machte mich ein wenig eifersüchtig. Was gab ihr dieser Mensch?

Vielleicht reagierte ich aber auch über. Immerhin freuten sich William und Mason genauso.
Durch den Rückspiegel sah ich Anthony, wie er mich öfters musterte. Durch sein ständiges Pokerface konnte ich ihn am wenigsten einschätzen. Ich wusste nicht einmal, ob er damit einverstanden war, dass ich in die Gruppe aufgenommen worden war. Vielleicht war ihm auch alles gleichgültig. Das einzige, was ich von ihm wusste, war, dass er jeden Wunsch von Samantha erfüllen und ihr Leben mit allen Mitteln verteidigen würde. Sie hatte sozusagen einen Schutzengel.

Lois Zustand wurde schlechter. Sie schien nun vollständig am Ende mit ihren Nerven zu sein. In der Welt, die sie nun umgab, gab es nichts mehr, an das sie sich halten konnte. Ihre Mundwinkel hatten sich vom Knebel rot verfärbt und auch an den Handgelenken machten sich die ersten Hautabschürfungen sichtbar. Immer noch wimmernd befand sie sich in einem müden und kraftlosen Zustand. All die Hoffnungen auf eine gute Zukunft hatte sie verloren. Ihr war klar, dass sie auch bald sterben würde.

Die letzten Meter, bevor wir zur Ranch kamen, lotste mich Samantha durch einen Wald. Nach den ersten vier Abzweigungen hatte ich jede Orientierung verloren. Die Fahrt über die unbearbeiteten Forstwege war so unruhig, dass ich froh war, anzukommen.

Kapitel 2: Das Horrorhaus (25.04.1986)

Am Ende der Straße gab es eine größere Lichtung. Auf dieser befand sich eine Ranch, die den Eindruck machte, verlassen zu sein.

„Jetzt kannst du gespannt sein, Collister.“, sagte Mason und klopfte mir auf den Rücken, als ich gerade aus dem Van stieg: „Freu dich schon mal auf richtig geiles Essen.“

Die Ranch war nicht sonderlich groß. Sie bestand aus einem Stall, an welchen ein kleines Gehege grenzte. Darin grasten vier Rinder. Durch die geringe Größe des Geheges hatten sie nicht sehr viel Spielraum, um sich frei bewegen zu können. Auf der anderen Seite des Geheges war an den Stall ein mehrstöckiges Haus angebaut. Es wirkte alt und rustikal, doch hatte auch seinen Charme. Zu fünft standen wir vor der Haustüre. Sechs, wenn man Lois mitzählte, doch Anthony hatte sie über seine große Schulter gelegt, als wäre sie ein Begrüßungspräsent für Mirac.

Sam hämmerte gegen die Tür, da das alte Haus keine Türklingel hatte: „Mirac, mach auf! Wir sind's!“

Ein Mann im fortgeschrittenen Alter öffnete uns nach kurzer Wartezeit die Türe. In seinen dunkelblauen Augen schimmerte Freude auf, als er uns erblickte.

„Na, das ist ja eine Überraschung.“, sagte er mit einer rauen Stimme. Bis auf seine grauen Haare und die Falten im Gesicht wirkte sein Körper jung und kräftig. Anscheinend hatte ihn die Landarbeit jung gehalten. Er war kein besonders schöner Mann. Seine Augen waren hervortretend wie bei einem Insekt und seine Mundhygiene ließ zu wünschen übrig. Neben den vergilbten Zähnen fand man vereinzelt Lücken in seinem Lächeln.

„Du hast mir gefehlt, Cowgirl.“, lachte er und nahm Samantha in den Arm.

„Wir haben dich auch vermisst“, antwortete sie und erwiderte seine Umarmung. Zum ersten Mal sah ich, wie Samantha jemandem Nähe schenkte. Davor dachte ich immer, dass sie mit ihrer kühlen distanzierten Art ihre Unerreichbarkeit unterstrich.

„Hey, Mirac“, begrüßte William Conner den alten Mann: „Ich hoffe, du hast genügend Essen zuhause, sonst gehst du heute leer aus.“

„Kennst du schon unser neues Mitglied?“, fragte Mason rhetorisch.
Mirac musterte mich und bot mir seine Hand an, die ich sogleich ergriff:
„Mein Name ist Sam Collister“
Er ließ meine Hand nicht los, während er mich weiter musterte.
„Er ist noch ziemlich grün hinter den Ohren, aber Sam wollte Collister unbedingt dabei haben“, meldete sich William hinter mir und schlug mir unsanft auf die Schulter.
„Mirac Nolan, freut mich sehr.“
Er übte sich in einem Lächeln, doch das Lächeln erreichte seine Augen nicht.
„Was steht ihr denn so rum? Kommt doch rein. Macht's euch gemütlich. Ich zieh mir erst mal eine Hose an, bevor noch jemand von euch meine alten Eier baumeln sieht!“
Ja, er hatte noch keine Hose an. Wahrscheinlich hatte er wohl heute noch gar nicht gearbeitet.
Endlich ließ er meine Hand wieder los und zog Samantha in das alte Haus.
Ich war überrascht, wie zuhause sich jeder fühlte, außer mir. Mason und William machten nicht mal Anstalten, sich die Schuhe auszuziehen, während sie schnurstracks die Küche ansteuerten. Sogleich spähte Mason in den Kühlschrank, während William vergeblich nach den Tellern suchte und einen Schrank nach dem nächsten öffnete. Es war eine altmodische Küche mit Gasherd. Alle anderen Haushaltsgeräte, wie Toaster, Wasserkocher oder Mixer, waren hier nicht zu finden. Fliesen, die hier und da zersprungen waren und eine vergilbte Raufasertapete ließen die Küche renovierungsbedürftig erscheinen.
Anthony betrat das Haus nicht, sondern setzte sich wie ein Wachhund vor die Türe. Mittlerweile verwunderte mich sein Verhalten nur noch dürftig. Man musste nur begreifen, dass er in einer völlig anderen Welt lebte. Seine rechte Hand umschloss fest Lois‘ Handgelenk. Sie selbst schien nicht einmal daran zu denken, die Flucht zu ergreifen. Wie eine schlaff in den Seilen hängende Marionette hockte sie neben ihm und starrte auf dem Boden. Offenbar hatte sie sich mit ihrem Schicksal abgefunden. Hätte ich an ihrer Stelle auch so schnell die Hoffnung verloren?
Miracs Aufmerksamkeit galt ganz Samantha. Er zog sie mit sich in sein Wohnzimmer. Dort setzte sie sich in einen großen roten Sessel, über den eine gestrickte Decke gelegt worden war. Wohlmöglich war er das einzig schöne in diesem Haus, denn das Wohnzimmer selbst war vollgestellt mit übereinander

gestapelten Zeitungen. Selbst die Glühbirnen waren alle abgebrannt und stattdessen sorgten viele kleine Teelichter für die Helligkeit in diesem finsteren Haus. Dem Staub nach zu urteilen, war hier schätzungsweise seit über zehn Jahren nicht mehr geputzt worden.
Und ich stand einfach nur im Hausflur und beobachtete.
„Wie geht denn dieser scheiß Herd an!“, fluchte Mason aus der Küche, worauf Mirac sofort das Zimmer wechselte. Auf dem Flur warf er mir einen flüchtigen Blick zu. Es fiel mir nicht leicht, diesen einzuordnen, doch in einer Hinsicht war ich mir sicher, dieser Mann hatte ein Problem mit mir.
„Was machen wir jetzt mit Lois?“, fragte ich Samantha, als ich mich an den Türrammen zum Wohnzimmer lehnte.
Einen Moment dachte ich schon, sie hätte mich nicht gehört, als sie sich neugierig in dem Zimmer umsah, doch dann antwortete sie: „Na, dir wird schon etwas einfallen, Cole.“
Erneut überraschte sie mich. Ich war nie davon ausgegangen, dass sie jemals etwas von ihrer Kontrolle abgab.
„Sam, die Jungs scheinen deine Hilfe in der Küche zu gebrauchen“, meldete sich Mirac hinter mir. Es war verblüffend, wie leise er an mich heran gekommen war.
„Hab mir schon gedacht, dass wieder nichts ohne mich geht.“, gab Samantha zurück und erhob sich. Sie legte ihren Strohhut auf einem der Stapel Zeitungen ab und krempelte danach die zu großen Ärmel hoch. Noch bevor Samantha an uns vorbei war, packte mich Mirac an der Schulter und schleppte mich tiefer in das Chaos dieser vier Wände.
„Das Cowgirl hat dich also auserwählt. Scheint, als würde ihr etwas an dir liegen. Vergiss aber nicht, dass Sam mir gehört. Also lass die Finger von der Kleinen.“
Seine Stimme klang bedrohlich, doch in mir rührte sich nicht die geringste Furcht. Im Gegenteil. Sie entfachte nur den Trotz, ihm die Stirn zu bieten. In den letzten zwei Tagen hatte ich beschlossen, mir nicht mehr gegen das Bein pinkeln zu lassen.
„Wenn sich Samantha sich für mich entscheidet, ist mir deine Meinung egal.“, entgegnete ich mit ruhigem Ton.
Es war ein Fehler. Was ich in diesem Moment vergessen hatte, war, dass ich mich in keiner gewöhnlichen Gesellschaft befand. Egal, wie mir diese Menschen ans Herz gewachsen waren, es waren nach wie vor Serienkiller.

Jeder Mensch hätte gewusst, dass man sich mit Killern nicht anlegte. Mirac zuckte nicht einmal mit den Augenbrauen, als er mir ein kaltes Küchenmesser in die Seite rammte. In seinen Augen spiegelte sich weder Wut noch Erregung. Er war völlig kalt, als wäre dies eine alltägliche Situation. Der pulsierende Schmerz ließ mich verkrampft zu Boden sinken. Verdammt, ich hatte nicht gesehen, dass er ein Messer aus der Küche mitgenommen hatte. Jede Faser meines Körpers hatte nur diesen einzigen Wunsch, den Fremdkörper aus mir wieder zu entfernen. Mit einem Ruck zog ich das Messer aus mir, wodurch die Blutung erst richtig begann und stach es so fest, wie ich nur konnte in Miracs Oberschenkel.

Fluchend und schreiend humpelte der Mann zurück und lies sich in den Sessel fallen: „Du dreckiger Bastard!".

Mit beiden Händen umklammerte er sein blutendes Bein.

„Seid ihr verrückt geworden!", mischte sich Samantha ein, dicht gefolgt von William.

„Damit hab ich nicht gerechnet.", sagte Mirac und zog mit einem verzerrten Lächeln das Messer aus seinem Oberschenkel: „Der Kleine hat mehr Mumm, als ich dachte."

Ich wollte schon etwas darauf erwidern, doch Samantha legte meinen Arm um ihre Schultern und half mir auf die Beine. Ich konnte mir einen Zischlaut nicht verkneifen, als der Schmerz dadurch noch einmal aufflammte. Ohne auf meine Zustimmung zu warten, half sie mir aus dem Haus und schleppte mich zum Van. Anthony und Lois hoben beide die Köpfe und starrten uns apathisch hinterher, als wir an ihnen vorbei stolperten.

„Warum legst du dich mit ihm an."

Sie klang verärgert und besorgt zugleich.

„Ich lasse mir nichts gefallen."

Trotz meiner Wunde bereute ich in dem Moment meine Tat nicht. In meinem neuen Leben musste ich ein Mensch werden, der keine Angst vor einem Messer hatte. Eigentlich sollte ich der Mensch sein, der mit einem Messer für Angst sorgt.

Sie setzte mich auf der Laderampe ab und suchte nach dem Erste-Hilfe-Kasten, der sich gleich neben dem Ersatzreifen befand.

Es breitete sich in mir ein Gefühl der Geborgenheit aus, als ich Samantha dabei beobachtete, wie sie den Verband gründlich um meine Taille legte.

„Du darfst nie vergessen, wer wir sind. Der einzige Grund, warum er das

Messer nicht in deine Kehle gerammt hat, ist, weil er mich nicht beleidigen wollte. Sonst wärst du jetzt definitiv tot.“, sagte sie, ohne den Blick von ihrer Arbeit zu lassen. Jeder ihrer Handgriffe war wie ein kleiner kribbelnder Stromstoß, wenn ihre Finger meine nackte Haut berührten. Ich wünschte, solche Momente könnte man ewig festhalten. Entspannt sah ich diese bildschöne Frau an.

„Du musst dich nicht um mich sorgen. Es geht mir wirklich gut.“

Nun sah sie doch auf. In ihrem Blick brach sich die Verärgerung Bahn.

„Dreckskerl.“, schimpfte sie mich und ließ zugleich von mir ab.

Damals hatte ich nicht verstanden, was ich Falsches gesagt hatte. Ich hatte vermutet es läge daran, dass ich ihren Rat, mich vor zu sehen, nicht angenommen hatte, doch das war es nicht. Mittlerweile begriff ich es. Mit meinem letzten Satz, hatte ich etwas in ihr ausgelöst oder besser gesagt, ich hab sie an etwas erinnert. Ich habe sie an die alte Samantha erinnert. Dieses Mädchen, das außer sich selbst nichts brauchte. Jeder Mensch war ihr egal. Nun hatte sie gemerkt, dass ich Recht hatte. Sie hatte sich tatsächlich um mich gesorgt und das missfiel ihr. Das Gefühl der Unsicherheit. Das Gefühl der Verwundbarkeit. Der Fluch, den sie mir an dem Kopf warf, galt nicht mir. Es war eine Selbstschutzreaktion. Sie wollte lediglich ihren Standpunkt als unantastbar klar machen.

(Eine weitere Notiz von Sam Collister)

Es tut mir leid, Samantha, aber ich werde immer dein wunder Punkt sein.

Deine Schwäche.

Wahrscheinlich hast du mich deshalb nie wirklich in deine Nähe gelassen. Du wolltest einfach immer stark sein. Auf eine Weise kann ich dich sogar verstehen. So ein perfektes Wesen wie du steht von ganz alleine in dieser Welt, ohne jegliche Art von Unterstützung.

Schon beeindruckend, dass du immer mit deinem eigenen Wesen zufrieden warst. Nie hast du dich selbst in Frage gestellt, weil du von Anfang an wusstest, wie wichtig es ist, man selbst zu sein.

Keine Sorge.

Keiner wird dich jemals kontrollieren.

Da bin ich keine Ausnahme.

(Das Ende der Notiz)

Zuerst hielt ich es für keine gute Idee, das Haus zu betreten, da ich mir nicht sicher war, was Mirac tun würde, wenn er mich das nächste Mal sah. Also leistete ich vorerst Anthony Gesellschaft. Immer wieder blitzte ein Schmerz von meiner verwundeten Seite auf, obwohl ich sie nicht rührte. Es tat gut, eine Zeit lang nur so da zu sitzen und die Wärme der Sonne zu genießen. Hin und wieder hörten wir ein Wimmern von Lois, doch Anthony und ich ignorierten dies.

„Ich finde es gut, dass du dich um Samantha kümmerst.“, sagte ich zu Anthony, ohne genau zu wissen, warum. Vielleicht wollte ich auch einen Draht zu ihm aufbauen. Heraus finden, was er von mir hielt.

Anthony reagierte nicht.

„Also nicht, weil sie sich nicht um sich selbst kümmern kann, sondern…“, ich rang mit den Worten. Warum genau war es so wichtig, das Anthony für sie da war?

Nun drehte er seinen Kopf langsam zu mir und es war, als könne ich in seinen tiefen traurigen Augen die Antwort ablesen: „...sondern, weil diese Welt sie braucht.“

Die Worte kamen einfach so aus mir heraus, dass ich gar nicht erklären konnte, wie ich das meinte. Meinte ich wirklich die Welt im Allgemeinen? Oder vielleicht nur die Welt von Anthony und mir?

Doch Anthony nickte langsam und wandte sich wieder von mir.

Ein halbe Stunde saßen wir noch schweigend da, als sich plötzlich die Türe hinter uns öffnete und ich Mirac erblickte, als ich über meine Schultern sah. Zugleich sprang ich auf und nahm automatisch eine abwehrende Haltung ein.

„Hey, bleib locker. Ich bin dir nicht böse. Um ehrlich zu sein, habe ich dich unterschätzt.“

Sein freundliches Lächeln war zuversichtlich, doch die Skepsis legte sich in mir nicht.

„Also hast du nicht mehr vor, mich aufzuschlitzen?“

„Jetzt sei kein Angsthase und komm rein. Das Essen ist fertig.“, sagte er und ging, ohne sich zu vergewissern, ob ich ihm folgte zurück ins Haus.

Ich weiß nicht, ob ich mich je getraut hätte, ihm nachzugehen, doch als Anthony aufstand und mit Lois zusammen das finstere Haus betrat, fühlte ich mich sicherer und tat es ihnen nach.

„Was machen wir jetzt mit Lois, Collister?“, fragte mich Mason. Anscheinend

hatte Samantha den anderen schon erklärt, das ich über das Schicksal unseres Opfers bestimmen durfte.
Obwohl der Start mit Mirac mehr als nur unglücklich ausgefallen war, war der restliche Abend ziemlich angenehm. Samantha und die Jungs hatten ein sehr köstliches Chili vorbereitet.
Obwohl ich sonst sehr selten scharfes Essen zu mir nahm, aß ich dieses mal drei Portionen. Ein bisschen zwang ich mich sogar, mehr zu essen, weil ich laut William die nächsten Monate nur Brot oder ähnliche Backware essen würde.
Die Anderen aßen bis auf Lois auch nicht weniger. Zusammen saßen wir an einer langen Tafel, auf der wieder nur kleine Teelichter für Helligkeit in diesem großen alten Esszimmer sorgten. Dadurch warfen wir viele einzelne Schatten an die alte Tapete, was den Raum gespenstisch erscheinen ließ.
„Ich hätte da eine Idee, aber ich bin mir nicht sicher ob sie euch gefällt.", sagte ich unsicher.
„Nur raus damit.", stachelte mich Mason an.
Ich putzte meine Mund mit dem Ärmel ab, eine Servierte gab es hier natürlich nicht, ehe ich weiter sprach: "Ihr kennt es doch sicher, wenn Jäger ihre Beute auf die Motorhaube schnallen, um mit ihrem Triumph zu prahlen."
Das Leuchten in den Augen der anderen gab mir zu verstehen, dass ich gar nicht mehr weiterzureden brauchte.
„Mal was neues. Wir könnten mit ihr zusammen über Miracs Gelände hinter dem Haus heizen", grunzte Mason und kratzte die Reste auf seinen Teller zusammen.
„Ihr könnt meinen Jeep nehmen. Euer Van fällt euch eh bald unter euerm Arsch zusammen.", lachte Mirac und gönnte sich einen ordentlichen Nachschlag.
„Er ist zwar alt, aber hat uns bisher nie im Stich gelassen.", verteidigte Samantha unser Killermobil, stimmte dann aber zu: „Aber ja, lass uns den Jeep nehmen."
Wenn ich jetzt so darüber nachdenke, ist es erstaunlich, wie gefühlskalt wir alle waren. Während wir Pläne schmiedeten, hockte Lois regungslos und apathisch neben uns, als könne sie uns nicht hören. Wir gaben ihr weder etwas zu Essen, noch hatte sie Mitspracherecht über ihren Tod. Als würde Anthony dies noch unterstreichen, wischte er seine dreckigen Hände während dem essen immer wieder an Lois ab. Nicht weil er sie erniedrigen wollte. Er tat

dies einfach nur weil er dadurch, dass er nicht mit Besteck essen konnte, seine Hände säubern wollte und als wäre das normal, wunderte sich darüber niemand.

Während die anderen den Tisch abräumten und das Geschirr abspülten, versuchte ich, Lois in Miracs Garage auf seinen Jeep zu binden. Zum Glück hatte ich Anthony als Hilfe. In seinen Armen schlummerte eine unbegrenzte Kraft. Statt Lois auf die Haube zu binden, beschloss ich sie lieber am Kühlergrill zu befestigen. Zuerst erschien mir meine Aufgabe unmöglich, da die Seile sie nie zu halten vermochten, doch dann bewies mir Anthony ein weiteres Mal sein Können. Mit speziellen Bindetechniken und Knoten verschaffte er ihr einen ordentlichen Halt. Lois selbst schien sich kaum dagegen zu wehren. Seit vielen Stunden hatte sie weder zu essen noch zu trinken bekommen. Erst jetzt, da ich sie genauer betrachten konnte, erkannte ich, wie grob wir mit ihr umgegangen waren. Ihr ganzer Körper war mit blauen bis lila Färbungen versehen. Offenbar hatte sie sich bis zum letzten Moment gegen die Fesselung gewehrt. Als unsere Arbeit vollendet war, hatten wir sie in eine nicht sehr angenehme Haltung gebunden. Ihre Füße waren angezogen, damit sie nicht über den Boden schleiften und ihre Arme weit ausgestreckt, wie ein von Himmel fallender Engel oder wie ein weiblicher Messias. Die Seile waren zum einen um die Seitenspiegel gebunden, die allerdings nur die wenigste Kraft aufnahmen. Der Großteil der Kraft wurde von den Seilen getragen, die im Innenraum der Motorhaube befestigt waren. Lois sah mich mit einem flehenden Ausdruck an, sodass ich Mitleid mit ihr bekam. Leider gab es kein Zurück mehr.
„Das Leben ist zu keinem von uns gerecht.“, gab ich ihr mit auf dem Weg zu ihrem bevorstehenden Tod. Was für jämmerliche letzte Worte.
„Sieht gut aus.“, sagte William Conner, als er sich zu uns in die Garage gesellte: „Mason, es kann los gehen!“
Freudig klatschte Mason in die Hände, als er an der Türschwelle auftauchte und sogleich eilte er zu Wagentüre. Wir hatten ausgemacht, dass er den Wagen lenken durfte und dieses Privileg wollte er sich nicht mehr wegnehmen lassen.
Ich teilte mir mit Conner die Rückbank, während Samantha mal wieder vorne sitzen durfte. Erstaunlich, wie sie immer ihren Willen bekam. Nur Anthony und Mirac mussten das Spektakel von der Veranda an der Hinterseite des

Hauses beobachten. Als Mason den Motor startete und den Wagen auf Touren brachte, wurde mein ganzer Körper von den Fliehkräften in den Sitz gepresst. Mit durchdrehenden Reifen driftete er um den Hof herum und raste hinaus auf die offene Wiese. Obwohl wir alle angeschnallt waren, wurden wir durch die Unebenheit regelrecht im Auto umhergeworfen. Laut lachend riss Mason das Lenkrad umher. Scheinbar hatte er nicht vor, langsamer zu werden. William und Samantha stimmten in sein Lachen ein, nachdem sie den ersten Schock überwunden hatten. Der Strohhut war ihr schon längst vom Kopf gesegelt. Lois´ Kopf schlug mehrmals laut auf die Motorhaube, doch die Seile hielten sie weiterhin aufrecht. Wir hatten gute Arbeit geleistet.

Zuerst dachte ich, es würde mir gefallen, doch dann tat sich etwas in mir. Während ich auf Lois starte, die wie eine Flagge im Sturm umher geworfen wurde, baute sich ein verzweifeltes Grauen in mir auf. Etwas was ich versteckte hatte, unter tausend Erinnerungen, legte sich nach und nach frei. Die wohl schlimmste Erfahrung meines Lebens. Eine Stimme in meinem Kopf wollte, dass ich mich wieder erinnerte.

Hast du denn schon vergessen, Sam?

Weißt du nicht mehr, was passiert ist?

So etwas konnte ich verdrängen, aber niemals vergessen.

Der Tod meiner Eltern.

Der Autounfall.

Ein Déjà-vu meiner Kindheit traf mich nun mit voller Macht. Ich hatte einmal Angst vor dem Autofahren gehabt und dachte, ich hätte es überwunden, doch nun hatte ich es zu sehr herausgefordert.

Durch die starken Hügel im Feld brachen Lois` Arme und wirkten plötzlich so kochenlos, als wären sie aus Gummi. Blut verteilte sich auf der Motorhaube, ohne dass ich genau wusste, woher es kam.

Doch ich sah das alles nur noch verschwommen. Alles woran ich dachte war: Die Körper meiner Eltern zerschellte an einem Baum und zurück war ein kleiner Junge geblieben, der nach seinen Eltern schrie, aber keine Antwort bekam.

„Alles in Ordnung, Cole?", fragte mich Samantha, wieder in diesem besorgten Ton. Sie hatte sich zu mir umgedreht, als habe sie gespürt, dass etwas nicht stimmte.

„Stimmt. Du siehst aus, als müsstest du dich übergeben Collister.", stimmte William Samantha zu.

Im Rückspiegel, der mittlerweile schief hing, konnte ich sehen, wie bleich ich war.
Bleich, wie Lois es war.
Bleich wie eine Leiche.
Bleich wie die winkende Hand meiner Mutter aus den Trümmeresten.
„Ich muss hier raus.“, keuchte ich und schnappte mehrmals nach Luft. Meine Brust wurde eng und das Blut in meinen Venen schien zu kochen.
„Mason, halt den Wagen an!“, befahl Samantha.
Dieser warf einen kurzen Blick über die Schulter: „Wieso denn? Ist doch alles okay.“
Nun packte sie ihn am Kragen und zog ihn fest zu sich her. Erneut wurde der Wagen umher gewirbelt.
„Halt sofort die scheiß Karre an“, brüllte William nach vorne.
Endlich kam der Wagen zum Stillstand. Mit zittrigen Händen öffnete ich die Wagentüre und stolperte ins Freie. In nur wenigen wackligen Schritten brach ich zusammen und übergab mich stöhnend. Tränen liefen mir in die Augen und ich erkannte vor mir auf den Boden das halbverdaute, immer noch rostfarbene Chili. Ich schämte mich dafür, dass die anderen mich in solch einem Zustand der Schwäche sahen.
„Kümmert euch nicht um mich.“, sagte ich und zwängte mir ein schiefes Lächeln auf: „Ich werde schon wieder.“
Wie zuvor beim Essen wischte ich mir mit dem Ärmel den Mund sauber.
„Ihr habt ihn gehört“, rief Mason und beschleunigte den Wagen, sodass meine offen gelassene Türe von alleine zu fiel.
Apathisch richtete ich mich auf stolperte über das Feld. Mein verschwommener Blick war auf das Haus gerichtet.
Ich wollte nur dort hin, um mich hinzulegen, doch leider kam ich nicht einmal so weit. Auf halber Strecke brach ich zusammen.
Ich konnte alles fühlen, alles sehen, alles hören. Jede kleine Einzelheit von diesem schicksalhaften Tag wurde mir noch einmal ins Bewusstsein gerufen.
Der letzte Blick meiner Mutter. Das letzte Mal, dass sie mich ansah. Diese eindringlichen, braunen Augen, die mir etwas sagen wollten, aber ich nicht einordnen konnte. Meine Frage, die auf ewig unbeantwortet bleiben sollte:
Was ist los, Mama?
Ich sah die Schatten der Bäume, die über unser Auto strichen.
Roch den beißenden Geruch der farbigen Sitzbezüge.

Hörte das monotone Brummen des Motors.
Spürte die vergangenen Kräfte, die auf mich wirkten und fühlte die unvorstellbar harte Wucht des Aufpralls.
Es gab nur eine Möglichkeit, dem Ganzen zu entfliehen. Eine Möglichkeit, wie jedes Mal dieses Dilemma ein Ende fand.
Ich zog die Füße an und umklammerte meine Beine. Dann senkte ich den Blick und weinte. Solange, bis der Schmerz verging.

„Alles in Ordnung?“, fragte mich William besorgt und gesellte sich zu mir.
„Ja, mir geht es gut.“, antwortete ich und sah, wie Samantha auf mich zukam. Mittlerweile waren wir wieder in dem Haus des Chaos und zelebrierten unseren erfolgreichen Tag. Für mich war es schon wieder ein Tag gewesen, an dem einfach viel zu viel vorgefallen war. Ich hatte zwei weiteren Menschen beim Sterben zugesehen, war sogar selbst beinahe abgestochen worden und am Ende sogar noch mit meiner Vergangenheit konfrontiert. So sehr ich mir auch immer ein aufregendes Leben gewünscht hatte, hoffte ich, dass die Tage nicht immer so lebhaft werden würden.
Nachdem Mason über eine Stunde mit dem Jeep umher gefahren war, hatte er ihn absichtlich gegen einen Baum gesetzt, um Lois vollkommen zu zerquetschen. Das Auto selber hatte davon nur dürftig Schaden genommen. Die Stoßstange war ein wenig verdrückt, doch der Rest schien noch vollkommen intakt zu sein. Trotzdem musste Mason als Strafe das Blut und die Überreste von Lois von dem Jeep kratzen, so wie es ein gewöhnlicher Mann machte, wenn er ein Reh überfahren hatte.
Mittlerweile war es schon mitten in der Nacht und Mirac hatte angefangen, seinen selbst gebrannten Whiskey auszuschenken. Dafür, dass er ekelhaft schmeckte und lange im Hals brannte, löste er eine angenehm stressmildernde Wirkung aus. Ich fühlte mich um einiges gelassener.
„Was war den vorhin mit dir los?“, fragte mich Samantha und setzte sich neben mir auf das Sofa. Zuerst wollte ich das Thema irgendwie unter den Teppich kehren, doch dann hatte ich den Drang, die Wahrheit zu erzählen. Ich wollte, dass sie so viel wie möglich über mich Bescheid wussten, damit sie mich noch besser verstanden, als sie es eh schon taten. Immerhin ist das doch das Beste an einer Freundschaft, oder nicht? Das jeder alles von dem anderen weiß und man sich somit gegenseitig den Rücken stärken kann, ohne sich für seine Fehler schämen zu müssen. Den Blick auf die Zeitungsstapel gerichtet

formulierte ich: „Als ich noch sehr klein war, habe ich einen Autounfall miterlebt. Dabei sind meine Eltern umgekommen. Es ist zwar schon lange her, aber ich kann das alles nicht vergessen. Die Schmerzen, die ich hatte und wie zerquetscht meine Eltern waren. Das alles hat mich nie los gelassen."
Ich zählte die Sekunden bis eine Reaktion von den Beiden kam.
„Ich weiß.", sagte schließlich Samantha.
Verwirrt sah ich ihr in die Augen: „Du weißt?"
„Nein. Ich weiß natürlich nichts von deinen Eltern, aber...", nun rang sie das erste Mal mit den Worten, was so eigenartig war, weil dies gar nicht zu ihrer Person passte, dass ich froh war als sie weiter sprach: „Ich habe gewusst, dass du etwas Schreckliches erlebt haben musst."
Immer noch sah ich sie fragend an: „Woher?"
„Manchmal spürt man es, wenn ein Mensch schon einmal sehr stark im Leben sein musste. Kennst du das nicht?"
Nun wandte ich meinen Blick von ihr ab.
Ich glaubte, noch nie den Schmerz eines Fremden zu spüren vermocht zu haben. Zumindest nie bewusst.
Hatte Samantha mich deswegen in ihre Familie mitaufgenommen?
Als sie plötzlich ihre Hand auf meiner Schulter ablegte, gab sie mir zu verstehen, dass ich darauf nicht antworten musste.
Nach einer Weile stand sie auf und ließ mich mit William alleine. Ich sah ihr noch hinterher, wie sie Mason in den Schwitzkasten nahm und er sich daraufhin mit ein paar sanften Schlägen auf die Schulter rächte.
Sie waren alle manchmal so verspielt, dass man ihnen gar nichts Böses zutrauen hätte können.
Die Schweigsamkeit zwischen mir und William war mir unangenehm, daher fühlte ich mich verpflichtet, etwas zu sagen: „Willst du denn nichts trinken?". Lächelnd bot ich ihm mein Glas an.
„Ich weiß, wie du dich fühlst, Sam."
Seine Aussage verwirrte mich. Schweigend wartete ich darauf, dass er weiter sprach.
William Conner teilte mir in dieser Nacht seine Geschichte mit und seine fand ich von uns allen am dramatischsten.
Unglaublich, mit was für einem Schmerz manche Menschen leben müssen.

Buch: William Conner (14.12.1957-12.09.1989) Kapitel 1: Von Gott verlassen…

Hätte man mir von zehn Jahren gesagt, ich würde eines Tages schuld an dem Tod von über dreißig Menschen sein, hätte ich sicher laut aufgelacht. Nie im Leben hätte ich nur davon geträumt, etwas derartig Schlimmes zu tun. Zu morden wäre eine Todsünde und ich war streng katholisch. Schon als Kind war ich von Gott absolut fasziniert. Immer, wenn ich meine Eltern etwas fragte, worauf sie keine Antworten hatten, sagten sie mir, Gott habe es so gemacht. Fragen wie: „Warum ist der Himmel blau?“, oder: „woher kommt eigentlich der Wind?“

Selbst auf die Frage, warum Gott auf dieser Welt so viel Leid zu zulässt, sagten sie mir: „Gott sei in seiner unglaublichen Weisheit uns überlegen. Seinen allmächtigen Plan zu verstehen, bleibt uns verwehrt. Also können wir nur auf ihn vertrauen und das letztendlich jeder sein rechtmäßiges Schicksal bekommt.“

Es war ein wunderbarer Gedanke, dass alles im Leben vorbestimmt sei. Wer auf Gott vertraut, hatte nichts zu befürchten. Jeden Part in meinem Leben, der mir mühselig und schwer fiel akzeptierte ich als weiteren Test für mich. Ein Test, der mich auf noch größeres vorbereiten sollte. Doch leider war es manchmal sehr schwer, die Weisheit Gottes nicht in Frage zu stellen. Zu meinem achten Geburtstag wurde meine Mutter schwer krank und die Ärzte vermuteten, sie würde es nicht mehr lange schaffen. Sie versicherten uns zwar, sie würden alles tun, um ihr zur Genesung zu verhelfen, doch meinem Vater und mir war klar, dass es zwecklos war und wir nur nach Strohhalmen griffen. Gott wollte sie in den Himmel holen und dagegen konnte niemand etwas unternehmen.

Es war ein schrecklicher Anblick, meine Mutter so schwach und leidend zu sehen. Im Krankenhaus von Winnfield, Louisiana wartete sie auf den Tod. Damals hatte ich ihr beinahe jeden Tag aus der Bibel vorgelesen. Ich betete unzählige Male zu Gott, ihr noch ein paar Tage zu lassen, da ich noch nicht bereit war, sie aufzugeben. Ich brauchte meine Mutter noch. Sie war eine sehr gütige Frau gewesen und hatte mich sehr liebevoll erzogen. Mittlerweile hatte

ich viel von ihr vergessen, doch ein paar Details bewahre ich immer noch in mir, wie einen unsterblichen Schatz. Ihre elegante Garderobe ist ein Punkt von vielen. Sie hatte sehr viel Wert darauf gelegt, immer passend angezogen zu sein und richtig aufzutreten.
„Kleider machen Leute.“, hatte sie mir stets erklärt und mir dabei über meine Haare gestrichen. Denn sie wollte auch, dass ich stets gut aussah. Als Kind jedoch hatte ich oft meine Kleidung, wenn ich draußen spielte, beschmutzt oder beschädigt. Manchmal bemerkte ich dies erst dann, wenn meine Mutter mich darauf hinwies.
„William, du musst auf deine Hemden aufpassen. Solche Grasflecken bekomme ich nie wieder raus.“
Zum Glück zeigte sie in ihrer Güte Verständnis. In Jonesboro, einem Dorf nahe Winnfield, hatte sie sich einen guten Namen gemacht und jeder kannte diese starke Frau und dadurch kannten die Leute auch mich. Allerdings nannten sie mich stets nur „Der Conner-Junge“.
Doch nun lag sie im Sterben. Nichts von ihrer Stärke war zurückgeblieben. Am dem Nachmittag, als ich sie zuletzt lebendig sah, las ich ihr wieder einmal aus der Bibel vor. Ich hatte gerade einmal ein paar Verse geschafft, als sie mich plötzlich unterbrach: „Vielleicht gibt es gar keinen Gott?“
Ich konnte nicht verstehen, wie sie nur so etwas sagen konnte. Wenn sie in der letzten Sekunde ihres Todes nicht an Gott, den Allmächtigen glaubte, käme sie in die Hölle. Dort würde sie tausende Qualen erleiden müssen, bis in alle Ewigkeit.
Ich fragte sie, warum sie das gesagt hatte, doch ab da an sprach sie kein Wort mehr. Als meine Mutter starb, war ich nicht bei ihr, doch ich spürte es in mir.
„Gott hat mir den Zeitpunkt mitgeteilt.“, hatte ich mir damals gesagt.
Mein Vater war ab da an nicht mehr derselbe. Er wurde ruhig und leblos. Er ging zur Arbeit, aß nur wenig, schlief sehr viel. Als wolle er die Zeit bis zu seinem Tode so schnell wie möglich hinter sich bringen.
Wenn man mich fragte, was mit meinem Vater los war, antwortete ich manchmal: „Sein Geist ist krank, aber er wird schon wieder.“.
Allerdings glaubte ich selber nicht an meine Worte.
Durch die mangelnde Fürsorge meines Vaters wurde ich sehr selbstständig. Stellte mir selbst den Wecker, machte mir mein eigenes Pausenbrot, ging in die Schule und kam in all den Jahren kein einziges Mal zu spät.
Die Lehrer mochten mich, da ich ein sehr angenehmer Schüler war. Eifrig im

Unterricht, höfliche Wortwahl, gehorsam und stets gute Zensuren. All das machte mich zu einem Musterschüler. Man kann sich vorstellen, dass dies meine Klassenkameraden nicht gerade freundlich mir gegenüber stimmte, doch das war mir egal. Mein Lieblingsfach war natürlich Religion. Es war so faszinierend, mit meinem Lehrer über Gott zu sprechen. Ich hatte so viele Fragen, über das Paradies, den heiligen Geist und auch Jesus.

Die Geschichte über Luzifer, den Teufel, den gefallenen Engel hatte mich am meisten begeistert. Niemand konnte mir erklären, wie ein Engel an einem so schönen und friedlichen Ort wie dem Paradies sich gegen Gott auflehnen konnte.

Auf eine Weise verband ich dies sogar mit meiner Mutter. Ihr Leben lang war sie ein gottesfürchtiger Mensch gewesen und kurz bevor sie endlich Einlass ins Paradies bekam, stellte auch sie alles in Frage. Mein Vertrauenslehrer riet mir, nicht darüber nachzudenken, doch es beschäftigte mich einfach. Allerdings sollte ich auf diese Fragen nie eine Antwort bekommen.

Bis zu meinem vierzehnten Lebensjahr war ich mir sicher, eines Tages ein Geistlicher zu werden. Beruflich der Kirche zu dienen, schien mir als die Erfüllung, die ich in meinem Leben brauchte, doch dann lernte ich April kennen. Sie war von Religion genauso angetan wie ich, obwohl wir uns eigentlich nie über dieses Thema unterhalten hatten. Mittlerweile weiß ich gar nicht mehr, über was wir die ganze Zeit geredet hatten, aber uns ging nie der Gesprächsstoff aus. Ich lernte sie auf einer Party kennen. Eigentlich war ich damals viel zu jung, um auf Partys zu gehen, doch mein damaliger bester Freund wollte unbedingt, dass ich ihn begleite. Alleine hätte er sich wahrscheinlich nicht getraut, denn es war eine der berühmten Partys von Jennis. Jennis war unsere Klassenschönheit und ihre Eltern hatten ein großes Anwesen, welches für Partys perfekt war. Aus heutiger Sicht waren diese Partys eher niedlich, als richtige Absturzfeten, aber man bedenke, dass wir auch nur vierzehn Jahre alt waren.

Dort aufzutauchen, erforderte von mir großen Mut. Meine Mitschüler betrachteten mich immer als Langweiler, weil ich nie etwas Verbotenes machte, wie zum Beispiel mal eine zu rauchen, sowie es viele meine Mitschüler taten.

Ich weiß nicht, ob das mittlerweile noch schlimmer geworden ist, aber obwohl wir keiner von ihnen volljährig war, trafen sie sich alle zum Rauchen nach der Schule heimlich im Wald von Jonesboro. Dieses Verhalten fand ich einfach

nur peinlich, da sie sich dann beinahe nur über Sex unterhielten und quasi so taten, als wären sie schon erwachsen.
Doch nun stand ich also inmitten einer dieser pubertären Partys, bei denen so einige ähnlich waren, wie die Kinder im Wald.
Gerade als ich mich auf einen anstrengenden Abend einstellte, sah ich April zum allerersten Mal.
Bis heute halte ich nicht sehr viel von „Liebe auf den ersten Blick", aber als ich sie zum ersten Mal sah, wollte ich sofort mehr über diesen Menschen wissen. Sie hatte einen sehr zierlichen Körperbau, so dass man glaubte, man könne nur mit beiden Händen um ihre Taille fassen. Mir ist unklar, woher ich wusste, dass sie die Richtige ist, doch ab da an war mein Wunsch, einmal Geistlicher zu werden, gestorben.
Ich bin heute immer noch ganz baff, wie ich es geschafft hatte, sie einfach so anzusprechen: „Hey, ich bin William Conner."
„Das ist ein toller Name. Ich bin April Evans", sagte sie mit einer sanften und beruhigenden Stimme. Unter ihren kurzen, pechschwarzen Haaren leuchteten mir ihre eisblauen Augen entgegen. Allein ihr bezauberndes Lächeln verschlug mir den Atem. Ich spürte es in jeder Pore: Dieser Mensch gehörte zu mir.
„Ich hab dich noch nie in Jonesboro gesehen. Wo kommst du her?", fragte ich sie unsicher.
„Nein, ich komme schon von hier, aber ich geh auf die Mädchenschule in Shreveport.", antwortete sie mir und ich merkte auch, dass Nervosität in ihrer Stimme lag. Fühlte sie auch unsere Verbundenheit? Was wir rein objektiv gemeinsam hatten, war unser Kleidungsstil. So wie wir dort standen, ich mit meinem weißen Hemd mit Krawatte und sie in einem eleganten Sommerkleid, sahen wir aus, als wären wir einfach nur zu klein geratene Erwachsene.
Ab da an waren wir beide unzertrennlich. Zwei beste Freunde, die zusammen lernten, spielten und lachten.
Nach nur wenigen Wochen war ich mir sicher, dass ich April Evans liebte und dass das auch mein ganzes Leben so sein würde.
Verdammt, dem war bis heute auch wirklich so.
Was uns beide verband, war unsere Reife. Wir waren unseren Klassenkameraden weit voraus. Auf dem Pausenhof hatten sie uns einmal nachgeschrien, das wir verliebt, verlobt, verheiratet seien. Darauf hat April mir nur zugezwinkert und gesagt: „Wer weiß, vielleicht sind wir das ja."

In dem Moment stand ich sprichwörtlich in Flammen.
Wie in einem Liebesfilm nahm unsere Geschichte ihren Lauf.
Dicht aneinander lagen wir zusammen in meinem Bett. Ich hatte nie vor, mit April zu schlafen, da ich sie vorher erst einmal heiraten musste, so wie es Gottes Wille ist.
Sie sah mir eindringlich in die Augen und fragte mich leise: „Als du mich das erste Mal gesehen hast, was hast du da gedacht?“.
„Ich dachte, dass du die schönste Frau bist, die ich je gesehen hab.“
„Was ist, wenn einer von uns beiden irgendwann weg muss und wir uns nie wieder sehen?“
„Ich werde nie von dir weg gehen. Ich werde immer bei dir bleiben.“
Wieder sah sie mich eine Weile lang an.
„Wieso willst du bei mir sein?“
„Weil du alles bist, was ich im Leben haben wollte, wenn nicht sogar noch viel mehr.“.
Nun sah ich ihr fröhlichstes Lächeln. So ein Lächeln wurde mir nie wieder im Leben geschenkt.
„Ich liebe dich, William Conner.“

Gleich als wir beide achtzehn Jahre alt waren, beschlossen wir, zu heiraten und von da an stand unserem Glück nichts mehr im Wege. Ich hatte ein großartiges Leben. Viele Menschen verlieben sich in ihrem Leben, doch ich hatte etwas Besonderes gefunden. Kein Mensch würde mehr zu mir passen als sie. Jeden Tag dankte ich Gott, dass er sie mir geschenkt hatte.
Als Jugendlicher hatte ich nun einen neuen beruflichen Traum. Ich wollte Anwalt werden und somit für das Recht eintreten, um Gutes bewirken zu können. Darauf hatte mich Gott also die Jahre mit all seinen Prüfungen trainiert.
April half mir so sehr beim Lernen, dass ich zugeben muss: Ohne ihre Hilfe hätte ich es nie geschafft. Ich bin ihr für vieles so unglaublich dankbar. Vermutlich wäre mein Leben ohne sie noch düsterer gewesen, denn es gab immer wieder Schattenseiten, die mich zu ersticken drohten.
Als ich zwanzig wurde, erkrankte mein Vater an Blutkrebs. Der Gedanke, bald keinen der beiden Elternteile mehr zu haben, bereitete mir Kummer. Nur dank April konnte ich eine Depression vermeiden. Jede Art von medikamentöser Behandlungen lehnte mein Vater ab und am Ende schien es mir so, als wolle

er sterben. Er wollte schon seit meine Mutter verstorben war, nicht mehr leben. Wieder musste ich den Anblick ertragen, meinen Vater so schwach im Krankenhaus zu sehen. Es war wie ein Déjà-vu, als ich wieder die Bibel vorlas und mein Vater mich unterbrach.
„Ich habe deine Mutter verlassen."
„Wie meinst du das?", fragte ich ihn und setzte mich näher an sein Bett.
„In dem letzten Jahr, bevor sie gestorben ist, war ich nicht mehr glücklich mit ihr. Ich habe sogar angefangen, andere Frauen zu treffen."
Er sagte es so ruhig, als würde er dabei keine Reue empfinden.
„Und dein Ehegelübde? Es ist eine Sünde, wenn man andere Frauen begehrt als die Eigene."
„Du wirst immer nur Gott in deinem Kopf haben, was Junge?", fragte er müde, aber es lag auch ein schelmischer Ton in seiner Stimme.
„Gott ist der Grund, warum wir leben.", entgegnete ich verzweifelt. Hatte mein Vater auch aufgehört, an den Allmächtigen zu glauben? Musste er nun auch in die Hölle?
„Deine Mutter ist damit nicht fertig geworden. Es schien beinahe so, als wäre sie nur deswegen krank geworden. Erst als sie gestorben ist, wurde mir so richtig klar, wie viel sie mir bedeutet hatte. Man weiß erst, was man hatte, wenn man es verliert, heißt es doch immer oder?"
Es brach eine Welt in mir zusammen. Ich dachte immer, die Liebe meiner Eltern sei ein makelloser Diamant gewesen. Ein Vorzeigebeispiel, an dem sich jeder samt mir orientieren konnte. Angesichts dessen, dass alles nur Fassade war, verlor ich einen Teil meiner Achtung vor der Liebe. Vermutlich sind die meisten Ehen nichts als ein Theaterspiel. Nach außen strahlend schön und vollkommen. Eine Liebe, die weder fordert noch Erwartungen stellt. Doch würden wir die Wahrheit hinter all den Geschichten kennen, würde die Täuschung aufhören und das hinterlässt in uns Frust, weil wir Angst haben, dass uns das Selbe irgendwann widerfahren könnte, wenn sogar die Besten der Besten daran scheitern.

Seitdem mein Vater nicht mehr am Leben war, viel es mir schwerer, an meinem Glauben festzuhalten. Beide Menschen, die mich einst den Glauben lehrten, hatten ihn schließlich in Frage gestellt. Ich suchte verschiedene Pfarrer aus unserer Gemeinde und Umgebung auf, um mit ihnen über meine Eltern zu sprechen. Selbst April zeigte Verständnis... Nein, sie unterstützte mich sogar, meinen Glauben wieder zu finden. Ich hatte großes Glück mit ihr. Sie war der allerletzte Beweis, dass es einen Gott geben musste. Solch einen perfekten Menschen konnte sich nur eine allmächtige Macht für mich ausdenken. Sie war mein Halt und meine Rettung in dieser sonst so trüben, grauen Welt.

„Manchmal glaube ich, du bist ein Engel, den Gott entsandte, um meine Treue zu belohnen", sagte ich und küsste ihren Nacken, während sie unser Essen kochte.
„Vielleicht ist es auch so.", entgegnete sie neckisch darauf.
Sie schlang beide Hände um mich und küsste mich lang und ausgiebig.
„William, ich möchte ein Kind von dir."
Ihre Bitte verschlug mir den Atem. Es kam mir vor, als wäre es gar nicht lange her, dass sie mich noch mit ihren kindlichen Augen angesehen hatte und nun sprach aus ihr die erwachsene Frau. Mein Herz hämmerte in meiner Brust und mit trockenem Mund fragte ich: „Bist du dir sicher?
„Ich weiß, dass du der Richtige bist, also warum sollten wir noch warten?"
Ihre Stimme war fest und sicher. Sie wollte keine Bestätigung, ob ich auch ihrer Meinung war. In ihren Augen war dies das Beste, was wir tun konnten, da wir großartige Eltern sein würden und damit hatte sie Recht.
„Wenn du ein Kind willst, dann will ich auch eins."
In derselben Nacht noch liebten wir uns auf eine gefühlvolle und innige Weise, die all die Male davor in den Schatten stellte. Keine Spur von Egoismus. Jeder umsorgte den Anderen und so schmolzen wir zu einer Einheit zusammen, in der wir beide in Ekstase in Richtung Höhepunkt kamen. Als es dann soweit war, fühlte es sich an wie eine elektrische Entladung, die alle Luft aus meinen Lungen sog. Erst als das Beben in meinen Hüften ruhiger wurde, fand ich wieder meine Orientierung, denn für eine gewisse Zeit hatte ich jede Vorstellung von meinem eigenen Dasein verloren. Manchmal frage ich mich, ob man Mann und Frau genau dafür geschaffen hat. Diese beinahe Spirituellen Momente der Zweisamkeit.

Eigentlich kein Schlechtes leben nicht wahr? Bis auf den frühen Tod meiner Eltern war ich absolut dankbar für mein Leben. Es zeigte mir, dass Gott mich nicht vergessen hatte. Jeden Tag belohnte er mich für meine Treue zu ihm. Jeden Tag, wenn ich von der Arbeit kam, küsste ich Aprils wachsenden Bauch

und begrüßte somit, jetzt schon, unser neues Familienmitglied. Für April war die Schwangerschaft nicht immer angenehm, aber im Vergleich zu andern Fällen erging es ihr ziemlich gut. Sie litt lediglich an morgendlicher Übelkeit und geringfügigen Stimmungsschwankungen. Meistens jedoch war sie mit Vorfreude erfüllt, die mit ihrem Bauch zu wachsen schien und in mir wuchs der Stolz, so etwas Wundervolles geschaffen zu haben. In den letzten fünf Monaten ihrer Schwangerschaft versuchte ich, sie so gut zu unterstützen, wie es mir nur möglich war. Ich nahm ihr immer etwas zu Essen mit, wenn ich von der Arbeit kam, machte mit ihr immer wieder die Übungen, die wir bei den Geburtsvorbereitungskursen gelernt hatten und nahm ihr einen Großteil der Hausarbeit ab. Es gab zwar Beschwerden ihrerseits, dass sie sich langweile, wenn sie keine Arbeit hätte, doch ich bläute ihr die Wichtigkeit der Ruhe ein.
Bei jedem Arztbesuch hatte ich Angst, es könnte etwas mit dem Kind nicht in Ordnung sein. Die nichtssagenden Blicke des Doktors, während er bei einem Ultraschalltest auf den Monitor starrte, raubten mir fast den Verstand. Ich war mir nicht sicher, ob ich eine schlechte Nachricht vertragen könnte.
„Bitte lass es gesund sein. Oh Gott, bitte lass es gesund sein. Bitte. Bitte. Bitte!"
Zum Glück war alles stets in Ordnung, doch dann kam schließlich der Tag, der mein Leben für immer verändern sollte…

Eines Nachts wurde ich geweckt, indem mir unsanft eine Hand auf den Brustkorb klatschte.
April hyperventilierte beinahe, als sie mir mitteilte: „William, ich glaube es ist so weit.“
Zuerst dachte ich, ich würde das Ganze nur träumen, doch dann traf mich die Realität mit voller Wucht. Es war schon erstaunlich. Man war diesen Moment schon so oft durchgegangen in den letzen Wochen, dass man sich so sehr wünschte, es wäre endlich soweit, doch wenn es dann wirklich soweit war, kam es einem fremd und surreal vor.
„Bist du sicher?“
Mir war selber klar, dass diese Frage überflüssig war.
„Ja, wir müssen sofort los“.

Ich verfluchte jede Ampel, die auf Rot schaltete, obwohl wir genügend Zeit hatten, ins Krankenhaus zu kommen. In den nächsten Stunden würde ich viel Geduld und Kraft brauchen. Es gab Ehemänner, die zwischendurch das Krankenhaus verließen, um sich selbst eine Auszeit zu gönnen, doch ich hatte schon beschlossen, nicht von der Seite meiner Frau zu weichen. Nervös trommelte ich auf das Lenkrad. Als wäre die Nacht noch nicht finster genug, brach noch ein Gewitter über uns herein und es schüttete wie aus Kübeln. Obwohl der Scheibenwischer hektisch über die Frontscheibe hin und her raste, konnte ich nur schwer die Straße erkennen. Meine Kopfhaut juckte von meinem eigenen Schweiß, als ich versuchte, die Waage zwischen schnellem und dennoch sicherem Fahren zu halten.

„Irgendetwas stimmt nicht.", murmelte April neben mir nervös.

„Macht dir keine Sorgen, wir sind gleich da", versuchte ich, sie zu beruhigen, doch ihre Aussage machte mir schreckliche Angst.

April rannen die Schweißperlen von der Stirn und sie hyperventilierte immer wieder.

War es normal, dass die Frau ein paar Stunden vor der Geburt so viel Kraft brauchte?

Als ich ihr aus dem Auto helfen wollte, war sie furchtbar am schnaufen: „Es geht nicht. Ich kann nicht laufen."

„Okay, warte hier. Ich hole Hilfe."

Es war ein unglaublich unangenehmes Gefühl, meine Frau in solch einem Zustand alleine zu lassen. Ich rannte so schnell durch den Regen, dass ich drohte, hinzufallen. Ich stürmte wie ein Amokläufer in das Empfangsgebäude des Krankenhauses. Zum Glück war heute Nacht nicht allzu viel los, sodass ich mich sofort an die Frau am Schalter wenden konnte.

„Meine Frau hat ihre Wehen. Sie sitzt draußen im Auto und braucht sofort Hilfe.", überfiel ich sie panisch mit lauter Stimme. Es tat mir leid, sie so unter Druck zu setzen, doch in diesem Moment konnte ich nicht anders.

„Ein Pfleger wird sich gleich um sie kümmern, füllen Sie bitte bis dahin dieses Formular aus.", entgegnete sie mir freundlich und schob mir ein Klemmbrett entgegen. Ihre Ruhe provozierte mich und am liebsten hätte ich sie mit beiden Händen aus dem Empfangsschalter gezogen.

„Sie verstehen nicht. Irgendwas stimmt nicht. Es geht ihr sehr schlecht!", rief ich verzweifelt und sah mich dabei hektisch um. Vielleicht konnte ich einen Arzt entdecken und mich sofort an diesen wenden, dachte ich, doch die kühlen Gänge des Krankenhauses waren wie ausgestorben.

„Versuchen Sie, Ruhe zu bewahren. Wir haben alles im Griff. Setzen sie sich und füllen Sie das aus."
Nun war die freundliche Ruhe in ihrer Stimme zwar verschwunden, aber nur, weil sie sich vor mir fürchtete. Aus früheren Geschichten wusste ich, dass ich, wenn ich wütend oder nervös war, schnell wie ein verrückter Psychopath wirkte. Es war nicht das erste Mal, dass ich jemandem damit Angst eingejagt hatte. Die Frau nahm das Telefon neben sich und hob zugleich den Hörer ab, ehe sie eine Nummer wählte. Mit dem Blick auf mich gerichtet schob sie das Klemmbrett mit dem Fragebogen näher zu mir.

In meinem Leben war es mir noch nie so schwer gefallen, solch einen Zettel auszufüllen. Meine Schrift war unkontrolliert und zitterig, als würde ich zum ersten Mal schreiben. Selbst Fragen wie meine Anschrift oder mein Familiennamen musste ich zweimal lesen, bis ich verstand, welche Angaben sie von mir wollten. Alles nur, weil meine Gedanken stets bei April waren. Ich wollte bei ihr sein, wissen wie es ihr geht. Als ich im Auto von ihr ab ließ, waren ihre Augen so voller Panik und Angst. Ihre Haare hatten schweißnass auf ihr Stirn geklebt. Die Hände verkrampft um ihren runden Bauch geklammert. Dieses Bild würde ich noch lange vor meinen Augen haben.

„Mr. Conner?"
Völlig durch den Wind sah ich auf. Ein Mann im weißen Kittel stand vor mir. Seit ungefähr einer Stunde hockte ich schon mit angezogenen Füßen in der Lobby und kauerte vor mir hin.
„Ja."
„Ich bin Dr. Swan. Ich werde heute die Geburt leiten".
Sofort sprang ich auf und nahm unbeholfen seine Hand an, die er mir anbot.
„Kann ich meine Frau sehen?"
„Darüber wollte ich mit Ihnen sprechen. Wollen Sie bei der Geburt dabei sein?"
„Natürlich", antwortete ich hastig. Swan war ein erstaunlich großer Mann. Obwohl ich mit meinen eins neunzig nicht klein war, überragte er mich um eine Kopflänge. Seine dunklen Augen strahlten Ruhe durch seine dicken Brillengläser aus.
„Wenn Sie Ihrer Frau helfen wollen, dann ist es ganz wichtig, dass Sie zu jeder Zeit Ruhe bewahren. Ihre Frau könnte, sobald die Wehen regelmäßig in

kurzen Abständen auftreten, in Panik geraten. Machen Sie es, wie Sie es in der Geburtsvorbereitung gelernt haben. Beruhigen und bekräftigen Sie sie. Sie müssen für sie da sein, andernfalls kann ich Sie nicht dabei haben, haben Sie das verstanden?"
Die Empfangsdame musste Dr. Swan gesagt haben, das ich auffällig geworden bin, sonst wäre er nicht so deutlich mit mir umgegangen.
„Ganz ruhig Conner.", bläute ich mir im Gedanken ein: „April braucht jetzt einen Mann, an dem sie sich stützen kann. Also sei stark und gerate nicht in Panik. Morgen um die Zeit, wird schon alles vorbei sein."
Ich nickte und konzentrierte mich darauf ruhiger zu Atmen.
„Falls Ihnen schwindlig wird oder Sie in Panik geraten, dann verlassen Sie den Raum einfach. Niemand kann Ihnen vorwerfen, ein schlechter Ehemann zu sein, wenn Sie eine Auszeit brauchen."
„Ich habe nicht vor, meine Frau alleine zu lassen.", entgegnete ich eisern: „Meine Frau kann auch keine Auszeit nehmen."
Dr. Swan musterte mich ausgiebig. Ich vermute, er war sich nicht sicher, ob ich die Ruhe bewahren würde, doch schließlich bat er mich, ihm zu folgen.

Zügig schritten wir die kalten Korridore entlang, bis wir schließlich in einen der Räume abbogen. Gleich als ich Aprils erschöpftes Gesicht sah, stürmte ich an Swan vorbei. Zärtlich strich ich ihr über den Kopf und flüsterte: „Alles okay?"
„Ich weiß nicht.", gab sie zittrig zurück. Wieder brannte nur diese eine Frage in meinem Kopf: War das alles hier normal?
Es beruhigte mich zwar, dass die Hilfsschwestern und Dr. Swan keine Nervosität zeigten, doch meine Unruhe verschwand dadurch nicht. Die wievielte Geburt war dies für sie schon diese Nacht?
„Wie werden Ihnen etwas gegen die Schmerzen und zur Beruhigung geben, Mrs. Conner.", sagte Dr. Swan konzentriert, während er eine Spritze vorbereitete.
Vorsichtig ließ er die Nadel in ihren Unterarm gleiten und spritzte ihr ein durchsichtiges Sekret. Gleich als er sie wieder herauszog, strich er mit einem kleinen Tuch über die Einstichstelle. Wie gezielt sich seine Hände bewegten beeindruckte mich, was mich zugleich entspannte.
„Es würde schon alles gut gehen...", dachte ich: „Vielleicht sollte diese Geburt zu den schwereren gehören, aber am Ende würde alles gut gehen. April

und ich würden morgen zusammen mit unserem Baby auf der Veranda hocken und uns vor Glück gar nicht mehr ruhig halten können. Ich würde sie auf die Stirn küssen und ihr sagen, dass ich unglaublich stolz auf sie bin, dass sie das alles durchgestanden hat.
Jeder Muskel verkrampfte sich, als April plötzlich neben mir aufschrie und sich an den Bauch fasste. Selbst Swan schien einen Moment aus seiner ruhigen Rolle zufallen, doch dann sah er mich eindringlich an.
Sofort verstand ich, worauf er hinaus wollte.
„Alles in Ordnung, mein Schatz. Es hört gleich wieder auf.“, versuchte ich, April zu beruhigen und strich ihr erneut über den Kopf. Wieder fiel mir auf, wie klebrig ihre Haare waren.
„Wie wollen Sie ihr Kind nennen?“, fragte Dr. Swan uns ganz neben bei während er zusammen mit der Schwester mehrere kleine Utensilien aus dem Schrank kramte. Versuchte er, uns mit solchen Fragen zu beruhigen?
„Susan.“, murmelte April, immer noch ganz atemlos. Mit geschlossenen Augen versuchte sie, in ihrem Kopf gegen den Schmerz zu kämpfen.
„Ein guter Name. Meine Schwester heißt auch Susan.“, gab Swan darauf lächelnd zurück. Ich konnte meinen Blick nicht mehr von April lassen. Noch nie hatte sie so schwach ausgesehen und das Bettlacken war so nass, als habe sie vierzig Grad Fieber.
Ich fing gerade an, zu zittern, als eine Hand sich sanft auf meine Schulter legte.
„Seien Sie für Ihre Frau da.“, sagte die Krankenschwester mit sanfter stimmte. Obwohl sie älter als Dr. Swan war, legte sie ihr vollstes Vertrauen in seine Hände. Es würde schon alles gut werden.
„Das werde ich.“, sagte ich.

Ich fühlte mich elend.
„Sie sehen ganz blass aus. Haben sie genügend getrunken?“, fragte mich Dr. Swan, als er wieder zurück in unser Krankenzimmer kam. Nun waren wir schon seit vier Stunden hier und warteten darauf, dass die Wehen in kürzeren Abständen kamen. Als ich auf seine Frage nicht reagierte, packte er mich an der Schulter und zog mich zu sich her: „Sie werden jetzt den Flur hinunter gehen und sich am Automaten ein Wasser holen.“
„Ich lasse April nicht alleine.“, sagte ich, zum gefühlt hundertsten Mal an diesem Tag. Sie wirkte unglaublich erschöpft. Ihre Hände hatten sich in den letzten Stunden immer wieder schrecklich verkrampft und ich wünschte,

ihren Schmerz auf mich übertragen zu können.
„Tu, was er sagt.", murmelte sie leise und strich mir über meine Hand und wieder die gleichen Fragen in meinem Kopf: „Wieso hatte sie so wenig Energie? War das bei einer Geburt normal?"
Mir fiel auf, wie Dr. Swan, mit der Krankenschwester beunruhigende Blicke tauschte und das versetzte mich wieder in Panik.
„Gehen Sie ruhig. Wir sind für Ihre Frau da. Sie helfen uns gar nichts, wenn Sie uns irgendwann umkippen."
Seine Stimme klang nach wie vor beruhigend. Ich glaube, er wäre auch ein guter Schauspieler geworden.
Auch wenn ich mich dafür ein wenig schämte, aber ich wollte wirklich für einen Moment raus aus diesem Zimmer und kurz durchschnaufen. Meinen Verstand wieder finden. Jetzt, da April mir das „Okay", dafür gegeben hatte, ließ ich sie allein, mit dem Versprechen, gleich wieder zurück zu sein.

Ich wünschte mein Vater würde bei mir sein, um mir beizustehen. Er würde sicher wissen, was zu tun war. Schon als ich noch klein war, musste er mich nur in den Arm nehmen und jede Trauer, Frust oder Wut war von mir gewichen. Das könnte ich jetzt gut gebrauchen.
Nachdem ich mir eine Flasche Wasser geholt hatte, ließ ich mich schwer auf einen der Stühle im Korridor sinken. Meine Füße fühlten sich geschwollen und wund an. Endlich schaffte ich es einen Moment, loszulassen und legte entspannt den Kopf in den Nacken. Beinahe jeder Mann muss in seinem Leben bei einer Geburt dabei sein, doch momentan hatte ich das Gefühl, ich wäre der erste und einzige. Die Minuten verstrichen in einer gnadenlosen Schnelligkeit.
Plötzlich sah ich Dr. Swan wie er mit ernster Miene auf mich zukam: „Mr. Conner. Kann ich kurz mit Ihnen sprechen?"
„Sicher."
Mit einem mal war meine ganze Erschöpfung wie weggeblasen. Mit hämmerndem Herz sprang ich auf und wandte mich Dr. Swan entgegen. Mein Instinkt sagte mir, dass etwas nicht stimmte.
„Es gibt Komplikationen, aber machen Sie sich nicht zu viel Sorgen. Es kommt immer wieder einmal vor, dass sich der Muttermund nicht öffnen will und daher werden wir möglicherweise einen Kaiserschnitt anwenden müssen, wenn sich die Lage nicht ändert."

Ich hatte schon oft von Kaiserschnitten gehört und soweit ich weiß, musste meine Mutter auch wegen mir einen erleiden, doch nun hatte ich die Tatsache genau vor Augen. Sie müssten meine Frau aufschneiden, um das Kind zu bergen, sonst könnte das Leben des Babys sowie der Mutter gefährdet sein. Dr. Swan ließ mir Zeit, darauf etwas zu entgegen, doch ich brachte keinen Ton über meine Lippen.
„Wir werden sofort alles Notwendige vorbereiten. Wir dürfen keine Zeit verlieren. Noch hat Ihre Frau die nötige Kraft für eine Operation."
Ich fühlte mich dieser Realität hilflos ausgeliefert. Seit dem Eintritt in das Krankenhaus konnte ich beinahe nichts bewirken. Alles wurde von dem Schicksal gelenkt. Die Panik stieg erneut in mir hoch, doch mittlerweile fühlte ich mich so erschöpft, dass ich mich nur zurück auf den Stuhl fallen lassen konnte. Das letzte Mal, als ich April gesehen hatte, war ihr kleiner blasser Körper so entkräftet, dass er jetzt schon halb tot wirkte. Konnte sie wirklich eine Operation durchstehen? Mein Atem ging tief und schwer und ich fühlte meine Hände, wie sie wie von selbst durch mein Gesicht strichen.
„Wir werden Ihnen sofort mitteilen, wenn wir mit dem Schnitt fertig sind."
Ohne auf eine Antwort zu warten, machte ich Dr. Swan auf den Weg. Entsetzt starrte ich ihm hinterher und selbst, als er außer Sichtweite war, konnte ich meinen Blick nicht abwenden. Er hatte keine Zeit, mit mir zu sprechen. Er musste sich beeilen, da jede Sekunde zählte.
April war in Gefahr und ich konnte ihr nicht helfen…
Ruckartig rutschte ich von meinem Stuhl auf die Knie. Mit zusammengepressten Augen faltete ich meine Hände zusammen und flüsterte: „Lieber Gott, du Allmächtiger, Herr über das Leben, bitte schütze und begleite sie auf allen Wegen und segne sie durch deine wunderbare Macht. Bitte schenke ihr Gesundheit und ein langes Leben. Amen"
Ich blieb noch so lange auf den Knien sitzen, bis ich glaubte, mir könnten durch den harten, kalten Flurboden jeden Moment die Kniescheiben brechen. Bitte, Gott, nimm mir meine April nicht weg und lass es dem Kind bitte gut gehen. Um Gotteswillen, du hast doch schon meine Eltern. Lass mir bitte meine kleine Familie.
Mein Herz schlug immer noch so fest in meiner Brust, dass ich jeden Schlag in meinen Ohren hören konnte. Es ist schwer zu beschreiben, was in dem Moment mit mir los war, aber… Ich würde fast sagen, dass in der Nacht auch meinen Glauben anzweifelte. Ich unterdrückte ein Schluchzen. Alleine kniete

ich weiterhin im Gang und betete noch viele Stunden weiter vor mich hin. Tief und tiefer in die dunkle Nacht hinein.

„Mr. Conner?“
Eine zierliche Hand legte sich sanft auf meine Schulter.
„Ja.“
Verzweifelt starrte ich über meine Schulter, in die Augen einer Krankenschwester. Ich hatte etliche Gebete gesprochen.
Meine Knie spürte ich schon seit einer Ewigkeit nicht mehr.
„Ich soll Ihnen mitteilen, dass der Kaiserschnitt erfolgreich war.“
Beruhigt atmete ich auf. Endlich eine gute Nachricht. Es ist vorbei. Du hast es geschafft... aber warum beruhigte mich das noch nicht.
„Dr. Swan wird gleich bei Ihnen sein und sie auf den neusten Stand bringen.“, erklärte sie mir mit einer sanften Stimme. Wahrscheinlich sah ich schrecklich aus.
„Kann ich zu meiner Frau?“
„Bedaure. Ihre Frau braucht jetzt völlige Ruhe. Sie muss sich jetzt unbedingt erholen.“
„Geht es ihr gut?“, fragte ich hastig nach.
„Dr. Swan wird gleich da sein.“
Nun kehrte erneut die Panik, wie ein alt bekannter Dämon, in mir ein. Ich hasste die Panik mittlerweile regelrecht und Wut kochte in mir auf. Ich hatte genug Sorgen gehabt, ich wollte nun, dass dies alles endlich aufhörte. Neue Energie sammelte sich in mir und brachte mich wieder auf die Beine.
„Ich habe Sie gefragt, ob es meiner Frau gut geht.“
Meine Stimme klang drohend, als würde ich ihr jeden Moment den Hals umdrehen, wenn sie mir keine Antwort gab. Die Krankenschwester fing an, sich zurück zu ziehen.
„Wo wollen Sie hin?“
„Ich hole nun den Doktor. Warten Sie hier.“
Dass sie mir nicht antworten wollte, deutete ich als sehr schlechtes Zeichen. Konnte sie nicht verstehen, dass ich sofort eine Antwort brauchte, weil ich sonst den Verstand verlor? Es musste doch etwas passiert sein. Schlechte Neuigkeiten bahnten sich den Weg zu mir, dessen war ich mir sicher.
Die Krankenschwester lief so zügig den Gang hinunter, als wolle sie tatsächlich von mir fliehen und erneut ließ ich mich schwer auf den Stuhl

fallen und vergrub mein Gesicht in meinen Händen.
„Bitte lass es aufhören“, flehte ich erschöpft zu Gott: „Bitte lass es endlich aufhören. Ich kann nicht mehr.“

Gleich als ich Dr. Swan den Flur herunter laufen sah, ging ich ihm zügig entgegen: „Ich bin froh, Sie zu sehen.“
„Am besten setzen Sie sich wieder, Mr. Conner.“, startete Swan die Unterhaltung.
Sein bitterer Unterton ließ all meine Muskeln verkrampfen.
„Ich will Sie nicht beunruhigen, aber es geht um die kleine Susan.“
„Was ist mit ihr?“
Meine Stimme war nur noch ein Hauchen.
„Wollen Sie sich nicht lieber setzen“, wiederholte er und wies mich auf den Stuhl hin, auf dem ich schon so viele Stunden verbracht hatte.
„Was ist mit ihr?“, wiederholte ich einfach erneut.
Nun hatte meine Stimme wieder an Kraft gewonnen und mit ihr auch mein Körper. Am liebsten hätte ich ihn wegen seiner Verschwiegenheit am Kragen gepackt und meine ganze Wut an ihm ausgelassen.
„Sie müssen jetzt sehr stark sein, Mr. Conner. Susan hat Probleme mit dem Atmen. Es handelt sich um eine Transposition der großen Arterien. Momentan wird alles Menschenmögliche unternommen, um ihr zu helfen, aber es sieht nicht sehr gut aus.“
In Swans Augen sah ich, dass es ihm selber nicht sehr gut ging. Offenbar nahmen ihn die jüngsten Ereignisse sehr mit. Was mich betraf, verstand ich zuerst nicht, was er mir da gerade mitteilte.
„Eine Fehlgeburt?“, fragte ich leise, ohne eine Reaktion von mir zu geben.
Ich war nicht mehr in mir. Mein Körper war wie eine leere Hülle und ich schwebte im Nichts umher. Es war zu viel passiert für eine Nacht. Nun nahm ich den Vorschlag an, mich zu setzen. Mein Körper fühlte sich dabei an wie eine wabernde Masse. Normalerweise hätte ich nun aufgegeben und wäre in endloses Schweigen verfallen, doch es gab noch etwas, um was ich kämpfen musste.
„Wie geht es April?“
Swan antwortete nicht.
Langsam drehte ich meinen Kopf in seine Richtung und sah einen leeren Blick.
„Wie geht es ihr?“.

Swan schaffte es plötzlich nicht mehr, in meine Augen zu sehen. Er blickte starr den Gang hinab und rang mit den Worten.
„Sie ist tot, oder?“, fragte ich präziser. Meine Direktheit schockierte mich selbst, doch ich hatte keine Lust mehr auf Umschreibungen. Ich wollte endlich wissen, was passiert ist.
Nun erkannte ich, wie Trauer in seinen Augen einkehrte.
„Es tut mir leid.“, brachte er mühevoll über seine Lippen.
„Sie glauben nicht daran, dass mein Kind überleben wird?“
„Ich halte es für sehr unwahrscheinlich.“, bestätigte er meine Vermutung.
Zuerst dachte ich, nun würde ich gleich in einen Heulkrampf ausbrechen. Ich dachte, ich würde auf den Boden sinken und nie mehr aufstehen wollen, doch das tat ich nicht. Stattdessen wurde ich wütend.
„Sie haben als Arzt versagt. Es war Ihre Aufgabe und Sie haben versagt. Ich werde Sie fertig machen.“
„Sie können unseren Anwalt aufsuchen, wenn Sie über ihre Rechte informiert…“
„Ich bin selbst Anwalt!“, unterbrach ich ihn: „Sie blödes Arschloch werden von mir hören“.
Ohne meinem Körper den Befehl gegeben zu haben, sprang ich plötzlich auf und packte Dr. Swan, so wie ich es in meiner Vorstellung schon hatte, am Kragen.
„Sie werden das bereuen!“, brüllte ich in sein Gesicht und zog ihn an mich ran.
In seinen Augen spiegelte sich zwar Überraschung sowie Furcht, aber ich sah auch seine Trauer über die vergangenen Stunden. Ich wollte nicht mehr in diesem Krankenhaus sein. Was ich brauchte, war Luft, bevor der Hass mich erstickte und so schleuderte ich diesen großen Mann mit all meiner Kraft zur Seite und stapfte zügig Richtung Ausgang.

Sobald ich das Krankenhaus verlassen hatte, überquerte ich die Straßenseite und lief ziellos weiter. Erst als ich eine Tankstelle erreichte und dessen neonblaue Beleuchtung mit blendete, fiel ich erschöpft zu Boden. Zusammen gekauert fing ich an zu wimmern.
Was mache ich hier?
Wo soll ich denn jetzt hin?
Alles, was mir im Leben etwas bedeutet hatte, war mir genommen worden.
Gestern noch hatte ich ein erfülltes Leben gehabt und nun war ich alleine. Es

war ein Gefühl, als würde ich von innen verbrennen. Jeder Gedanke in meinem Kopf schien sich zu verschieben.

Vielleicht gibt es keinen Gott?

Vielleicht hat er mich auch nur verlassen?

Doch warum hatte ich das verdient?

Es war ein physischer Schmerz in meinem Herzen, der mich aufschreien ließ.

Immer noch kauernd fasste ich mir an die Brust.

Konnte ich so viel Leid überhaupt ertragen?

Mein Herz veränderte sich. Als würde ich ein Neues bekommen.

Das Neue fühlte sich taub und leblos an. Als würde jeder Herzschlag nur ungewollt vonstattengehen. All meine Träume, Wünsche und Erinnerungen an eine bessere Welt waren wie ausgelöscht. Diesen Löschvorgang konnte ich Sekunde für Sekunde miterleben, wie ein heißes Gitter, das sich durch mein Gehirn brannte.

Warum sollte ich noch einen Tag leben wollen?

Endlich schaffte ich es zu weinen. Noch nie hatte ich so sehr geweint. Dicke Tränen rannen auf den Boden, sodass die blaue, helle Tankstelle aussah, als wäre sie unter Wasser. Erneut stach mein Herz, als bohre jemand eine Nadel tief in es hinein und ich heulte auf vor Schmerz.

„Schaut euch mal dieses Opfer an."

Eine Stimme ließ mich Aufsehen. An der Tankstelle lungerte eine Gruppe Jugendlicher. Sie waren alle afroamerikanischer Abstammung. Wie konnten diese „Schwarzen" es nur wagen, sich unwissend über mich lustig zu machen. Sie fragten sich nicht einmal, was mich bekümmerte und scherten sich nicht darum, mir zu helfen. Alles, was sie taten war mich auszulachen. Einer von ihnen zeigte sogar mit dem Finger auf mich. Sie waren nicht mal hier, um ein Auto zu betanken. Sie hatten sich nur starken Alkohol gekauft und bildeten sich ein, etwas Besseres zu sein. Meine Wut zwang mich wieder auf die Beine. Mit tränennassem Gesicht schrie ich durch meine zusammengebissenen Zähne:

„Hört auf zu lachen."

Langsam stolperte ich auf die Gruppe zu, die vor meinen Augen verschwommen umher waberte.

„Wow, der will wohl Stress."

„Los, lass lieber abhauen."

Sie machten schon Anstalten wegzulaufen, als ich noch einen von ihnen am Handgelenk erwischte. Ich kann nicht genau sagen, was passiert ist, aber was ich sagen kann ist, dass ich das erste Mal Gewalt gegen einen anderen Menschen anwandte. Ich weiß noch, wie das Gesicht des Jungen ausgesehen hatte, das ich mit meiner Faust bearbeitet hatte. So geschwollen und blutig. Dann musste ich einstecken und die Welt um mich herum wurde schwarz.

Ich wachte zwar mehrmals auf, doch mein Körper war so leer, dass ich keine Kraft hatte, mich aufzurichten. Erst um fünf Uhr morgens, als der Besitzer mit seinem Kollegen den Schichtwechsel durchführte, hatten diese die Polizei gerufen.

Kapitel 2: Der vergewaltigende Mentor

Ruhig nahm ich einen weiteren Zug von meiner Zigarette. Den halben Tag sehnte ich mich schon danach, mein Verlangen nach Nicotin zu stillen. Völlig entspannt lehnte ich mich auf meinem Liegestuhl zurück und atmete die kühle Abendluft ein.

Mein Ausblick: Eine kahle, rote Ziegelsteinmauer. Oft fragte ich mich, warum ich gerade dieses Apartment gemietet hatte. Gönnte ich mir mittlerweile jegliche Art von Freude nicht mehr? Erneut sog ich den warmen Rauch in meine Lungen.

Mein Blick wanderte auf den kleinen Plastiktisch, der auf dem anderem Ende des Balkons stand. Auf ihm befand sich ein Foto, das ich zuvor dort abgelegt hatte. Dies hatte ich so beiläufig getan, als wäre ich in diesem Moment eine andere Persönlichkeit gewesen. Es war nicht das erste Mal, dass ich mich dabei erwischte, wie ich nicht ganz ich selbst war. In diesen Momenten handelte ich immer ohne Verstand. Traf meine Entscheidungen instinktiv und ohne Rücksicht auf die Konsequenzen. Bisher hatte ich mir nie wirklich großen Ärger dabei geholt, außer lediglich verstörte Blicke oder Wunden, die auf Suizidversuche zurückschließen ließen.

Ich kehrte in mich zurück und stellte die tiefen Wunden an meinen Armen fest, die ich mir kurz zuvor mit einem Messer zugefügt hatte. Auch dies hatte ich mit so einer erschreckenden Beiläufigkeit getan. Es war kein Trance-Zustand. Mir war völlig klar, dass ich es selbst getan hatte. Dennoch war ich dabei irgendwie nicht mehr ganz ich selbst.

Es ist wirklich sehr schwer zu beschreiben, was genau in diesen Momenten mit mir geschah.

Diese abwesenden Zustände bekam ich meist an besonders tristen Tagen. Tage an denen ich keine Kraft mehr hatte, über mein bisheriges Leben nachzudenken.

Wieder musste ich auf den kleinen Tisch sehen. Mir war völlig klar, welches Foto auf ihm lag.

Es war das Bild, das ich von April gemacht hatte, als ich meine neue Kamera ausprobieren wollte. Es war ein wahrhaftiges Bild, das April in ihrer vollen Echtheit zeigte. Ich konnte noch nie diese gestellten Bilder leiden. Menschen, die sich die Arme um die Schultern legen und sich ein lächeln aufzwangen.

Dieses Bild, auf dem April zu sehen war, wie sie gerade unseren Esszimmertisch deckte, lag wegen einem ganz bestimmten Grund an dieser Stelle. Heute war ihr Todestag. Seit sechs Jahren lebte ich ohne Sinn und Ziel. Nie hatte ich den Ehrgeiz gefunden, etwas aus mir zu machen oder einen Kontakt mit anderen Menschen aufzubauen. Ich lebte als Geist und dies tat ich bewusst. Ich wünschte es mir nicht anders. Ich wollte keine Kollegen, mit denen ich an einem Tisch zu Mittag aß. Keine Kinobesuche oder ruhige Treffen in Bars oder Kneipen. Ich wollte nicht einmal Selbsthilfegruppen, in denen sich Menschen trafen, um zusammen über ihr Dasein zu jammern. Mein Leben diente mir nur in einer Hinsicht: Nachzudenken.
Die Zeit war für mich nur noch eine schrecklich relative Einheit. Mal war ich der Meinung, ich hatte unbegrenzt viel davon und würde daher eines Tages, nach langem Nachdenken, auf einen grünen Zweig kommen.
An einen Punkt, an dem alles plötzlich einen Sinn ergibt. Vielleicht sogar einen Punkt, an dem ich wieder zu Gott finde. An anderen Tagen erkannte ich jedoch, wie schnell sie doch vergeht, als würde ein Tag so kurz sein, dass man es nicht einmal schaffte, drei Mahlzeiten zu essen.
Heute war ich schockiert, wie schnell sie doch vergangen war. Sechs Jahre… Geübt schnipste ich den bis zum Filter abgerauchten Zigarettenstummel von mir und zog zugleich die nächste aus der Schachtel.
Es kam mir nicht vor, als wären wirklich sechs Jahre vergangen, als ich auf dem kalten Teerboden vor mich hin heulte. Die Füße angezogen an meinen Brustkorb, während eine Gruppe Jugendlicher sich vor lachen schütteln. Seitdem hatte ich nie wieder geweint. Seitdem hatte ich mich nie wieder so schwach gefühlt. Aus mir wurde ein Mensch, der kein Gefühl kannte. Selbst Schmerzen brachten mich nicht zum Weinen. Im Gegenteil, der Schmerz war so ziemlich das einzige, dass ich noch fühlte und deswegen schätzte. Ich gab mir die Schuld an Aprils Tod. Immerhin hatte ich sie geschwängert. Hätte ich mir nicht denken können, dass ihr zierlicher und schwacher Körper eine Geburt nicht standhalten könnte?
Allerdings hatte sie sich eine Schwangerschaft gewünscht. Wie lange hätte ich ihr diesen Wunsch wirklich abschlagen können?
Mit einem Mal erhob ich mich aus meinem Stuhl und näherte mich gelassen dem kleinen Tisch. Voller Gleichgültigkeit schaute ich auf das Foto. Warum wollte ich mich immer wieder an ihren Todestag erinnern? Jeder Tag ohne sie war die Hölle, da war ein Tag wie heute auch nicht schlimmer. Mit ruhigen

Händen griff ich nach dem Foto und schaute es mir ganz genau an.
„Nicht mal im Traum hätte ich gedacht, dich so schnell zu verlieren.", murmelte ich leise.
„Als du mich das erste Mal gesehen hast, was hast du da gedacht?"
Ich erinnerte mich noch sehr deutlich an ihre Stimme. Fast konnte ich sie hören.
„Ich dachte, dass du die schönste Frau bist, die ich je gesehen hab."
Der Tag, an dem wir noch so jung waren. An dem wir in meinem Bett lagen, ohne uns zu lieben. Wie war die Zeit nur so schnell vergangen?
„Was ist, wenn einer von uns beiden irgendwann weg muss und wir uns nie wieder sehen?"
Das ist eine gute Frage.
Eine Frage, die ich bis heute nicht beantworten konnte.
Erschöpft von den Erinnerungen ließ ich das Foto fallen. Müde zog ich an meiner Zigarette und sah dem Foto nach, wie es langsam Richtung Straße segelte. Es drehte sich im Winde, wie ein Blatt an einem windigen Herbsttag. Mir war klar, dass dies vielleicht das Beste wäre. Meine Vergangenheit wegwehen zu lassen. Von vorne zu starten und andere zu Wege entdecken, doch das wollte ich alles nicht. Entweder eine letzte Aufgabe finden oder den Tod. Das wollte ich.
Das Foto flog gegen die rote Ziegelmauer des Nachbarhauses und wehte zur Seite davon. Ich weiß sogar noch, dass es bei einem der unteren Häuser in einer Wasserrinne landete und ich dachte: „Na super, da wird es nun liegen bleiben und die nächsten Tage zu mir herauf lachen.", doch dann beugte es sich durch den Wind getrieben noch einmal vorn über und stürzte Richtung Straße. Vielleicht war es dort von einem Passanten gefunden und mitgenommen oder eine Putzmaschine, die sonntags die Straße sauber fegte, hatte es verschlungen. Vielleicht wurde es auch eines Tages vom Regen in einen Gully gespült, ich weiß es nicht.
Denn kurz bevor es auf dem Boden aufkam, bemerkte ich einen Mann, der die Feuerleiter, zwei Fenster neben meinem Balkon, hinauf kletterte.
„War er ein Bewohner, der sich ausgesperrt hatte?", fragte ich mich.
Als er meine Höhe erreicht hatte, ließ er von der Leiter ab und betrat den anliegenden Balkon. Er war nur drei Meter von mir entfernt, doch er bemerkte mich nicht. Mir ist schon früher aufgefallen: Wenn man sich ganz still hält, wird man meistens übersehen und eine Aura strahlte ich schon lange nicht

mehr aus.
Nun sah er durch das Fenster in die Wohnung, die an seinen Balkon angrenzte. Er wischte mit dem Ärmel ein paar Mal über die Scheibe, als wolle er sie polieren.
Irgendetwas hatte dieser Mann, dass ich meinen Blick nicht abwenden konnte.
Ein Klirren ließ mich zusammenzucken.
Dieser Mann war kein Bewohner. Er war ein Einbrecher. Es musste ihm gelungen sein, das Fenster einzuschlagen, ohne sich dabei selber zu verletzen. Scheinbar machte er dies nicht zum ersten Mal.
Normalerweise würde wahrscheinlich jeder gewöhnliche Mensch in solch einer Situation sofort die Polizei rufen, doch ich gehörte nicht zu den gewöhnlichen Menschen. Wie von einer fremden Macht geleitet, die wusste, was für mich gut war, stieg ich von meinem Balkon herüber, bis ich auch bei dem zerstörten Fenster war. An einem Herbstabend fühlten sich die Geländer kalt und glitschig an und wäre ich ausgerutscht, hätte ich bei einem Sturz aus schätzungsweise vierzig Metern einen langen Fall gehabt, bevor ich wie zuvor das Foto auf dem Boden aufgeschlagen wäre. Warum setzte ich mich also dieser Gefahr aus?
Es war die Neugier, die mich antrieb. Ich musste wissen, was dieser Mann vorhatte. Vielleicht wollte ich auch, dass er etwas Böses tat, sodass ich meine Wut an ihm rechtmäßig herauslassen hätte können, aber das war nur eine Theorie, die ich mir mittlerweile ausgedacht habe.
Mit einem Mal stand ich auch in der finsteren Wohnung. Dennoch konnte ich mich in ihr zurecht finden, da sie ein völliges Duplikat von meiner war. Im Moment befand ich mich im dem wohl winzigsten Ess- beziehungsweise Wohnzimmer der Welt. Zur meiner Rechten würde ich die Küche erreichen.
Der einzige Lichtschein in dieser Wohnung kam aus dem Schlafzimmer.
Lautlos näherte ich mich der Türe, die nur angelehnt war. Ich ließ sogar eine Diele auf dem Parket aus, da diese in meiner Wohnung stets ein krächzendes Geräusch von sich gab.
Mein Körper war völlig ruhig, aber ich wusste, dass ich in Gefahr schwebte. Wenn ich an der Tür vorbei gehen würde, müsste ich nur noch am Badezimmer vorbei und schon könnte ich den Hausflur betreten. Das wäre mein Fluchtweg in der Not.
Vorsichtig schob ich die Türe auf.
Ich sah einen Mann, der gerade meine junge Nachbarin an ihr eigenes Bett

fesselte. Dieser Mann hechelte wie ein Tier, aber nicht aus Erschöpfung, sondern aus Vorfreude. Wahrscheinlich würde er sich bald an dieser jungen Dame vergehen.
Der Mann hatte wenige Haare auf dem Kopf und selbst die übriggebliebenen wirkten dünn, wie Spinnweben. Sein Gesicht war eingefallen und hässlich. Ich schätzte ihn zehn Jahre älter als mich selbst.
So wie er über sie herfiel, wirkte er beinahe wie ein Troll aus einer Fabel. Als er mich bemerkte, wandte er erschrocken den Kopf.
„Scheiße, hast du mich erschreckt.“, keuchte er hervor.
Blinzelnd betrachtete er mich und richtete sich auf.
Sein ganzer Körper war in Alarmbereitschaft.
„Wo kommst du denn plötzlich her?“, fragte mich der kleine Mann: „Bist du mir gefolgt?“
In mir regte sich nichts. Ich kam mir vor wie ein Zuschauer, der ein schlecht inszeniertes Theaterstück ansah.
„Was starrst du mich so an?“
Langsam stieg er von dem Bett und näherte sich mir. Mit seiner rechten Hand zückte er eine kleine Pistole. Ich kannte diese Waffe. Es war eine Walter P99, eine Waffe, die meistens Polizisten trugen. Hatte er sie einem Officer abgenommen?
„Sie sind in einen Privathaushalt eingebrochen und berauben eine Frau der Freiheit, dafür bekommen Sie mindestens acht Jahre Gefängnis.“
Aus mir sprach der Anwalt, der ich vor sechs Jahren noch war.
Meine feste und selbstsichere Stimme schien ihn zu verwirren: „Du bist ja ein mutiges Arschloch, doch wenn du nur eine falsche Bewegung machst, knall ich dich ab.“
Teilnahmslos starrte ich ihn weiterhin an. Meine Nachbarin stöhnte verzweifelt durch ihren Knebel auf. Anscheinend verfluchte sie das Schicksal, dass gerade ich als Retter gekommen war.
Dieses Zusammentreffen mit diesem Mann konnte kein Zufall sein. Ich sollte nun etwas lernen.
„Wie heißt du?“, fragte mich der Mann.
„William Conner.“
„Gut, Conner, ich sag dir jetzt, wie das ganze hier ablaufen wird. Du wirst dich nun auf diesen Stuhl setzen.“, befahl er und zeigte mit der Pistolenmündung auf einen Stuhl, über den verschiedene Kleider gelegt waren.

Er galt wohl nur als Ablage und würde jetzt das erste Mal richtig verwendet werden.
„Wenn du dich nur irgendwie wehrst, knall ich dich ab, das kannst du mir glauben, Freundchen. Sobald du es dir bequem gemacht hast, werde ich dich fesseln. Wir werden noch ein Menge zu besprechen haben.“, fuhr er fort.
„Willst du mir deinen Namen verraten?“, fragte ich und setzte mich langsam wie befohlen auf den Stuhl. Immer noch schien er von meiner ruhigen Art verunsichert.
„Ich bin Mason. Mason Young.“

Da saß ich nun und beobachtete Mason, wie er in diese unschuldige Frau eindrang. Ich hatte in meinem Leben noch nie etwas so Verstörendes gesehen. Zum ersten Mal seit sechs Jahren fühlte ich wieder viel mehr, als nur ein bisschen. Dieser Anblick versetzte mich in pures Entsetzten und gleichzeitig gefiel mir das ein wenig. Ich hätte nicht einmal etwas dagegen unternehmen können, da meine beiden Hände an die Rückenlehne des Stuhls gefesselt waren. Selbst meine Füße wurden von mehreren Schichten Panzertape an den Stuhlbeinen gehalten.
Nach ungefähr einer halben Stunde rollte er sich schnaufend von ihr.
„Das war klasse.“, stöhnte er zufrieden: „Hast du eine Zigarette?“
Wieso wollte das Schicksal dass ich diesen Menschen erlebe? Was sollte ich von ihm erfahren?
„In meiner Jackentasche, habe ich noch ein paar Schachteln voll.“, antwortete ich ausdruckslos.
Mason erhob sich aus dem Bett, zog seine alten Boxershorts hoch und trat nah an mich heran. Sein Körper strömte einen furchtbaren Gestank nach Schweiß aus.
Ohne ein weiteres Wort zu sagen zog er meine Schachtel samt Feuerzeug, aus der Tasche. Erst als er sich eine Zigarette angezündet hatte, ließ er sich auf das Bett zurück fallen und fragte mich neckisch: „Wie hast du dich gefühlt, als du mich beobachtet hast, wie ich diese kleine Hure ficke?“
Ich zog es vor, seine Frage zu ignorieren.
„War es für dich wie in einem Porno?“, fragte er daraufhin und lehnte sich neugierig nach vorne.
„Ich fand es eher verstörend, als erregend.“, entgegnete ich kühl.
Mason schien über meine Antwort nicht sehr verwundert zu sein.

Gelassen stieß er den Rauch durch seine Nase aus.
„Warum?"
Seine Glubschaugen richteten sich auf die dunkle Zimmerdecke. Noch nie hatte ich eine so abstoßende Person erlebt.
„Du zwingst diesen Menschen, sich gegen seinen Willen mit dir zu vereinigen."
Er neigte sich etwas zurück und strich sanft über die Beine der jungen Frau, ohne dabei seinen Blick von der Decke zu lassen. Das Mädchen reagierte darauf nicht. Ich schätze, sie dachte sich selbst in diesem Moment weit weg von hier, um dem Schicksal, das sie in den letzten Minuten erleben hatte müssen, zu entfliehen.
„Viele Frauen müssen gegen ihren Willen mit Männern Sex haben. Denke an die Frauen mit arrangierten Hochzeiten, oder Frauen, die an Männer verkauft werden. Davon gibt es genügend auf dieser Welt.", erklärte er mir, doch seine Argumente erreichten mich nicht.
„Du verdrehst die Tatsachen zu deinen Gunsten. Nur weil viele Menschen böse Dinge tun, rechtfertigt das nicht dein Verhalten."
„Da hast du zwar Recht, aber ich wollte mich auch gar nicht rechtfertigen. Stattdessen wollte ich dir vermitteln, dass deine Verstörtheit unbegründet ist, wenn Vergewaltigung auf dieser Welt gang und gäbe ist."
Nachdem er seinen Satz beendet hatte, ließen seine Augen endlich von der Decke ab und er wandte sich wieder dem Mädchen zu. Dann gab er ihr beinahe liebevoll einen Kuss auf die Stirn, worauf sie ihren Kopf angewidert wegstreckte.
Unser Gespräch langweilte mich. Eigentlich wollte ich nichts von seinen verdrehten Gedanken hören.
„Wie wird es nun weiter gehen? Wirst du mich umbringen?"
Ich sprach auch diese Worte völlig gelassen aus, doch mittlerweile schien er sich an meine Art gewöhnt zu haben.
„Ich töte selten Männer, aber ich denke, mir wird nicht viel anderes übrig bleiben."
Er schenkte mir ein freundliches Lächeln, ehe er weiter sprach: „Du bist ein interessanter Mensch, William Conner. Ich frage mich, was dir zugestoßen ist, dass du so wenig an deinem Leben hängst."
Um nichts in der Welt, würde ich diesem Menschen etwas von meinem Leben erzählen.

„Wirklich nervös wirkst du nicht im Angesicht meiner Todesdrohung. Du bist die ganze Zeit schon sehr emotionslos."
Nun ließ er von dem Mädchen ab und wandte sich wieder mir zu: „Kann es sein, dass wir gar nichts fühlen, Conner?"
Er hatte also die Leere in mir erkannt, doch was war mit ihm? Fühlte er sich nur durch seine Taten lebendig?
„Ich habe eine Theorie und selbst, wenn du sie abschlägst, werde ich sie weiterhin für möglich halten."
Durch sein breites Lächeln lagen seine verfaulten Zähne blank. Gelassen erhob er sich erneut und schlich um meinen Stuhl herum.
„Der Grund, warum du dich gegen das Fesseln nicht gewehrt hast, war nicht die Pistole. Du suchst nach etwas. Jeder Mensch hätte verhindert, dass sich dieses Verbrechen abspielt, aber du hast schweigend zugesehen. Vielleicht wolltest du sogar zusehen, weil du endlich wieder etwas fühlen wolltest.", flüsterte er leise in mein Ohr.
„Ich glaube nicht, dass du erraten kannst, was in mir vorgeht", erwiderte ich und funkelte ihn böse über meine Schulter an.
„Dabei zu zuzusehen macht keinen Spaß, aber vielleicht willst du es selber einmal ausprobieren."
Nun kehrte die Gleichgültigkeit wieder in mich zurück. Jede Energie in mir schien verschwunden und zurück blieb meine gewohnte leere Hülle.
„Weißt du, Conner, ich teile meine Mädchen nicht, aber in einer Sache könntest du mir behilflich sein."
Er legte beide Hände auf meinen Schultern ab, als würde er mir gleich eine Massage geben.
Nun kehrte in mir ein neues Gefühl zurück. Zuerst begriff ich nicht, um welches es sich handelte, doch da es durch seine frauenmisshandelnden Hände ausgelöst wurde, ordnete ich es unter „Ekel" ein.
„Nimm deine Hände weg.", befahl ich und hob trotz des neuen Gefühls meine Stimme nicht.
Meine Drohung hatte keine Wirkung auf ihn, stattdessen verstärkte er noch seinen Druck.
Wollte er mich provozieren? Etwas aus meiner Seele hervorkramen?
„Ich habe ein Problem damit, einem Menschen das Leben zu nehmen, wenn ich einmal intim mit ihm war. Du könntest dich als sehr nützlich erweisen, wenn du das für mich übernehmen könntest."

Völlig ausgeschlossen. Wie konnte er nur denken, dass ich zu so etwas fähig wäre? Das Mädchen auf dem Bett fing wieder an, zu wimmern und versuchte, sich aus ihren Fesseln zu lösen. Ihre Augen waren mittlerweile so glasig, dass ich befürchtete, sie habe schon ihren Verstand verloren.
„Du kannst die meisten Menschen täuschen, aber mich nicht. Denkst du etwa, mir sind deine Narben an deinen Armen nicht aufgefallen?"
Wortlos starrte ich auf meine Unterarme. Selbst im schwachen Licht konnte man die Wunden frischer Schnitte erkennen. Wie rote Tattoos bahnten sie sich wild ihren Weg über meine Unterarme bis runter zu den Händen.
Mason ließ wieder von meinen Schultern ab und setzte sich zurück auf die Bettkante. Als er mich dann ansah, erkannte ich aufrichtiges Mitleid in seinen Augen, als habe er nur durch das Berühren meiner Schulter meine Gedanken gelesen. Es war so schwer, diesen kleinen Mann einzuordnen. Das einzige, was ich über seine Art hätte sagen können, war:
Mason machte genau das, worauf er Lust hatte, ohne dabei auf jegliche Konsequenzen zu achten.
„Keine Angst, Conner. Ich werde dich zurück ins Leben holen."
Mit einem freundlichen Lächeln besiegelte er das versprechen. Ich selbst sah ihn nur stirnrunzelnd an. Wollte ich überhaupt zurück in das Leben finden?

Nach drei Tagen, unter dem Einfluss von Mason Young, verlor ich langsam die Kontrolle über meinen Willen. Letzte Nacht hatte er es tatsächlich geschafft, dass ich mit ihm, über meine Vergangenheit sprach.
Die meiste Zeit erzählte ich von der Schwangerschaft, die mein Leben zerstörte. Ein Großteil der Zeit hörte Mason aufmerksam zu, doch hin und wieder sprach er sogar sein Beileid aus. An der Stelle, an der ich erzählte, wie ich von den Afroamerikanern ausgelacht wurde, fingen seine Augen an, zu tränen. Manchmal kam er mir vor, wie ein ganz normaler Mensch, wenn er sich nicht gerade über das Mädchen her machte. Er war nicht völlig gefühlskalt, soviel kann ich schon mal sagen. Manchmal zündete sein schwarzer Humor so sehr, dass ich lachen musste und das fühlte sich ungewohnt und holprig an. Wie eine Maschine, die über die Jahre auf einem alten Dachboden verstaubt und unbenutzt verweilt und dann plötzlich wieder in Betrieb genommen wird, ohne vorher ordentlich gewartet worden zu sein.
Tagsüber verließ Mason die Wohnung. In dieser Zeit hätte ich mühelos fliehen können, doch ich wollte nicht.

Seit all den Jahren hatte ich keinen Ansprechpartner für meine Probleme und so verrückt wie es klang, ich hatte Hoffnung, das Mason mir vielleicht wirklich helfen konnte.
Dass er sein Versprechen, mich ins Leben zu holen, einlöste.
Wenn es jemand schaffen konnte, dann er.
Oftmals, wenn ich schon viele Stunden alleine über mein Leben nachgedachte hatte, während ich auf Masons Rückkehr wartete, sahen mich zwei scheinbar leblose Augen an. Sie gehörten meiner Nachbarin. Außer ihrem Körper war von dem einst so lebensfrohen Menschen nicht mehr viel übrig. Ich hatte ihr schon einmal gesagt, dass es mir Leid täte, aber dies war eine Lüge. Früher einmal hätte sie mir leidgetan und ich hätte für sie gebetet, doch es war sehr viel Zeit vergangen. Mittlerweile war ich einfach ein Mensch, der nicht einmal Gefühle für sich selbst haben konnte. Ihr Zustand kam sozusagen meinem nur näher. Außerdem war ihr Schicksal besiegelt. Selbst wenn sie nun freigelassen werden würde, hätte sie ein schweres Leben. Vielleicht wäre der Tod nur gnädiger für sie.

Ich schreckte aus meinen Gedanken auf, als ich hörte, wie das Schloss der Wohnungstür gedreht wurde. Zuerst dachte ich, es wäre wie immer Mason, doch dann hörte ich eine fremde Stimme: „Ich hab schon ewig kein Gras mehr geraucht."
Völlig verdutzt starrte ich auf die Schlafzimmertüre. Wer mochte das wohl sein?
„Nicht? Ich zieh fast jeden Abend einen durch."
Die zweite Stimme gehörte zu Mason, also hatte er jemanden mitgenommen. Allein, dass er gerade eine Lüge ausgesprochen hatte, versetzte mich in Alarmbereitschaft. Was hatte er vor?
„Du kannst schon mal in mein Schlafzimmer gehen und den Beutel aus meinen Nachtschränkchen holen. Ich bau schon mal die Pfeife auf.", sagte er schließlich.
„Man, du bist der beste."
Zügig wurde die Schlafzimmertüre aufgestoßen und ein junger Mann trat in das Zimmer ein. Sobald er uns erblickte, blieb er verwundert stehen.
„Was geht denn hier ab", murmelte er.
Der Anblick dieses Jungen löste in mir einen tiefen Schmerz aus. Nicht weil er hochgewachsen, schlaksig, mit Dreadlocks und vollen Lippen war, sondern

wegen seiner Hautfarbe. Sie war dunkelbraun.
Im meinen Kopf bohrte sich der Gedanke, er habe mich an jenem Tage ausgelacht. Mir war klar, dass dies nicht sein konnte. Es war nicht dieselbe Person, doch mein Körper reagierte darauf, wie ein Stier auf die Farbe Rot. Das Bild, das wir drei in diesem winzigen Schlafzimmer abgaben, war so skurril und weit weg von jedem Alltag, dass ich mir sicher war, etwas Derartiges habe es noch nie auf Erden gegeben. Eine vergewaltigte Frau, ein gefesselter, vom Schicksal gegeißelter Mann und ein ahnungsloser Kiffer, die Blicke tauschten.
„Hey, Conner. Sieh mal, wen ich mitgebracht habe.“, kicherte Mason hinter dem Jungen.
In meinen Adern kochte das Blut und immer wieder drängte sich mir der Gedanke auf, dieser Mann gehörte zu den Leuten, die auf Menschen zeigen und lachen. Meine Finger krallten sich um den Stuhl, bis die Knöchel sich weiß verfärbten. Mason hatte mir viel zu wenig zu essen und trinken gegeben, als dass ich so einen Moment ordentlich hätte verarbeiten können. Wieder fühlte ich dieses heiße Gitter, das sich langsam durch mein Gehirn brannte. Immer und immer mehr Wut sammelte sich in meinem Herzen. Meine Augen funkelten Masons neuen Freund böse an.
„Schaff dieses Arschloch hier raus!“, brüllte ich durch den Raum wie ein bellender Hund. Die Augen des Mannes wurden größer, er realisierte zwar noch immer nicht, was hier los war, aber er wusste, was er nun zu tun hatte: Fliehen.
Gerade wollte er auf schnellstem Weg den Raum verlassen, als Mason ihn packte und zu Boden riss. Erst jetzt wurde mir klar, wie kräftig Mason für seine Körpergröße war. Der Dreadlock-Junge hatte keine Chance, sich dagegen zu wehren.
„Wo wollen wir denn hin“, fragte Mason rhetorisch und zückte ein Taschenmesser.
Langsam gewann ich wieder die Macht über meine Gedanken. Mir wurde klar, dass der Junge nichts für mein Leid konnte.
„Lass den Jungen in Ruhe. Er hat doch nichts gemacht.“, keuchte ich, doch ich hörte mich nicht gerade überzeugend an. Mein Unterton klang immer noch so, als wolle ich mich gleich samt dem Stuhl am Hintern auf ihn stürzen.
Vielleicht könnte ich ihm ein Ohr abbeißen, dachte ich.
Mason drückte sein Messer an den Hals des Jungen. Dieser fing an, vor Angst

zu zittern. Noch immer sah er wild im Raum umher und versuchte zu verstehen, was hier gerade geschah.
Mason sah mich schief lächelnd an: „In seiner Welt ist der unschuldig, aber in deiner spielt er eine große Rolle für deinen Schmerz. Glaub mir, Conner, wenn du ihn tötest, wird es dir viel besser gehen."
Entsetzt von mir selbst stellte ich fest, wie ich Mason der gerade aussah wie ein völlig verrückter Troll, gar nicht beunruhigend fand. Das Gitter brannte sich weiter durch meinen Kopf und meine Gedanken lösten sich auf. Zurück blieb etwas, das ich nicht Mensch nennen würde. Es war eher ein Tier, das vom Kopf bis zum kleinen Zeh in bloßer Wut getränkt war.
Wie ein Wilder sprang ich auf. Der Stuhl, der immer noch an mich gebunden war, zwang mich in eine gekrümmte Haltung. Als wäre ich der Tobsucht verfallen, fing ich an, den Stuhl, so fest ich konnte, an die Wand hinter mir zu schlagen.
Mason schien damit nicht gerechnet zu haben und starrte mich verblüfft an. Dennoch konnte ich keine Angst in seinem Gesicht vernehmen. Nach wie vor ruhte seine Hand mit dem Messer am Hals des völlig entsetzten Jungen.
Mit einem lauten, hölzernen Knacken löste sich der Stuhl in mehrere Einzelteile auf. Endlich war ich frei.
Mein Kopf war wie leer gefegt und nur ein letzter Gedanke trieb mich an: Die Wut musste raus.
Mit aller Kraft stürzte ich mich auf Mason und riss ihn dadurch von dem hilflosen Jungen.
Um ein Haar wäre Mason meiner Tobsucht verfallen, doch etwas bremste mich. Es war die Tatsache, dass Mason sich kein bisschen wehrte. Selbst als ich ihm das Messer mühe los entwendete, lächelte er mich an: „Nicht mich, sondern den Neger."
Der Junge hatte mittlerweile versucht, sich aus dem Staub zu machen, doch Mason hatte ihn am Hosenbein festgehalten, anstatt sich um mich zu kümmern.
Als ich den Jungen, der sich verzweifelt versuchte, sich aus seinem Griff zu befreien, betrachtete, kroch wieder diese irrationale Idee in mir hoch: Er hatte mich ausgelacht. Mein ganzes Leben war in nur wenigen Stunden zerstört worden. Ich hatte niemanden mehr auf dieser Welt und er hatte es, gewagt mich auszulachen.
Wie ein Raubtier stürzte ich mich auf meinen neuen Feind und rammte ihm

mehrmals das Messer in die Seite.
„Warum lachst du mich aus?“, brüllte ich ihn an: „Du weißt doch gar nicht, was mir widerfahren ist!“
Ich zog das Messer wieder aus seiner Seite und stach es in seinen Bauch, Schulter und Arme.
„Wie fühlt sich das an?“, schrie ich und stach nun in seine Brust: „So sehr hat mein Herz geblutet, du Wichser! So sehr!.“
„Zeig dem Wichser, was passiert, wenn man dich verarscht.“, applaudierte Mason hinter mir.
Der Junge starrte mit offenem Mund in meine Augen. Er sagte nichts, aber seine Hautfarbe veränderte sich langsam zu einem hellen grau, als würde er langsam versteinern.

Ich brauchte fünfzehn Minuten, bis ich mich wieder selbst gefunden hatte. Es geschah mit einem Ruck. Mein Geist wurde wieder zurück in meinen Körper geworfen. Ich war wieder ich selbst und kniete über einer Leiche, die wie ein Mosaik aussah. Unzählbar viele Stiche und Schnitte hatte ich in den Jungen versenkt. Selbst seine Augen waren ausgestochen. An den Schultern sowie den Oberschenkeln fehlten Stücke seiner Haut.
War dies wirklich alles mein Werk gewesen?
Verstört starrte ich auf das Taschenmesser in meiner Rechten und auf die verschmierte Kleidung, sowie der See aus hellrotem Blut, indem ich saß.
Ich hatte diesen Jungen grausam ermordet. Dies war mein allererster Mord.
„Na, wie fühlen wir uns jetzt?“, fragte mich Mason.
Langsam drehte ich mich zu ihm um. Er hockte zufrieden auf dem Bett und rauchte eine meiner Zigaretten. Das Mädchen zu seiner linken hatte wieder diesen *Warum kann ich nicht einfach sterben*-Blick, was mich darauf schließen ließ, dass er sie zum wiederholten Male vergewaltigt hatte.
Hatte er es getan, während ich auf diesen Jungen einstach?
Ich fragte mich, wie ich mich, nach so einer Tat, nun fühlen werde.
Und ich fühlte mich…
Befreit.
Endlich hatte ich meine ganze Wut, die sich durch die Enttäuschung meines Lebens angestaut hatte, herausgelassen. Nun fühlte ich mich lebendig und mehr ich selbst.
„Du hattest Recht, Mason. Mir geht es jetzt gleich viel besser.“, murmelte ich

und erhob mich von der Leiche.
„Hab` ich dir doch gesagt. Es wartet noch Arbeit auf dich."
Ruhig und gelassen wandte ich mich ihm zu.
Nachdem Mason eine weitere Rauchwolke aus der Nase geblasen hatte, nickte er zu dem Mädchen.
„Die Kleine hat doch schon genug gelitten oder?"
Langsam stieg ich auf das durch mein Gewicht knarzende Bett. Von meinen Armen tropfte rotes Blut auf die Bettlacken, als ich mich auf den scheinbar leblosen Körper setzte. Triste Augen sahen in die meinen, als ich das Messer an ihrer Kehle ansetzte.
„Keine Angst. Papa ist ja da.", flüsterte ich liebevoll, als wäre sie tatsächlich meine eigene Tochter. Ihre Lippen zitterten bei dem Gedanken, nun zu sterben. Dann nahm ich Rache an ihr, in dem Gedanken, sie sei die Tochter, die ich nie haben durfte. Die Tochter, die Schuld daran hatte, dass April sterben musste. Schuld daran, dass es mir in den letzten Jahren so schlecht ging.
Mason sah mir dabei aufmerksam zu, wie die Klinge langsam über ihren Hals glitt und eine tiefe Furche hinterließ. In den letzten Tagen war er mir immer eine Art Mentor gewesen, doch nun waren wir Brüder.

In den nächsten Jahren zog ich zusammen mit Mason durch das Land und je mehr Menschen ich das Leben nahm, desto mehr festigte sich mein Wesen. Ich hatte kein Mitleid mit diesen verlorenen Menschenleben, denn sollte es einen Gott geben, würde mich irgendwann schon für alles bestrafen. An manchen Tagen war Mason eine richtige Nervensäge, doch im Grunde wurde unsere Freundschaft immer fester.
Auf unserer Reise irrten wir auf sinnlosen Wegen durch die Staaten, bis wir uns nach ein paar Jahren zu Fuß in Oklahoma wiederfanden. Als wir durch den kniehohen Schnee stapften, kreuzten sich unsere Wege mit zwei Fremden. Seitdem ich April kannte, hatte ich nie wieder eine Frau als derart anziehend empfunden. Ihr Begleiter hingegen wirkte wie ein Monster. Es war fast so, als wollte das Schicksal zwei verschiedene Übel zu einem noch größeren formen. Man sollte meinen, dass wir uns anfangs gegenseitig umbringen wollten, doch dem war nicht so. Mason hatte keine Sekunde vor, diese Frau zu vergewaltigen. Er hatte in den vielen Jahren einen Riecher dafür bekommen, von welchen Frauen man lieber die Finger ließ. Und was diese Frau betraf, wusste er, dass sie vielleicht sogar die Oberhand hatte. Noch dazu kam, dass

sie einen mächtigen Gefährten hatte. Die beiden mussten anscheinend gefühlt haben, dass wir auch eine sehr spezielle Sorte von Menschen waren. Anstatt uns anzugreifen, schlug das Cowgirl vor, dass wir uns zusammen tun, bis wir den Wald verließen. Der Vorschlag kam ohne jegliche Hintergrundinformationen. Wir hatten uns nicht einmal vorgestellt. Es kam auch nicht zur Sprache, dass wir alle Erfahrungen darin hatte, wenn es ums Töten von Menschen ging.

Erst als wir unterwegs ein paar Wanderern über den Weg liefen, stellte sich heraus, dass wir alle vom selben Schlag waren. Zwar hatte ich den Riesen Anthony Bennett noch nie töten sehen, aber ich war mir schon damals sicher: Er würde jeden töten, wenn es um die Sicherheit des Mädchens ginge.

Damals war mir nicht klar, wie das Mädchen wissen konnte, das wir alle vom selben Schlag waren, doch mittlerweile weiß ich, dass sie einfach einen Blick dafür hatte, was in diesem Universum zusammen gehörte. Mit ihr an unserer Seite, würden wir nie bei unseren Straftaten erwischt werden, dafür würde sie sorgen.

In meinem Kopf wurde es nie wieder, so euphorisch und lebhaft wie früher. Ich bin nach wie vor, ein gefühlsschwacher Mensch, dem manchmal seine eigene Existenz nicht Bewusst war. Doch in einem hatte ich mich positiv verändert. Ich empfand in meinem neuen Leben, nie wieder Schmerz und an manchen Tagen, war ich wirklich…

Ja ich muss es sollte das endlich mal aussprechen:

An manchen Tagen war ich wirklich wieder glücklich.

Buch: Sam Collister
(23.08.1967-12.09.1989)
Part 3

Vorwort

Ich weiß gar nicht warum, ich das alles überhaupt aufschreibe. Wahrscheinlich nur deshalb, damit ich mich selbst an die Zeit erinnere, wie alles begann. Niemand sollte dies je lesen, doch ein bisschen neugierig wäre ich schon, wie man als Außenstehender auf meine Geschichte reagieren würde…

William Conner ist ein großartiger Mensch, dem ein schweres Schicksal auferlegt wurde. Im Gegensatz zu Samantha wurde ihm das Töten nicht in die Wiege gelegt. Es war sein Leben, das ihn nach und nach immer mehr in diese Schiene gedrückt hat.
Anfangs wollte er nur ein guter Mensch sein.
Hätte er seine große Liebe nicht verloren, dann wäre er heute sicher ein anderer Mensch. Vielleicht aber auch nicht. Vielleicht gibt es doch so etwas wie eine Bestimmung, die in uns allen auf die Erfüllung wartet. Ein Gesetzt des Universums, das uns zu dem werden lässt, was wir sind.
Ich persönlich habe mittlerweile das Gefühl, von Tag zu Tag immer mächtiger zu werden. Mein Leben, bevor ich die Bande an Serienmördern traf, scheint nur nach diesen wenigen Tagen unwirklich. Als habe ich die ganze Zeit nur darauf gewartet, endlich leben zu dürfen.
Vielleicht gibt es wirklich keinen Gott, aber irgendwas passiert doch dennoch um uns herum, oder nicht?

William gibt mir Hoffnung. Wenn er mit solch einer Vergangenheit im Hier und Jetzt Leben kann, dann kann ich es auch. Obwohl er über vierzig Jahre alt ist und somit ungefähr die doppelte Zeitspanne meines Lebens zurückgelegt hat, kommt es mir so vor, als wären wir Brüder. Zwillingsbrüder. Als wäre er mein ich in zwanzig Jahren. Wie ich bin, war er mal. Wie er ist, werde ich mal sein.

Kapitel 1: Eine unangenehme Überraschung (26.04.1986)

Die Nacht, in der mir William Conner seine Geschichte anvertraute, ging absolut perfekt zu Ende. Nachdem jeder von uns gut betrunken war, tanzten wir alle in dem Wohnzimmer des Chaos umher. Wir feierten unsere Vollkommenheit. Niemand kann, uns aufhalten. Unserer Macht wäre niemand gewachsen gewesen und dies machte uns zu Göttern. Meine angebetete Göttin war in dieser Nacht besonders aufmerksam zu mir. Ich konnte mich nicht einmal hinsetzen, ohne dass sie mich wieder zum Tanzen aufforderte. Immer wieder packte sie mich am Kragen und legte mir breit lächelnd ihren Revolver an das Kinn, als wolle sie mich gleich erschießen. Dabei kam sie mir sehr nahe, als wolle sie mich küssen. Ich hatte keine Angst, dass sie mich erschießen wollte. Es war auch keine Drohung. Im Gegenteil, es galt als eine Art der Zuneigung.

Als würde sie sagen wollen: „Ich könnte dich töten, aber ich mache es nicht, weil die Welt mit dir darin interessanter ist."

Und ich: „Ich weiß, dass du mich töten kannst, aber ich vertraue dir mein Leben an und würde es für dich sogar lassen."

In diesen Momenten, in denen ich ihr warmes Gesicht so nah bei mir spüren konnte, war ich stets von ihren blauen Augen, mit diesem Hauch von grün, fasziniert.

„Du bist wie Anthony nur in klein", lallte sie und legte ihr ganzes Gewicht auf meine Schultern. Ihre Augen sahen durch mich hindurch, als wäre sie des Sehens gar nicht fähig.

„Sehr viel kleiner.", bestätigte ich darauf, mit einer ruhigen Stimme.

Mir war nicht klar, warum sie mich mit Anthony verglich.

Er saß den Abend lang ruhig auf dem Boden, mit dem Rücken gegen die staubige Wohnzimmerwand gelehnt und beobachtete uns ausdruckslos. Das war keineswegs störend. Ähnlich wie bei Daniel damals hatte man sich bei ihm so schnell an sein Verhaltensschema gewöhnt, dass es auf seine Weise gut war.

Alle meine neuen Freunde waren gut so, wie sie waren.

Der Abend endete damit, dass wir uns zu fünft auf eine alte, verbeulte, aber

dafür genügend große Matratze schlafen legten. Es freute mich, dass Samantha das Angebot von Mirac, mit ihm in seinem Zimmer zu übernachten lachend ablehnte, als wäre es von ihm ein Scherz gewesen.
Auch wenn, die beiden Freunde waren, wusste Samantha, dass Mirac nicht ganz ungefährlich war. Man konnte die Beziehung der beiden, wie die von stark abhängigen Drogenfreunden vergleichen. Vertrauen gab es, aber es endete an einem gewissen Punkt.
Ihr Schlafplatz war also für sie, sowie den Rest von uns, im Gästezimmer von Mirac, wenn man das so nennen konnte.
So überfüllt die anderen Zimmer auch waren, dieses war bis auf die Matratze vollkommen leer.
Obwohl die vier gelbweißen Wände unseres Schlafraumes keinerlei Gemütlichkeit versprühten, fühlte ich mich wohler denn je. Dies lag, wie sollte es auch anders sein, an Samantha. Denn zum ersten Mal schlief sie genau neben mir. Selbst Mason Youngs Schnarchen konnte mich nicht davon abhalten, mich überglücklich zu fühlen. Mitten in der Nacht rückte Samantha im Schlaf sogar dichter an mich heran.
Ihr langsames Ein- und Ausatmen erregte mich und entzog mir jede Müdigkeit.

Doch das war gut. Ich wünschte mir sogar, die Nacht wäre unendlich, damit ich bis in alle Ewigkeit diese Nähe genießen könnte.
Am liebsten hätte ich sie in den Arm genommen. Sie an mich herangezogen und eng umschlungen auf den nächsten Tag gewartet.
Doch ich traute mich nicht und so lag ich mit pochendem Herzen neben ihr und wartete darauf, dass ich einschlief.
Ich bin mir sicher, dass William seine April genauso geliebt hatte.

Der Harndrang weckte mich in der Früh. Völlig übermüdet taumelte ich mit dem Restalkohol in mir durch das Zimmer und versuchte, dabei keinen zu wecken.
Da ich nicht wusste, wo sich die Toilette in diesem Haus befand, wenn es überhaupt eine gab, fasste ich den Entschluss, im Freien mein Geschäft zu verrichten. Im Eilschritt begab ich mich in den Wald, der an das Haus des Chaos grenzte. Erleichtert stöhnte ich auf, als ich meine Blase endlich an einen Baum leeren durfte. Ich fühlte mich sogleich wie ein neuer Mensch.
Wie an jedem Morgen musste ich an die letzten Tage denken.

Hatte ich tatsächlich in Jackson gelebt oder war das nur ein böser Traum gewesen? Wie konnte ich es damals nur zulassen, mich so schwach zu fühlen? Es ist schon komisch, oder? Man glaubt, man wäre etwas, aber eigentlich wird auch diese eigene Wahrnehmung beinahe nur von der Außenwelt erzeugt. Nur ein paar Freunde um mich herum und vielleicht sogar eine kleine unscheinbare Romanze und mein Leben gewann plötzlich so an Wert.
Plötzlich musste ich an Daniel denken. Wie es ihm wohl ergangen ist, seitdem ich weggelaufen war? Hatte er die Polizei informiert und mich als vermisst gemeldet oder war ich ihm selbst dafür nicht wichtig genug?
So oder so, die Polizei würde in Jackson und Umgebung suchen. Ich jedoch befand mich viel weiter südwestlich. Sie würden mich als Nadel nie in diesen scheunengroßen Heuhaufen finden.
Würde ich sogar einen Gesetzeshüter töten, nur um nicht von meiner neuen Familie weggerissen zu werden?
Auf alle Fälle könnte ich einen töten, um meine neue Familie zu schützen.
Ich würde alles dafür tun.
Gerade als ich meine Hose zuknöpfte und aus dem Wald gehen wollte, sah ich, wie ein Jeep auf das Haus zurollte. Zuerst dachte ich darüber nach, diesem entgegen zu gehen, um die neuen Besucher willkommen zu heißen, doch dann fiel mir auf, dass der Jeep weit abseits vom Haus zum Stehen kam. Egal wer diesen Jeep lenkte, wollte nicht gesehen werden.
Der Wagen stand noch nicht lange still, da wurden alle vier Türen ruckartig geöffnet und vier Männer stiegen aus.
Sie sahen nicht wie Polizisten aus, doch alle wirkten durchtrainiert und gefährlich. Zwei der Männer hatten hölzerne Baseballschläger, die anderen Pistolen. Mit ihren karierten Hemden, über welche sie dünne Lederwesten gezogen hatten, sahen sie aus wie eine Gang aus einem Broadway Musical.
Die Gedanken in meinem Kopf überschlugen sich, doch jede Schlussfolgerung, zu der ich fand, ließ mich auf Gefahr schließen.
Mirac musste Feinde haben, da gab es keinen Zweifel.
Es war eher Instinkt, als ein wirklicher Entschluss, der mich dazu brachte, mich verdeckt zu halten und erst einmal zu beobachten, was passieren würde, als gleich Alarm zu schlagen.
Die vier Männer schlichen zügig in gebückter Haltung Richtung Haus und öffneten lautlos die Türe, als wären sie eine Spezialeinheit.
„Okay, leise jetzt.“, flüsterte einer von ihnen und wie damals bei Samantha

erkannte ich sofort, dass er der Anführer der Bande sein musste. Erst als jeder in dem Haus verschwunden war, beschloss ich, aus dem Wald zu treten und ebenfalls zum Haus zu eilen. Schon bevor ich es erreichte, hörte ich verschiedene gedämpfte Schreie und Rufe, die ich keiner Person zuteilen konnte. Was geschah da drinnen bloß?
Ich war mir nicht sicher, ob es eine gute Idee wäre, auch in das Haus zu gehen, da, falls die Angreifer Böses im Sinne hatten, ich die letzte Chance sein würde. Im Moment war mein einziger Vorteil noch der Überraschungsmoment. Eine Zeit lang ertönten mehrere gedämpfte Stimmen, die sich wie laute Befehle anhörten. Zur meiner Erleichterung ertönte kein Schuss. Gerade als ich darüber nachdachte, jetzt doch das Haus zu betreten, stellte ich fest, wie die Stimmen von gedämpft zu klar und hallend wechselten und dann leiser wurden.
Nun waren sie im Garten, auf der anderen Seite des Hauses. Zügig, aber dennoch lautlos lief ich vorsichtig um das Haus herum und musste lediglich über einen kleinen schiefen Zaun springen, ehe ich ebenfalls den Garten erreichte. Vorsichtig ging ich hinter einem kleinen Geräteschuppen in Deckung und lauschte konzentriert.
„Sam, wer ist dieser Penner?“, hörte ich Mason fluchen.
„Erin Black. Ein Freund aus meiner Vergangenheit.“, erklärte Samantha. Ihre Stimme wirkte wie immer gelassen, wenn nicht sogar belustigt, als habe das Schicksal ihr einen witzigen Streich gespielt.
Doch nach all dem, was sie Erin angetan hatte, gab es für mich genügend Gründe nervös zu werden. Erin war soweit ich wusste, zwar noch kein Mörder, aber Samantha hatte ihn als solchen dastehen lassen und gewalttätig war er auch schon immer gewesen.
„Wenn das ein Freund ist, will ich nicht wissen, wie deine Feinde drauf sind.“, scherzte William.
„Schnauze jetzt und legt euch auf den Boden!“, brüllte eine fremde Stimme. Vorsichtig riskierte ich einen Blick und spähte um die Ecke. Aus Angst, der Geräteschuppen könnte ein Geräusch von sich geben, kroch ich dabei über den kalten Boden. Mein Herz schien vor Nervosität förmlich aus der Brust zu hüpfen und meine Schläfen pochten fürchterlich.
Samantha wurde von einem der Männer, die vorhin noch mit einem Baseballschläger bewaffnet gewesen waren, von hinten festgehalten. Mit der einen Hand verdrehte er ihr Handgelenk, während er sie mit der anderen dazu

zwang, aufrecht stehen zu bleiben. Ihre Stirn war durch den Schmerz schweißnass. Wenige Meter neben ihr lagen William, Mason und Anthony auf dem Boden und wurden von einem der Männer, die mit einer Schusswaffe bewaffnet waren bewacht. Der zweite Mann mit dem Baseballschläger hatte anscheinend Mirac zu Boden geprügelt. Sein Gesicht war rot vor Blut und eines seiner Handgelenke zeigte in eine falsche Richtung. Mit schmerzverzerrtem Gesicht hatte er sich auf den Rücken gerollt und starrte in das schadenfrohe Gesicht seines Angreifers.

Der letzte von den Vieren war vermutlich Erin Black. Der, den ich gleich am Anfang als Anführer der Gruppe identifiziert hatte. Er stand nur ruhig da und behielt das gesamte Geschehen im Auge.

Samantha hatte mir in der ersten Nacht, als wir uns kennenlernten erzählt, dass die beiden ihren Stiefvater ermordet hatten und sie schlussendlich dieses Verbrechen allein ihm angehängt hatte.

War es also Rache, auf die er aus war?

„Wow, das war ja mal `ne traurige Leistung von euch.", sagte Erin lässig: "Ihr seid also die berühmten *Psychokillers*, von denen man seit neuem so viel in Radio hört. Dafür, dass ihr als hochgefährlich geltet, habt ihr aber nicht sehr viel drauf. Nur damit das klar ist, wenn hier nur einer auf blöde Ideen kommt, blase ich ihm das Hirn raus."

Erins Stimme war so, wie Samantha sie beschrieben hatte: Kräftig und tief. Dennoch war er anders, als wir. Er hatte bei weitem nicht diese finstere Aura wie Sam oder die anderen in sich. Nicht, dass ich ihm kein Verbrechen zutrauen würde, doch irgendwas an ihm zog in aus unserer Welt und ließ ihn menschlich wirken.

„*Psychokillers*? Wovon redet der?", fluchte William und sah durch die Runde. Beinahe hätte er sich empört aufgerichtet, doch einer von Erins Leuten zielte sofort mit der Waffe auf seinen Kopf.

Komischerweise schien niemand zu stören, dass Anthony als einziger nicht auf dem Bauch lag, sondern mit gesenktem Oberkörper kniete. Voller Zorn starrte er in Richtung Samantha, als würde er jeden Moment losstürmen. Für einen Moment war ich mir sicher, er würde dies auch tun, doch dann entspannte er sich plötzlich und senkte seinen Blick zu Boden.

Was war mit ihm? Hatte er aufgegeben?

„In den Nachrichten kam vor kurzem die Meldung, dass die Polizei einen Zusammenhang in den ganzen Morden sieht, die es in den letzten Jahren

gegeben hat“, sagte Mirac durch zusammengebissenen Zähnen. Er krümmte sich vor Schmerzen ehe er weitersprach: „Allerdings ist man sich da nicht so sicher, da die Morde nichts gemeinsam haben, außer dass es in den meisten Fällen mehrere Täter gab. Die Medien haben sich dann den Namen „Die *Psychokillers*“ ausgedacht. Eine Gruppe aus vier Leuten schätzen sie.“
Ich war also noch zu neu in der Gruppe, um bei den Medien bekannt zu sein.
Mason fing wieder wie ein wütender Troll auf allen vieren an zu toben: „Und wann genau wolltest du uns das erzählen? He, Jungs kommt vorbei, lasst Chili kochen und uns zusaufen. Ach ja, bevor ich es vergesse die Polizei sucht landesweit nach euch!“.
Mason zeigte Mirac den Mittelfinger. Es war ihm völlig egal, dass er dabei durchgehend mit einer Waffe bedroht und mehrmals aufgefordert wurde, ruhig zu sein.
„Schluss jetzt!“, brüllte Erin und zielte mit seiner Waffe direkt auf Samanthas Kopf: „Mir ist scheiß egal, wie sie euch nennen! Ihr scheiß Wichser seit nichts weiter als ekeliger Dreck!“.
Als würde sich das Wetter Erins Wut anpassen, sauste ein starker Wind um das Haus. Samanthas lange Haare wehten umher wie eine Fahne.
Erin sah sie eindringlich an: „Doch als ich davon hörte, wusste ich, dass du zu ihnen gehören musst. Die Hölle spuckt nur einmal so etwas Verdorbenes aus.“
„Und was willst du von mir?“, fragte sie genervt und versuchte, sich aus dem Griff zu befreien.
Erin ging langsam auf sie zu und blieb dicht vor ihr stehen.
„Du miese Schlampe hast mich verpfiffen. Die suchen mich wegen den ganzen Tiermorden.“
Nun fasste er ihr ans Kinn und hob ihren Kopf an: „Sie suchen mich sogar wegen deinem scheiß Stiefvater. Dachtest du wirklich, du kommst damit durch? Ich sag dir, du hast dem Falschen ans Bein gepinkelt.“
Wie hatte er es geschafft, uns aufzuspüren? Und wer waren dann diese anderen Männer bei ihm? Eine Frage, die ich beantworten konnte.
Erin packte Samantha bei den Haaren, riss sie zu sich her und nahm sie als Geisel.
„Ihr wartet, bis ich zurück bin, wenn sich einer von ihnen bewegt, knallt ihr ihn ab“, befahl er und nachdem seine Kumpanen ihm zunickten, verließ er mit Samantha die Gruppe. Er hatte vor, mit ihr in den Wald zu gehen, doch was wollte er dort. Sie töten oder vergewaltigen? Eines war nun sicher: Jetzt blieb

mir nicht mehr viel Zeit.
Der Mann, der vorher noch Samantha gefangen gehalten hatte, hob nun seinen Schläger auf und begab sich zu Anthony. Ohne noch etwas zu sagen fing er an, mehrere Male auf seinen Rücken zu schlagen.
„Erin hat gesagt, wir sollen warten?“, protestierte der einzige Mann, der noch eine Schusswaffe besaß. Wenn ich es schaffte, ihn auszuschalten und in den Besitz dieser Waffe zu kommen, würden wir klar im Vorteil sein.
„Der Penner liegt nicht ordentlich auf den Boden. Ich will ihm doch nur mal zeigen, wer hier der Boss ist.“, kicherte der andere darauf und schlug ein paar weitere Male auf ihn ein. Er wirkte wie ein Dorftrottel, der es zu nichts gebracht hatte und es auch zu nichts bringen würde. Bei allen drei dieser Männer war ich mir sicher, dass es sich um völlige Versager handeln musste.
Nun hatte ich nicht mehr länger vor, zu warten. Schon einmal hatte ich es doch geschafft, einen Menschen bewusstlos zu schlagen, also würde ich es noch einmal hinbekommen. Doch ich hatte nur einen Versuch.
In Rekordzeit war ich von dem Geräteschuppen zu dem Mann mit der Pistole gesprintet. Er schaffte es sich gerade noch, sich umzudrehen, sodass ich seinen überraschten Blick sehen konnte, bevor ich mit aller Kraft meine Faust in sein Gesicht donnerte. Dieses Mal jedoch verspürte ich einen unglaublich starken Schmerz. Er entstand in all meinen Handknöcheln und pulsierte hoch bis über meine Armbeugen. Der Kopf meines Opfers wurde schlagartig in den Nacken gerissen und allein an seinen verdrehten Augen wusste ich, dass es geklappt hatte. Er war außer Gefecht. Verkrampft sackte auch ich zu Boden und umfasste meine Faust.
„Scheiße“, fluchte ich, während ich lautes Gelächter von Mirac vernahm.
„Alter. Voll auf die Fresse.“, lachte Mason und klatschte mit der flachen Hand auf den Boden.
Es verblieb mir nicht einmal Zeit, den Schmerz zu verdauen, als der Mann, der gerade eben noch auf Anthony eingeschlagen hatte, auf mich losging. Schützend streckte ich meine Hände vor mein Gesicht, doch beide Angriffe von ihm trafen ungehindert auf meinen Brustkorb. Meine Lunge zog sich bei den Erschütterungen zusammen und ich rollte mich keuchend zur Seite. Es waren zwei Angriffe, denn mehr verblieb ihm gar nicht, da Anthony sich aufgerichtet hatte und den Mann am Kragen packte. Er ruderte wie wild mit den Armen und Beinen, als Anthony ihn in die Luft hob. In meinen Erinnerungen wirkte Anthony dabei gar nicht wie ein Mensch, sondern wie

ein gefährliches Tier. Er packte das Handgelenk des Mannes und drehte es so lange, bis es aus dem Knochen sprang. Mit schmerzverzerrtem Gesicht ließ er dabei den Schläger fallen.
Während Anthony danach dem Mann mühelos den Arm aus der Schulter kugelte, wies er mich mit einem Nicken auf den Wald hin. Er wollte, dass ich mich um Samantha kümmerte und das verwunderte mich.
Anstatt es selbst zu übernehmen, gab er diese Aufgabe mir. Ich musste sein vollstes Vertrauen gewonnen haben.
Das war wohl auch der Grund, warum er vorhin plötzlich seine Wut verloren hatte. Er musste darauf vertraut haben, dass ich dieses Mal Samantha retten würde.
Danke Anthony.
Ohne noch weiter zu zögern, stürmte ich los.
„Hey!“, rief William.
Aus dem Augenwinkel vernahm ich, wie er mir eines seiner Messer zuwarf. Zu meinen eigenen Verblüffen fing ich es mühelos mit einer Hand. Anscheinend gab mir mein Adrenalin genügen Koordination. Mason stürzte sich gerade auf den letzten noch stehenden Angreifer, der verblüfft wie angewurzelt noch immer neben Mirac stand.
Sie würden es schaffen, da sie in der Überzahl waren und Anthony hatten. Vermutlich würde er allein es mit vielen von ihrer Sorte aufnehmen können, solange sie keine Schusswaffen besaßen.
Ein wenig unbeholfen stolperte ich über ein paar Wurzeln in den Wald. Anstatt mir einen Weg zu suchen, stürmte ich durch das Gestrüpp und zerriss mir dabei Kleidung und Haut. Mir war klar, dass ich so einen Höllenlärm machte, aber ich wollte keine Zeit mehr verlieren.
Gedämpft vernahm ich verzweifelte Rufe von Samantha.
Ich weiß nicht mehr genau, ob ihre Stimme oder mein Instinkt mir die Richtung vorgab, aber ich gelangte auf direktem Wege zu ihnen.
Erin Black hatte Samanthas Shirt zerrissen und ihre Shorts bis zu den Fußknöcheln heruntergezogen. Er wollte sie tatsächlich vergewaltigen. Als er meine Schritte hörte, warf er einen Blick über die Schulter. Seine dunklen, schwarzen Augen starrten mich an, doch ich hatte nur Augen für Samantha. Ihr Gesicht war angeschwollen und mit vielen blau bis lilanen Flecken übersät. Er hatte sie geschlagen, um ihren Willen zu brechen, damit sie sich nicht während der Vergewaltigung wehren würde.

„Wer bist du denn?“, fluchte Erin und zog seine Pistole.
In diesem Moment war ich mir sicher, dass nun mein Leben in den nächsten Sekunden Enden würde.
Nie im Leben würde ich es schaffen, seinem Schuss auszuweichen. Nun tat ich einen letzten verzweifelten Versuch, meinem Schicksal zu entgehen und schleuderte mit aller Kraft mein Messer in seine Richtung. Es gab keine Zeit, um mir noch einmal alles durch den Kopf gehen lassen, was William mir über das Messerwerfen erklärt hatte. Ich musste darauf vertrauen, dass ich genügend aus der Übung von damals mitgenommen hatte.
Ich hatte auf seine Brust gezielt, doch zu meiner Verwunderung traf das längliche Messer ihn genau in den Hals.
Sein dunkler Blick fror ein.
Keuchend ließ er sich zurückfallen und fasste sich an die blutende Kehle. Es verging keine Sekunde, da hatte sich Samantha schon aufgerichtet und zog ihm das Messer aus der Kehle. Dann packte sie ihre Überreste von dem zerrissenen Shirt und drückte es ihm auf die offene Wunde. Für einen Moment dachte ich, sie wollte ihn verzweifelt retten, doch dann fing sie an, wie wild in seinem Körper einzustechen.
„Du Arschloch!“, brüllte sie und stach ihm ein paar weitere Male ins Gesicht, bevor sie wieder den Rumpf bearbeitete.
Schweigend betrachtete ich das Schauspiel und stand wie angewurzelt da. Sie warf ihn zu Boden. Ich weiß nicht mehr, ob er zu diesem Zeitpunkt überhaupt noch am Leben war, doch sie stach ihm noch mehrere Male in den Schritt, so wie es wohl jede Frau ihrem Vergewaltiger wünscht und dann kniete sie sich auf seine Brust. Als wäre ich in ihren Erzählungen gefangen, legte sie seinen Kopf in den Nacken und enthauptete ihn. Ich gebe zu, dieser Anblick hat mich sehr verstört. Das Bild von Samantha, dem Mädchen, in das ich verliebt war verschwand. Vor mir sah ich nur noch eine Psychokillerin.
Schnaufend erhob sie sich von der entstellten Leiche ihres Exfreundes auf und trat dabei seinen Kopf in die Büsche. Vorsichtig wischte sie sich das Blut aus dem Gesicht, ohne dabei zu sehr auf ihre blauen Flecke zu drücken.
Ich dachte, dass es nun vorbei war, doch dann stapfte Samantha auf mich zu, als wolle sie nun auch mich töten.
Ja, ich hatte Todesangst in diesem Moment.
„Warum seid ihr Männer so! Ihr seid so eklig! Ihr Arschlöcher. Miese dreckige Arschlöcher!“

Es war mehr ihre Vulgärsprache, als ihr heiseres Schreien, die mich verstörte. Samantha war sonst immer sehr höflich gewesen. Zitternd stand ich vor ihr und starrte sie mit erhobenen Händen ängstlich an.
„Sam, es tut mir leid, dass ich erst jetzt hier sein konnte.“, brachte ich heiser hervor.
Sie schien sich zu beruhigen. Mit gesenkten Blick zog sie ihre Shorts zu recht und schützte mit dem anderen Arm ihren Oberkörper.
Ich brauchte ein wenig, um zu verstehen, dass sie sich tatsächlich für ihre Nacktheit schämte. Wie konnte ein Mensch so verschiedene Facetten an sich haben?
Ich zog mein Shirt aus, das ich mittlerweile schon seit drei Tagen anhatte und reichte es ihr.
„Danke.“, murmelte sie, als sie es annahm.
„Es sind nicht alle Männer so.“, sagte ich leise.
Sie nickte ruhig und zog sich an.

Es störte mich nicht, dass ich von Samantha keine Dankbarkeit bekam, ihr Leben gerettet zu haben. Ich wusste, dass sie dazu einfach zu stolz war. Was die Jungs betrifft, hatte ich mir mit dieser Aktion meinen festen Platz in der Gruppe der *Psychokillers* verdient.
Bis auf Mirac und Samantha waren alle bei diesem Vorfall unverletzt geblieben. Mason und William warteten bereits mit verschränkten Armen auf uns, als wir aus dem Unterholz brachen. Zu ihren Füßen lagen, die völlig entstellten Überreste von unseren Angreifern.
„Alles in Ordnung, Sam?“, fragte William und betrachtete besorgt ihr Gesicht.
„Was sie nicht umbringt, macht sie stärker.“, gab Mason unbeholfen seinen Senf dazu und hob eine der Leichen auf.
William verunsicherte es, dass Samantha so schweigsam war. Zwar ließ sie sich wie immer nichts anmerken, aber er hatte dafür ein gutes Gespür.
Mason wusste nur deshalb Bescheid, dass etwas passiert sein musste, da ich oberkörperfrei vor ihm stand.
Einen kurzen Augenblick standen wir drei reglos da.
„Schaffen wir erst einmal die Leichen hier weg.“, sagte Samantha und half Mason, eine der Leichen zu tragen. Erstaunt stellte ich fest, dass mein Shirt gar nicht schlecht an ihr aussah. Genau genommen war ihre Bluse auch immer viel zu groß an ihr, doch ihr schien das zu stehen.

Er jetzt bemerkte ich Anthony, wie er an mir vorbei ging und entsetzt stellte ich fest, dass er weinte.
„Anthony.“, sagte ich in der Hoffnung, er würde sich zu mir wenden, doch er ging einfach weiter in Richtung Wald.
„Ist alles okay mit ihm?“, fragte ich besorgt und wandte mich zu William.
Er sah kurz Mason und Samantha nach, wie sie die erste Leiche in das Haus schafften, dann sagte er: „Es wird ihm bald besser gehen. Er braucht hin und wieder auch ein wenig Zeit für sich.“
Wir sahen ihm nach und nach einer Zeit hatte er die Wiese überquert und verschwand im Dickicht ohne dabei die Arme zu heben, sodass es aussah als würde in der finstere Wald verschlingen.
„Er hat es ihm Leben nicht leicht gehabt.“, murmelte William, ohne das wir unsere Blick von den Bäumen ließen.
„Was ist ihm den widerfahren?“
„Das weiß ich nicht.“, antwortete er leise: „Das wissen wir alle nicht. Du weißt ja, wie gesprächig er ist.“.
Immer noch standen wir regungslos da, bis wir Mason fluchen hörten: „Sam, was war da los? Wie konnten uns diese Typen finden? Gibt es noch mehr Leute, die hinter uns her sind und von denen wir wissen sollten?“
„Keine Ahnung, wie er uns finden konnte. Ich dachte, er würde in irgendeinem Gefängnis sitzen.“, sagte Samantha und wischte sich mit meinen T-Shirt das immer noch blutende Gesicht ab.
Nun erwachte William aus seinem Trance-Zustand: „Seit wann hast du Angst vor irgendwelchen Leuten?“
Mason fühlte sich von William provoziert. Anstatt sich um die nächste Leiche zu kümmern, stapfte er auf ihn zu: „Es tut mir leid, Arschloch, aber seit dem miese kleine Penner mit Waffen vor meinem Gesicht rumfuchtelt haben, die aus irgendeinem Grund unseren Tod sehen wollten, habe ich wohl angefangen, mir in die Hose zu scheißen.“
Sam sah die beiden nur nachdenklich an, also entschied ich mich dazu, dass erste Mal bei einem Streit dazwischen zu gehen: „Es ist doch nochmal gut gegangen. Das wird nicht nochmal passieren.“
„Ach ja?“, entgegnete Mason und schaute mich an: „Wenn vier Eselficker, die dumm wie Stroh sind uns so leicht finden, dann wird das doch die Polizei und jeder andere auch schaffen und ich habe keine Lust, durch einen Kopfschuss zu sterben, wenn dann müssen sie mich schon bei den Eiern aufhängen.“

„Es war meine Schuld.“, meldete sich Mirac bedrückt. Er saß immer noch an der Stelle, an der er zusammengeschlagen worden war. Sein Gesicht blutete zwar nicht mehr so sehr, dennoch schien er noch immer starke Schmerzen zu haben.
„Was?“, fragten Mason und William beinahe gleichzeitig empört.
„Einen von diesen drei Verlierern habe ich schon einmal gesehen. Vor einem halben Jahr habe ich ihm mal erzählt, dass ich manchmal Besuch von euch bekomme und ich hab` ihm auch von dir erzählt, Sam. Ihr wart damals noch nicht in den Radios und dass er was mit Erin zu tun hatte, wusste ich auch nicht. Ich kannte diesen Erin nicht einmal. Hast mir ja nie von ihm erzählt.“
In den letzten Tagen hatte ich immer das Gefühl gehabt, wie wären unantastbar. Dass unsere Macht nicht zu brechen war und wir ein Leben lang unser Unheil verbreiten würden, doch ich irrte mich. Unser Abenteuer könnte jederzeit enden. Ein Fehler würde dazu reichen.
„Ganz genau kann ich es aber auch nicht sagen, wie Erin euch dann finden konnte. Ich hab` zwar nicht gesehen, was ihr mit ihm gemacht habt, aber ich schätze, das werden wir aus ihm auch nicht mehr heraus bekommen oder?“, fragte Mirac und schaute in die Runde. Man sah ihm sein schlechtes Gewissen an.
„Schon okay.“, sagte ich schließlich. Die Anderen schienen verwundert, dass ich auch einmal meine Meinung aussprach.
„Du hast uns nicht mit Absicht in Gefahr gebracht, aber du solltest trotzdem ab jetzt niemanden von uns erzählen. Die Zeiten haben sich geändert.“
Und so standen wir da. Fix und fertig, dabei hatte der Tag erst begonnen. Wir hatten noch vier Leichen zu entsorgen, mussten unsere Wunden reinigen und alles für unseren Aufbruch vorbereiten. Die schwierigste Aufgabe hatte jedoch Samantha. Sie musste Anthony wieder beruhigen. Später erzählte sie mir, sie habe ihn wie damals regungslos auf einen Baumstamm sitzen sehen, als würde er auf Tod warten. Keine Ahnung, wie sie ihn schließlich dazu gebracht hatte, wieder unser Beschützer zu werden, aber nach einer längeren Zeit kam er mit ihr wieder aus dem Wald.

Wir hatten nicht vor, ab jetzt vorsichtiger vorzugehen. Zum einen, weil die Polizei im Gegensatz zu Erin weder wusste, wie wir aussahen, noch sich sicher war, ob wir überhaupt existierten. Zum Anderen weil wir einfach keine Lust hatten, uns verdeckt zu halten. Der Sinn unseres neuen Lebens, war die

Freiheit. Wenn wir diese Aufgeben würden, könnten wir uns gleich an die Gesetze halten.

All dies hatten wir nicht miteinander abgesprochen. Es gab keine Pläne oder Schemen, nach denen wir handelten. Wir waren Killer, keine Strategen.

Wir waren: „Die *Psychokillers*“.

Kapitel 2: Die Reise geht weiter (26.04.1986)

Mirac war so nett und hatte mir und Samantha etwas anzuziehen geschenkt. Obwohl ich und Mirac einen sehr holprigen Start hatten, konnte ich ihn mittlerweile gut leiden und hatte daher einen weiteren Freund in einem Leben gefunden. Samantha trug nun wieder ein rot weiß kariertes Hemd, so wie diese, die man sich an Holzfällern vorstellte. Für mich gab es ein, ein bisschen zu großes schwarzes T-Shirt.

Anschließend kümmerten wir uns um Samantha. Obwohl sie hatte einstecken müssen, war der Schaden zum Glück gering geblieben. Keine der Wunden war besonders groß und somit musste nichts genäht werden. Es würde allerdings noch ein paar Tage dauern, bis die Schwellungen zurückgehen werden.

Mirac hatte uns sogar eine Schachtel Zigaretten mit auf den Weg gegeben, doch William und Mason hatten sie in Rekordzeit aufgeraucht. Ich bekam nur noch mit, wie sie die letzte im Hof rauchten, während wir überlegten, wie es jetzt weiter geht.

„Wo fahren wir jetzt hin“, fragte Samantha.

Die Luft um uns wurde plötzlich still. William und Mason starrten beide verwirrt in die Runde. Selbst ich war verblüfft, dass Samantha dieses Mal nicht selber entscheiden wollte. Als ich sie ansah, wurde meine Verwunderung noch größer und erst jetzt begriff die Reaktion der beiden richtig. Die Frage war an mich gestellt.

Wieso hatte sie mich gefragt? War ich nun der neue Anführer? Ich, als neuestes und jüngstes Mitglied?

„Ich würde Straßenmeile empfehlen, um so schnell wie möglich den Staat zu wechseln.“, gab ich unsicher von mir.

„Hört sich vernünftig an. Und wer soll fahren?“

Auch diese Frage hatte ihre Wirkung. Sie bestätigte erneut, dass sich Samantha mir unterwarf.

Wieso? War sie wirklich so dankbar, dass ich ihr Leben gerettet hatte? Ihr aller Leben genau genommen, aber das war doch nur Zufall gewesen. Wäre ich nicht vor allen anderen aufgewacht, wäre ich genauso überrascht von Erin und seinen Freunden aufgegriffen worden.

Oder interpretierte ich einfach zu viel in die Entscheidungen, die sie mir überließ. Vielleicht hatte sie einfach nur in diesem Moment keine Lust, selbst zu entscheiden.
„Ich kann schon fahren.“, murmelte ich unsicher.
„Schon gut, Collister. Ich werde fahren. Bis es dunkel wird, dann wird Mason übernehmen.“, mischte sich William ein und wandte sich zu Mason: „Ist das in Ordnung für Sie, Mr. Young?“
Obwohl Mason als Antwort seinen Mittelfinger entgegenstreckte, ließ William es als Bestätigung gelten.

Wir verabschiedeten uns noch bei Mirac und machten uns dann schließlich auf den Weg Richtung Utah.
William Conner war ein sehr beunruhigender Fahrer. Es viel ihm schwer, die Spur zu halten. Als Mitfahrer, der sich nicht angeschnallt im Laderaum befand, war dies ziemlich verstörend.
Nach einer Weile erinnerte Samantha William an mein Trauma. Seitdem versuchte er, die Geschwindigkeit zu drosseln.
Mehrmals erwischte ich Samantha, wie sie mich vom Beifahrersitz aus beobachtete. Es war ein nichts sagender Blick, als wolle sie sich nur flüchtig vergewissern, ob ich noch anwesend war. Konnte ich dies als Zeichen der Zuneigung gelten lassen? Sollte ich vielleicht versuchen, ihr näher zu kommen? Andererseits war sie einfach die geborene Einzelgängerin. Noch dazu hatte bisher jeder Mann ihr wehgetan, der versucht hatte, ihr näher zu kommen. Wahrscheinlich hatte sie nach dem Zwischenfall mit Erin nun endgültig die Schnauze voll.
„Warum seid ihr Männer alle so?“, hatte sie gesagt.
Als wir schon viele Stunden auf den Weg waren und ich feststellte, dass Anthony zu mir sah, probierte ich ein Lächeln und zu meiner Verwunderung erwiderte er es sogar. Nie wieder hatte ich Anthony lächeln gesehen. Bis heute würde ich zu gerne wissen wollen, was er erlebt hatte. Wie wurde er zu dem Menschen, den wir heute kennen? Doch das traurige ist, ich habe es nie erfahren.
Als die Sonne unterging, übernahm Mason das Steuer und folgte dem schnurrgeraden Straßenverlauf. Mit dem Kopf am Fenster starrte ich in die Ferne. Das Land von Utah war flach, bis auf die kleinen Berge in der Ferne und die kleinen Tannenbäumen, von denen hier und da mal einer rumstand.

Ab da an dauerte es nicht mehr lange, bis ich von einer unbändigen Müdigkeit übermannt wurde und mir Schlaf gönnte.

Als der Motor abgestellt wurde, wachte ich automatisch auf. Völlig schlaftrunken sah ich mich um. Alle schliefen tief und fest, nur Mason öffnete die Autotür und hüpfte aus dem Van. Lautlos öffnete ich die Laderaumtür und schlüpfte ebenfalls ins Freie. Es tat gut, endlich mal wieder aufrecht zu stehen.
„William ist sehr stolz auf dich.“, sagte Mason und näherte sich mir. Wir standen auf einem verlassenen Parkplatz. Durch den leichten Nieselregen war die ganze Umgebung in einen feuchten Schleier gehüllt.
„Wieso?“, fragte ich nach.
Mason hatte sich offenbar nicht weit von der Autobahn entfernt, da ich immer noch das Rauschen schnell vorbei fahrender Autos vernehmen konnte.
„Sam hat uns erzählt, wie du Erin gekillt hast. Ziemlich beeindruckend. Du hast einfach sofort dein Messer auf ihn geschleudert, als du durch das Dickicht gebrochen bist.“
Ich konnte mir gut vorstellen, dass diese Geschichte William Conner gefiel. Nun konnte er sich als guten Lehrer bezeichnen, immerhin hatte ich jede Übung nur von ihm.
„Ich hatte sehr viel Glück. Wenn ich daneben geworfen hätte, wären Samantha und ich wahrscheinlich nicht mehr am Leben.“
„Aber du hast getroffen und darauf kommt es an.“
In Masons Stimme lag Begeisterung. Offenbar waren sie alle von mir beeindruckt: „Ohne dich wäre dieser Tag schlecht ausgegangen. Stell dir mal vor, wir hätten dich nicht vor drci Tagen mitgenommen.“
Verlegen unterdrückte ich ein Lächeln.
„Es war eine gute Entscheidung von Samantha, dich mitzunehmen. Irgendwie hat sie da so einen siebten Sinn oder so etwas“, sagte Mason und legte einen Arm um meine Schulter: „Komm, lass` ein wenig die Beine vertreten.“
Zusammen strichen wir die abgelegene Landstraße entlang. Bis auf den schwachen Schein der Straßenlaternen waren wir beinahe komplett von Dunkelheit umhüllt.
„Suchen wir nach etwas bestimmtem?“, fragte ich, da ich mir nicht vorstellen konnte, dass Mason wirklich nur mit mir spazieren gehen wollte.
Mason lachte kurz und erklärte: „Ach keine Ahnung. Gehen wir einfach mal drauf los und schauen, was uns das Leben als nächstes gibt.“

Ich lächelte ihn an: „Warst du schon immer so?“
„Ja, vielleicht.“, gab er darauf zurück.
Er bog in einen kleinen Feldweg ein, der über ein breites Feld führte und ich folgte ihm.
Während ich das hier schreibe, hört sich das für mich so an, als hätte ich mir in jenem Moment Sorgen machen müssen, dass Mason mich umbringen wollte, aber damals wie heute hatte ich vollstes Vertrauen in diesen kranken Psychopathen. Tatsächlich haben wie uns nie etwas gegenseitig angetan.
„Was ist deine Geschichte, Mason? Jeder hat mir schon von sich erzählt. Nur du noch nicht. Was ist mit dir?“, fragte ich ihn, als ich wieder neben ihm lief.
„Du meinst, wie es dazu kam, dass ich Conner gefunden habe?“
Mit einem kurzen Nicken ermutigte ich ihn, mir alles zu erzählen und in dieser Nacht erfuhr ich mehr über Mason, als ich dachte. Nie hätte ich davon geträumt, dass auch er eine unglaubliche Geschichte mit sich trug. Vielleicht ist das sogar die einzige Sache, die mir in dieser Welt wirklich gefällt. Such dir einen Menschen auf der Straße aus und ich schwöre dir, auch er trägt eine spannende Geschichte in sich, selbst wenn es ihr oder ihm nicht klar ist. Wir alle erleben etwas. Ob wir das beabsichtigen oder nicht.

Buch: Mason Young (22.11.1944-12.09.1989)

Der erste Psychokiller
Kapitel 1: Geburt und Kindheit

Ich kann mich an meine Geburt, so wie jeder andere Mensch, natürlich nicht erinnern, aber ich weiß noch, dass da jemand war, der auf mich aufpasste. Es war ein liebes Wesen. Ich fühlte mich von ihr beschützt und behütet. Leider ist mir ihr Name sowie ihr Aussehen entfallen. Nur das Gefühl wollte ich stets in mir bewahren. Wie einen letzten Anker der Hoffnung, wenn die Zeiten mal schwer waren.
Irgendwann war plötzlich jemand anderes für mich da. Er sollte eine sehr lange Zeit mein Vater sein und sich um mich kümmern.
Brachte mir seine Werte bei und schnell hatte ich begriffen, was seine Lebensphilosophie war: Wenn man etwas will, muss man es sich einfach nehmen. Dir wird nichts auf einem Silbertablett serviert.
Vor allem, wenn es um Frauen ging. Seiner Meinung nach waren Frauen Menschen zweiter Klasse, die gefälligst Respekt vor der Macht des Mannes haben sollten.
Wo ich in den ersten Jahren meines Lebens lebte, weiß ich nicht mehr, aber zusammen mit Dad wohnte wir alleine in einem kleinen, hölzernen Haus in New Mexico, weit von der Zivilisation entfernt.
Ich liebte unser Haus. In diesem fühlte ich mich sicher und fand stets meine Ruhe.

„Das wichtigste im Leben ist es, stärker und stärker zu werden."
Dies sagte er mir immer, wenn ich an den Prüfungen des Lebens zerschellte.
Es war die größte Aufgabe meines Vaters, mich auf das Leben vorzubereiten.
Also stellte er mir ständig Aufgaben, die ich irgendwann meistern sollte.
Zuerst gefielen mir diese Aufgaben, weil sie wirklich Spaß machten.
Die erste war Lesen und Schreiben lernen und danach kam Rechnen. Da ich nie eine Schule besuchte, war dies zuerst das wichtigste, um mich in der Welt zurechtzufinden.
Dann wurden meine Aufgaben komplizierter. Ich musste lernen, wie man Autos repariert.
Meist gab er mir dazu eine gewisse Zeitvorgabe, die ich einhalten musste.
Wenn ich seine Tests bestand, bekam ich eine extra Portion zum Abendessen,

falls jedoch nicht, nur eine halbe. Als ich Motoren in Rekordzeit zerlegen und wieder montieren konnte, sollte ich lernen, wie man Schlösser öffnet. Dabei handelte es sich um jede Art von Schlössern: Vorhängeschlösser, Türschlösser, Autotürschlösser oder sogar Zündschlösser.
Nie stellte ich seine Aufgaben in Frage, denn er wusste, was gut für mich war. Ich dachte sogar, es sei normal, auf diese Art erzogen zu werden und erst Jahre später verstand ich, dass die meisten Menschen mit einer Mutter aufwuchsen. Dass sie zu Schule gingen und Freunde hatten. Mit den Nachbarn Grillpartys veranstalteten und sich den Super Bowl anschauten. Ich bin dagegen sehr froh, hier eine Ausnahme zu sein. Meine Kindheit war alleine in der Wüsste mit dem schlausten Vater der Welt am besten.
Obwohl ich hier mich selbst korrigieren muss. Ich hatte eine Mutter, nur war diese immer wieder jemand anderes. Wenn mein Vater wieder von seinen längeren Ausflügen nach Hause kam, brachte er dabei immer eine neue Mutter mit. Diese hatte ich dann für ein paar Monate, bis sie wieder verschwand.
Er stellte sie wie ein Tier vor mich hin und sagte jedes Mal die Worte: „Mason, sag „Hallo“ zu deiner neuen Mutter.“
Eine Mutter war ein Mensch, der die Aufgabe hatte, mir essen zu kochen und mein Zimmer ordentlich zu halten. Ansonsten durfte eine Mutter nichts. Hatten sie keine Beschäftigung hatte sie sich auf einen Stuhl in der Ecke in unserer Küche zu setzen und leise zu sein. Sie durfte nicht einmal wimmern. Genau genommen dürfte eine Mutter nie sprechen und hatte jedem Befehl zu gehorchen.
Schon als Kind fiel mir auf, dass es sehr nützlich sei eine Mutter zu haben. Deswegen konnte ich gar nicht verstehen warum mein Vater unsere Mütter immer wieder hergab. War es nicht sinnvoller, eine Frau für das ganze Leben zu haben?
Er erklärte mir schließlich, dass sich keine Frau für längere Zeit unterwerfen ließ und dass mit der Zeit jede Frau anfangen würde, nicht zu gehorchen und meist sogar wegzulaufen.
Ich begriff seine Worte, als ich die Trauer in den Augen meiner Mütter sah. Alle meine Mütter hatten mich gehasst, weil sie sich um mich kümmern mussten. Viele weinten sogar tagein, tagaus. Ich konnte dieses Weinen nicht verstehen. Wenn ich schwierige Aufgaben von meinem Vater bekam, hatte ich auch oft eine schwere Zeit, aber ich wusste doch, dass es bald wieder vorbei sein würde. Die Aufgaben meiner Mütter waren doch auch irgendwann erfüllt. Was war denn so schlimm daran, eine Hand voll Wochen die Zähne zusammen zu beißen.
Vielleicht liegt es aber auch in der Natur der Frau, wegen Kinkerlitzchen zu weinen.
Als ich dreizehn wurde, begann mein Vater mit meiner neuen Aufgabe: Das Überlebenstraining.

Um mich nicht gleich ins kalte Wasser zu werfen, setzte er mich zuerst nur, einen halben Tag lang in der Wildnis aus. Dann erhöhte er seine Anforderungen.
Als nach kurzer Zeit die Stunden zu drei Tagen wurden, schien ich zum ersten Mal an meine Grenzen zu stoßen. Es war fast unmöglich, etwas zu trinken zu finden, in diesen staubtrockenen Landschaften.
Zum Glück hatte ich damals meine erste Mutter, die mich mochte. Man sah ihr zwar an, dass sie ungern bei uns war und meinen Vater hasste und man spürte auch, wie sie ständig Fluchtpläne schmiedeten, doch… mich mochte sie.
Sie brach eines Tages sogar gegen die Regel und redete heimlich mit mir.
„Dein Vater ist kein guter Mensch.“, meinte sie, doch ich konnte ihr nicht folgen.
Vielleicht war sie, wegen den Aufgaben die er mir gab, dieser Meinungen. Warum verstand sie nicht, dass diese Aufgaben wichtig für mich sind? Was sollte ich den sonst den ganzen Tag tun?
„Ich werde dich aus dieser Hölle befreien.“, versprach sie mir und auch dies verstand ich nicht. Sie kniete sich vor mich auf den kalten Küchen Boden und umarmte mich. Dadurch das mein Vater mich sehr selten drückte, war diese Umarmung für mich schön und befremdlich zugleich. Dann tat sie etwas, was ich später bei meinen Geliebten übernehmen sollte. Sie drückte ihre Lippen auf meine Stirn. Diese Geste hatte ich vorher weder erfahren, noch irgendwo gesehen. Mein Vater zwickte meinen vorübergehenden Müttern manchmal in den Po, aber das tat er nie. Lange dachte ich, es sei etwas, was nur Frauen machen.
Dass sie so ihre Zuneigung zeigen.

Eines Nachts weckte sie mich und gab mir das Zeichen, dass ich leise sein sollte.
„Wenn Papa dich erwischt, bekommst du Ärger.“, sagte ich ihr, doch sie wollte nicht auf mich hören. Sie trug mich aus meinem Bett in die Garage und versuchte, das Auto mit Hilfe eines Schraubenziehers zu öffnen. Nachdem ich ihr eine Zeit lang zugesehen hatte, half ich ihr schließlich.
Als sie dann von mir verlangte, dass ich das Auto starten sollte, verweigerte ich ihr diesen Wunsch. Verzweifelt nahm sie mein kleines Gesicht in ihre großen Hände. Aus ihren Augen strömten die Tränen. Es war ein anderes weinen, als ich es sonst kannte. In ihrem Blick gab es kein Selbstmitleid, sie empfand nur Mitleid für mich.
„Du bist bei diesem Mann nicht sicher. Ich werde mich um dich kümmern. Ab jetzt wird alles besser, das verspreche ich dir.“
Wie immer verstand ich nicht, was genau sie damit meinte. Mir war es nie schlecht ergangen, was musste denn besser werden?
Ihr war klar, dass ich nicht verstand also versicherte sie mir noch, das ich noch

verstehen würde, wenn ich erst einmal die Welt da draußen besser kennenlernen hatte.
Von der Welt da draußen hatte ich großen Respekt. Mein Vater hatte mir erklärt, dass es viele böse Menschen dort gab, als ich vor vielen Jahren von einem bösen Mann in den Truck gezogen worden war. Er hielt auf unserem staubigen Hof, um nach dem Weg zu fragen. Zumindest sagte er mir das. Gleich als ich ihm sagte, dass mein Dad nicht zuhause war und ich derzeit keine Mutter hatte, veränderte sich seine Miene zu einem schadenfrohen und angsteinflößenden Lächeln. Er packte mich an meinem Handgelenk und zerrte mich zu seinem Truck. Ich versuchte mich so sehr aus seinem Griff zu winden, dass ihm seine Mütze vom Kopf flog. Ich ließ mich fallen und versuchte, mich in den trockenen Furchen der wüste ein zu krallen. Nie vergesse ich diesen Ausdruck des Mannes, wie er meine Angst genossen hatte. Ich bereitete ihm große Freunde.
Denn was gibt es Aufregenderes als eine Sünde an einem unschuldigen Kind. Dass dieser Mann damit mein Leben prägte, hatte er nicht bedacht.
Dass ich selbst heute noch Herzklopfen davon bekäme, wenn ich davon jemanden erzählte oder nur daran dachte, war ihm wohl ebenfalls egal gewesen.
Mühelos zog er mich mit einer Hand über den Wüstenboden, während er mit der Anderen seine übertrieben große goldene Gürtelschnalle öffnete. Auf dieser war der Weißkopfseeadler der Vereinigten Staaten abgebildet. Der blöde Vogel lächelte mich an, als würde er sagen wollen: „Land der unbegrenzten Möglichkeiten, was? Da gehört ein kleiner geschändeter Junge ebenfalls dazu."
Nein, ich wurde zum Glück nicht vergewaltigt. Kurz bevor wir bei seinem Truck angekommen waren, griff ich nach einem Stein und schlug diesen so fest wie ich konnte auf seine Schläfe. Endlich ließ der Mann von mir ab und stürzte zu Boden. Wie er da mit heruntergelassenen Hosen vor mir lag versetzte mich in solches entsetzen, dass ich mit dem Stein noch zwei weitere Male auf seinen Hinterkopf schlug. Ich war viel zu jung, als hätte ich damals begreifen können, was dieser Mann mit mir vorhatte, aber irgendwo tief in mir drin verstand ich es doch. Wie ein Instinkt, der einen erkennen lässt, wo die Gefahr lauert.
Gestorben ist der Mann daran aber nicht. Eine halbe Stunde später kam mein Vater nach Hause. Gott, war er wütend. Er gab mir einen Kübel Wasser in die Hand, damit ich den Mann aus seinen Schlaf reißen konnte.
„Der Dreckskerl soll mich sehen, bevor er in Gras beißt.", erklärte er mir.
Der Mann wachte tatsächlich auf, als ich das Wasser über ihn kippte und nun war dieses fiese Lächeln nicht mehr in seinem Gesicht. Mein Vater stand mit einem Fuß auf seiner Brust und setzte den Spaten aus unserem alten Schuppen an seiner Kehle an. Mit der immer noch blutenden Schläfe keuchte der Mann:

„Ich… Ich wollte doch nur nach dem Weg fragen."
warmer Urin und Tränen flossen aus ihm, ehe mein Vater auf den Spaten trat, als wolle er nur den getrockneten Acker pflügen.
Sein Kopf wurde mit solch einer Wucht abgetrennt, dass er mindestens noch zwanzig Meter weiter rollte, bevor er zum Liegen kam. Der Ausdruck des Mannes fror mit seinem Tod fest.
Der Mund zum stillen Schrei weit aufgerissen und pures Entsetzen in den Augen gespiegelt.
Ich war sehr stolz auf meinen alten Herren.
Doch seit jeher fürchtete ich mich ein wenig vor der Welt dort draußen und nun wollte mich meine Mutter, die mich als einzige liebte, dorthin bringen.
„Bitte vertrau mir! Ich werde mich gut um dich kümmern, versprochen. Dir wird es viel besser gehen als hier. Alles wird wieder besser."
Es dauerte ungefähr eine halbe Stunde, bis sie mich überreden konnte, das Auto zum Laufen zu bringen. Ich glaube, ich wollte eigentlich nur, dass sie aufhörte, zu flehen, da ich kaum etwas ihrer Worte verstehen konnte.
Gleich als der Motor aufheulte, schob sie mich zur Seite und setze sich an das Steuer. In ihrem Gesicht spiegelte sich Panik. Wir beide wussten, dass mein Vater den Motor hören würde. Mit zittrigen Händen legte sie einen Gang ein und versuchte, loszufahren. Wir kamen keine zwei Meter, da hatte sie den Wagen schon abgewürgt. Mein Vater hatte mir einmal erzählt, dass Stadtmenschen es nicht gewohnt waren, Autos mit Schaltgetriebe zu fahren.
Gerade als sie einen zweiten Versuch starten wollte, wurde die Autotür aufgerissen und mein Vater stand mit hochrotem Kopf in Boxershorts vor ihr. Ich kannte es, wenn seine Adern an Hals und Schläfe zu pulsieren begannen. In diesem Zustand konnte ihn nichts mehr aufhalten. Wie ein Wilder schlug er mehrere Male auf meine Mutter ein. Ihr Gesicht sah in kürzester Zeit entstellt aus, als wäre es ein einzelner roter Fleck.
Dann packte er sie mit beiden Händen und zog sie aus dem Auto.
„Du wolltest mir meinen Jungen nehmen!", brüllte er und schlug viele weitere Male auf sie ein. Als ich dieses Schauspiel betrachtete, wollten meine kindlichen Augen es nicht wahrhaben, was ich da sah. Also strich ich kommentarlos an ihnen vorbei und setzte mich schweigend vor den Fernseher. Wir hatten zwar nur einen Sender, in den immer wieder das gleiche lief, aber das kümmerte mich nie. In ein paar Stunden würden Cartoons wie Bugs Bunny laufen, aber um drei Uhr nachts, gab es nur Landschaftaufnahmen mit klassischer Musik. Als wäre dies das spannendste, was ich je gesehen hatte, starrte ich auf den Bildschirm. Ich hörte, wie mein Vater an mir vorbei nach draußen in den alten Schuppen ging, um etwas zu holen. Es war die Schaufel, da ich ihr über den Boden kratzendes Geräusch hören konnte, als er wieder zurück in Richtung Garage ging. Sein Atem ging dabei sehr flach und leise.
„Ich besorg bald eine neue Mutter für dich, Mason."

Seine Stimme war rau und tief. Ich habe nicht gesehen, wie meine Mutter getötet wurde, aber ich hörte es. Dasselbe Geräusch wie bei dem bösen Mann, begleitet von Bildern der Rocky Mountains aus der alten Flimmerkiste.
Ein erstaunlich lautes *Ratsch*-Geräusch. Dann ein Geräusch, wie wenn dicke Äste brachen.
In dieser Nacht zerteilte mein Vater meine ehemalige Mutter in sechs verschiedene Teile. Vier Gliedmaßen, Kopf und Torso. Das weiß ich, weil er sie am nächsten Morgen in Plastiktüten packte und in unseren Garten warf. Auf dem sandigen Boden und mit in der heißen Sonne fingen sie dann an, schrecklich zu verfaulen. Diesen widerlichen Geruch werde ich niemals vergessen. Jede Art von Appetit war sofort vergangen, stattdessen wurde er durch ein Ekelgefühl ersetzt, das einen zum Würgen brachte. Als wäre unser Körper darauf trainiert worden, uns vor Verwesung in Acht zu nehmen.

Auch wenn mein Vater sagte, er würde mir schon eine neue Mutter beschaffen, hatte ich nach diesem Zwischenfall erst einmal keine Mutter mehr.
Anscheinend wollte mein Vater einen weiteren Vorfall vermeiden.
Bis zu meinem sechzehnten Lebensjahr hatte ich von da an mit keinen anderen Menschen mehr Kontakt.
Es gäbe noch furchtbar vieles, was ich über meine Kindheit erzählen könnte, aber ich glaube man kann sich vorstellen, wie mein Leben bisher war, daher springen wir gleich zu diesem schicksalhaften Kontakt.
Ich war an dem Tag sehr aufgeregt, musst du wissen. Es stand ein dreimonatiges Überlebenstraining von meinem Vater an und das war deutlich länger, als all die Male zuvor. Ich hatte es bisher mal sechs Wochen aushalten müssen, aber nie ein ganzes Quartal.
Wie immer fuhr er mich tief in die Wüste hinaus, weit weg von jeder Landstraße. Als er mich Absätze versprach er mir, er würde mich exakt in an demselben Ort in drei Monaten wieder abholen. Automatisch stellte ich mich auf eine sehr einsame Zeit ein. Mir war klar dass der Tag kommen wird, an dem ich jegliche menschliche Existenz außer mir in Frage stellen werde. Man sitzt da, nagt an ein paar Eidechsen herum und grübelt darüber, wie wahrscheinlich es war, ob man nicht schon immer allein war und alle die Erinnerung, an Gespräche und andere Erlebnisse mit meinem Dad, nur erfunden waren, damit ich nicht völlig den Verstand verliere.
Mein Vater und ich errichteten einen Steinkreis, als wollen wir ein winziges Stonehenge nachbauen. Er war auf einige Hügel in der Nähe ausgerichtet und ein dicker Stein zeigte genau nach Norden. Dieser kleine Tempel war der Punkt, an dem er mich in drei Monaten finden würde. Außer einem kleinen Notizbuch, in dem ich die Tage zählen konnte, gab er mir nichts mit.
„Ich weiß, dass du es schaffst. Ich würde dir nie etwas zutrauen, was du nicht auch schaffen könntest, das weißt du doch, oder?“, baute mich mein Vater auf

und ich nickte eifrig. Ich wollte ihn wie immer nicht enttäuschen.
Also stapfte ich los, auf der Suche nach meinem neuen Zuhause. Unterwegs sammelte ich Holz für ein Feuer in der Nacht. Viele wissen das nicht, aber egal wie heiß eine Wüste sein mag, nachts wird es schrecklich kalt, sodass man sich die Wärme zurückwünscht.
Ich fand eine Höhle, deren Eingang mindestens zwei Meter breit war und so tief, dass ich nie erkunde hatte, wo sie endete. Das war der Schutz, den ich brauchte. Sogleich grub ich den Sand an einer Stelle auf, damit mein Schlafplatz weicher wurde. Legte eine Feuerstelle und eine im Boden von draußen bis tief in die Höhle führende Regenrinne. In den drei Monaten sollte es mindestens zwei Mal regnen und ein künstlicher See keine zehn Meter von mir entfernt wäre für mich sehr hilfreich.
Als ich aus einem der gesammelten Stöcke einen Speer formte und mich auf die Jagd machte, entdeckte ich eine fremde Gestalt in der Wüste.
Sie war so weit weg von mir, das sie beinahe nur ein Punkt in der Landschaft war und ich mir nicht sicher war ob es nur eine Täuschung war, doch ich irrte mich nicht. Der Punkt begann sich langsam nach rechts zu bewegen. Wer zum Teufel hatte hier draußen etwas zu suchen? Ich schlich um das Felsgebilde, in dem mein Zuhause war, herum und setze auf der anderen Seite meine Jagt fort. Nach all den Jahren war ich nach wie vor vorsichtig gegenüber anderen Menschen.
Nachdem ich meine Ausbeute von drei Eidechsen geröstet und gegessen hatte, fing ich an, neben dem Eingang der Höhle ein Loch zu graben, in der Hoffnung, auf Grundwasser zu stoßen. Ich hatte ein paar Pflanzen entdeckt, die von manchen auch Jericho-Rose genannt wird und irgendwoher mussten diese ihr Wasser ziehen. Also schaufelte ich wie ein Tier im bloßen Sand und sah mich immer wieder um, ob ich die Gestalt noch einmal entdeckte. Ich sah bestimmt aus wie ein Erdmännchen, das aus seinem Bau lugt, da mein Loch solch eine Tiefe hatte, dass ich in gebückter Haltung komplett in ihm verschwand. Ich grub bis in den späten Abend hinein und meine Hände bluteten. Schon vor Jahren hatte ich gelernt, den brennenden Schmerz zu ignorieren, denn es würde sich schlussendlich lohnen und so war es dann auch.

Das Grundwasser war in meiner Gruppe nur eine kleine Pfütze, doch ich konnte mehrere große Schlücke davon trinken, wobei ich aufpassen musste keinen Sand mitzutrinken. Der Körper verträgt keinen Sand. Kleine Mengen davon und man muss sich übergeben und das wäre sehr kontraproduktiv, da der Körper davon wieder Flüssigkeit sowie Energie verliert. An der Stelle möchte ich auch klarstellen, dass Urin oder Alkohol trinken gegen Durst ebenfalls Unsinn ist. Dadurch stirbt man nur noch schneller.
Gestärkt und zuversichtlich, die erste Nacht erfolgreich überleben zu können, stieg ich in meine Höhle und entdeckte dabei durch einen Schulterblick die

Gestalt von heute Morgen. Und sie schien in meine Richtung zu gehen.
Meine Fresse… warum hatte man nicht mal hier draußen seine Ruhe?
Diese Person wollte etwas von mir, sonst wäre sie schon längst woanders.
Ich zog mich in die Höhle zurück und bewaffnete mich mit einem meiner Speere. Diesen Platz würde ich weder teilen, noch mir wegnehmen lassen.
Ich kniete tief in meinem Versteck und starrte ins Freie, darauf wartend, ob die fremde Person es wagen würde, mein Versteck zu betreten.
Es ärgerte mich, wie nervös ich war. Mein Vater hätte in jeder Gefahrensituation die Ruhe bewahrt.
Warum konnte ich das nicht?
Er würde sich nicht wie ein scheues Tier in seine Höhle verkriechen.
Er würde sein Territorium verteidigen und vor allem klarstellen, wer hier das Sagen hatte.
Doch dafür war ich einfach noch zu jung. Ein paar Jahre würde es noch dauern, bis ich endlich zu einem richtigen Mann werden würde. Bis dahin hatte ich mich noch zu verstecken, wenn Gefahr drohte.
Ich dachte schon, ich hatte mich geirrt, weil zunächst nichts passierte. Ich dachte, ich habe einen dürren Baum für eine lebende Gestalt gehalten. Warum sollte auch jemand in dieser sonst so menschenleeren Wüste herumlaufen?
Gerade als ich mich entspannen wollte, tauchte doch ein Wesen vor dem Eingang meiner Höhle auf.
Das Licht der Abendsonne schien ihr über den Rücken und auf den ersten Blick wirkte es so, als würde sie, wie ein göttliches Wesen, in Flammen stehen.
Es war eine Frau?
„Tut mir leid, aber hier gibt es nur Platz für mich.“, fauchte ich und versuchte so furchterregend wie möglich zu klingen. In solchen Momenten muss ich immer daran denken, dass sich Mensch und Tier gar nicht so sehr unterscheiden. Eigentlich verfügen wir nur über mehr Vokabular.
Sie kam weiter auf mich zu bis sie genau vor mir stand.
„Du bist es.“, meinte sie und fing an zu weinen und ging dabei auf die Knie: „Ja, ich bin mir ganz sicher.“
Mittlerweile hatte ich mich damit abgefunden, dass man das Verhalten einer Frau nicht nachvollziehen kann.
„Du weißt gar nicht, wie lang ich nach dir gesucht habe.“
Sie war eine große und schöne Frau, deren goldblondes Haar in der Sonne zu leuchten schien. Sie trug eine blaue Jeans und eine weiße Bluse.
Als sie ihre Sonnenbrille abnahm, versuchte sie sich in einem freundlichen Lächeln. Vermutlich sah ich aus, wie ein scheues Tier, das man in die Ecke gedrängt hatte.
„Du weißt nicht, wer ich bin, weil dein Vater vermutlich nie von mir erzählt hat, richtig?“, erkundigte sie sich.

Die Art, wie sie mich ansah, brachte mich völlig aus der Rolle. Zwar spiegelte sich in ihren Augen Sorge wieder, aber dahinter brannte die Liebe.
Sie liebte mich… Und das löste ein Gefühl in mir aus, das schön und unbehaglich zugleich war.
Doch es war mir nicht ganz unbekannt. Ich kannte dieses Gefühl noch von einer Zeit, an die ich mich kaum erinnern konnte.
Die Zeit vor meinem Vater.
War etwa sie der Mensch, der nach meiner Geburt auf mich aufgepasst hatte?
Liebevoll sah sie mich an und gab mir die Zeit, zu verstehen.
„Du bist…“, brachte ich hervor. Ihr liebevoller Blick wärmte mich mehr, als die Abendsonne auf meiner Haut.
„Ich bin deine Mutter.“, bestätigte sie und dann nahm sie mich in den Arm.
Doch ich verstand nicht…
Mein Vater konnte sie unmöglich ausgesucht und nun zu mir geschickt haben. Er wollte doch, dass ich alleine überlebe. Nebenbei hasste sie mich nicht, sowie fast all meine anderen Mütter. Sie konnte unmöglich eine Mutter sein.
„Nein, bist du nicht. Du bist was anderes.“, murmelte ich.
Abrupt löste sie die Umarmung und sah mich verständnislos an. Warum war es immer so schwer, mit Frauen zu reden? Warum verstanden mich diese Wesen nie?
„Ich hatte schon viele Mütter, die für mich da waren. Du bist keine Mutter.“
Vielleicht verstand sie jetzt, was ich meinte. Ich sah, wie hinter ihren Augen die Gedanken zu arbeiten begannen.
„Nein, das waren Stiefmütter, ich bin deine wahre Mutter. Verstehst du das?“
In dem Moment wurde mir zum ersten Mal klar, dass es gut möglich war, dass ich derjenige war, der schwer von Begriff ist.
„Also stamme ich nicht von meinem Vater, sondern von dir?“
Lächelnd schüttelte sie den Kopf, doch ich sah ihr an, dass ich sie mit meiner Unwissenheit traurig machte.
„Du stammst von uns beiden ab. Er hat dich mir weggenommen.“
Bedeutete dies, dass jeder Mensch normalerweise von zwei Elternteilen erzogen wird? War daher eine Mutter doch mehr, als ein Wesen ohne Rechte?
Wenn ja, würde das der Lehre meines Vaters widersprechen und somit allem anderen, was er mir beigebracht hatte auch. An was sollte ich denn jetzt glauben? Was war die Wahrheit?
Verzweifelt wandte ich mich von ihr ab und verzog mich tiefer in meine Höhle. Ich wollte mich vor all dem Unbekannten verstecken.
Es gab nur mich und meinen Vater. Er war der Mensch, der mich stark gemacht hatte. Er war mein Lehrer und Mentor und auch Beschützer vor dem Bösen. Auf den Knien rutschte ich über glitschigen Gesteinsmassen in den letzten Winkel der Höhle, in der es finster und ruhig war und kauerte mich dort zusammen.

Was war wenn es doch mehr für mich gab als das Leben in der Wüste? Was für ein Mensch wäre ich geworden, wenn ich bei meiner wahren Mutter aufgewachsen wäre? Und die wichtigste Frage von allen: Warum wollte mein Vater, dass ich ohne meine Mutter aufwuchs?
Leise nahm ich wahr, wie meine Mutter mir näher kam.
„Das war vielleicht ein bisschen zu viel auf einmal.", sagte sie und strich mir über den Kopf. In der Dunkelheit konnte ich nur ihre schwarze Silhouette erkennen.
„Wie heißt du?", fragte sie mich.
„George."
„Ich wollte dich immer Mason nennen.", sagte sie mit einem bitteren Lächeln.
Ich glaube, sie hatte mich in ihrem Leben wirklich sehr vermisst.
Mason… mein wahrer Name.
„Mein Name ist Rachel."

Die Menschen stellen sich vor, um dem Gegenüber eine erste Idee von sich zu geben.
„Hallo, ich bin Herr Irgendwas und mache dies und das."
Es schafft Vertrauen, wenn man ein wenig über den anderen weiß, sei es nur Name, Alter oder Berufung.
Und was konnte ich sagen?
„Hallo, ich heiße George oder Mason, bin ein Junge aus der Wüste mit einem entweder guten oder schlechten Vater. Habe keine Ahnung, wie die Welt da draußen funktioniert und was du kennst, ist mir völlig fremd."
Wer also bin ich eigentlich? Weiß man als Kind überhaupt, wer man ist?
Ist es vielleicht gar nicht möglich, sich als Kind vorzustellen, weil man sich in dem Alter noch gar nicht sicher ist, wer man eigentlich sein möchte? Machte das vielleicht die Kindheit so schwer?

„Denk gar nicht so viel darüber nach. Du wirst bald alles von selbst verstehen. Zuerst werde ich dich nach Hause bringen. Ist das für dich in Ordnung."
Ohne etwas zu sagen, nickte ich ruhig.

„Wie alt bist du?"
„Sechzehn"
Wieder sah sie mich so liebevoll an und nahm mich dann in den Arm.
Sie liebte mich wirklich.
Meine Mutter hatte einen Jeep. Anders als das Auto meines Vaters wirkte er neu und unbenutzt. Vermutlich war er vor kurzem erst gebaut worden, aber ich kannte zur dieser Zeit nicht wirklich etwas „Neues". In unserer Holzhütte hatte so ziemlich jeder Gegenstand mindestens zehn Jahre auf den Buckel.
Dass der Jeep ein automatisches Getriebe hatte, sagte mir, dass Rachel aus der

Stadt kommen musste.
„Wie lange wird dein Vater brauchen, bis er merkt, dass du nicht mehr da bist?“
Endlich stellte sie mir eine Frage, die ich einfach beantworten konnte: „Mindestens drei Monate. Dann wird er nach mir suchen.“
Erschöpft von den neuesten Ereignissen betrachtete ich müde die Welt, wie sie an mir vorbeizog. Wir befanden uns auf einer Landstraße Richtung Santa Fe. Diese Gegend war staubig und flach, bis auf die kleinen Strommasten, die Straße lang aufgestellt worden waren.
Am liebsten hätte ich für eine paar Stunden geschlafen, doch meine Neugier war größer.
„Wo warst du die ganze Zeit?“, fragte ich, ohne Vorwürfe in meine Stimme zu legen.
„Ich hab nach dir gesucht. Ich habe mein ganzes Leben nach dir gesucht.“, wieder lächelte sie mich liebevoll an. Bei diesem Blick schmolz ich dahin.
„Ich musste sehr vorsichtig sein. Er hätte mich wahrscheinlich umgebracht, wenn er mich gesehen hätte.“
Sie sprach von meinem Vater, als wäre er ein Monster. Verübeln konnte ich es ihr nicht. Er war ein gefährlicher Mann, wenn man nicht das tat, was er wollte.
„Ich bin froh, dass du mich gefunden hast.“, gestand ich ihr. Meine Worte schienen sie tief zu berühren, denn ihre Augen füllten sich augenblicklich mit Tränen, aber es war eine andere Form von Tränen, als die, die ich bisher kannte. Sie lächelte. Zum ersten Mal sah ich einen Menschen vor Freude weinen.
„Dein Vater hat sich also eine andere Frau gesucht. War sie eine gute Mutter für dich?“, erkundigte sie sich, ohne dabei die Augen von der Straße zu lassen.
„Manche waren sehr nett, andere nicht.“
Nun sah sie mich kurz verwirrt an, bevor sie wieder ihren Blick der Straße zuwandte: „Es gab mehrere?“
„Ja, sehr viele. Er ist nie lange bei einer geblieben, weil sie ihm irgendwann nicht mehr gehorchten.“
Meine Gleichgültigkeit schockierte Rachel.
Sie wollte etwas sagen, doch bekam keinen Laut aus ihrer Lunge.
Eine Zeit lang schien die Welt still zu stehen.
Ein Hupen schreckte uns auf. Hastig warf ich einen Blick über meine Schulter und erblickte das Auto unmittelbar hinter uns. Dieses Auto kannte ich in- und auswendig. Es war der Wagen, an dem ich seit meinem achten Lebensjahr herumschraubte.
Das Auto meines Vaters.
„Oh Gott, das ist er, oder?“,
In Rachels Stimme lag Panik.
„Ja, das ist er.“

Dass er uns jetzt schon gefunden hatte bedeutete, dass er mich nie alleine gelassen hatte. Mein Vater hatte immer auf mich aufgepasst, wenn ich alleine ums Überleben gekämpft hatte. Er konnte also kein schlechter Mensch sein.
Rachel schien den Jeep zu beschleunigen, worauf ich sofort meine Hand auf ihrer Schulter ablegte und mit ruhiger Stimme sagte: „Halte lieber an. Mein Vater mag es nicht, wenn man sich ihm widersetzt."
Entsetzt, vor der Vorstellung jetzt anzuhalten, starrte sie mich an.
„Ich kann ihn beruhigen, Rachel.", versicherte ich ihr.
Nun wurden wir etwas langsamer, aber in ihren Augen wich kurz die Angst und für einen Moment sah sie gekränkt aus. Hatte ich etwas Falsches zu ihr gesagt?
„Dir wird nichts passieren, aber wenn du versuchst davon zu laufen, wird er uns vermutlich sogar beide töten."
Sie dachte kurz nach und nickte dann. Der Jeep wurde noch langsamer, doch ihr ganzer Körper zitterte vor Angst und man konnte ihr förmlich ansehen, dass sie nichts lieber getan hätte, als wegzulaufen.
Sie widersetze sich diesem Drang, bis der Jeep zum Stillstand kam und auch mein Vater hinter uns parkte. Rachel zitterte am ganzen Leib und starrte entsetzt in den Rückspiegel. Sie hatte weder den Motor abgestellt noch das Lenkrad losgelassen.
„Ich werde ihn beruhigen. Mir tut er nichts.", versicherte ich ihr und legte meine Hand auf ihre Schulter, während ich mit der anderen die Zündung abstellte: „Dir wird nichts geschehen."
Immer noch zitternd nickte sie kaum erkennbar und starrte in den Rückspiegel.
„Oh Gott."
Als sie beide Hände vor den Mund schlug, wollte ich wissen, was sie gesehen hatte.
Mein Vater war ausgestiegen und hatte eine riesige Machete vom dem Rücksitz geholt.
Unkontrolliert öffnete Rachel die Autotür und stolperte ins Freie.
„Nicht weg laufen, sonst wird er dich jagen!", brüllte ich und versuchte, sie zurückzuhalten.
Dann begriff ich, dass sie nicht weglaufen wollte. Sie öffnete das Handschuhfach und zog aus diesem einen Revolver. Es war ein ähnliches Modell wie das, welches Samantha trug. Ehe ich etwas dagegen unternehmen konnte, feuerte sie die Waffe ab.
Aus dem Augenwinkel sah ich, wie mein Vater zu Boden ging und gleichzeitig die Machete zurzeit schleuderte.
„Nein!", brüllte ich und stolperte nun auch ins Freie. Rachel hatte die Waffe fallen gelassen und schlug erneut beide Hände vor das Gesicht. Erschöpft brach sie wie mein Vater zusammen.
Hastig trat ich zu meinem Dad in der Hoffnung, ihm irgendwie helfen zu

können, doch er lag schon mit dem Rücken auf den kalten Teerboden und keuchte Blut hervor. Seine Augen verdrehten sich und seine Hände tasteten zittrig den Boden ab.
„Dad.“, hauchte ich heißer und kniete mich zu ihm. Seine Brust war so rot gefärbt, dass ich nicht einmal wusste, wo sie ihn getroffen hatte.
Sein Rachen füllte sich mit Blut und seine Hände ertasteten meine Knie.
Das ist Leben. Man verbringt seine Zeit, versucht jedem Leid zu entgehen und stirbt dann eines Tages.
Und ich würde nun meinen Vater verlieren und ohne ihn weiter leben müssen, dabei hatte er seine Aufgabe noch gar nicht vollendet. Er hatte mich doch auf dieses Leben vorbereiten wollen.
„Es wird dir nichts geschenkt. Du musst dafür sorgen, dass du das bekommst, was dir zusteht.“, hatte er mir mal gesagt.
In dem Moment traf mich ein Geistesblitz. Dies war doch einer dieser Momente, auf die mich mein Vater vorbereiten wollte. Trotz großen Leid, seine stärk bewahren. Das war doch immer seine Botschaft an mich gewesen.
Ich musste ein Mann werden. Nicht in ein paar Jahren, sondern jetzt sofort.
Um Herr der Situation zu werden, hob ich die Machete vom Boden auf und versuchte, beide Elternteile in Blick zu behalten.
„Ich will jetzt Antworten, Dad. Warum hast du mir nie gesagt, dass ich eine Mutter habe!“, schrie ich ihn an.
Mein Vater ließ mein Knie los und fasste sich an seine blutende Brust.
„Antworte mir!“
Langsam richtete er den Blick auf mich und zwang sich ein verzerrtes Lächeln auf: „Weil sie nicht deine Mutter sein wollte. Schon als Säugling warst du zu Adoption freigestellt. Weißt du, was das bedeutet?“, er machte eine kurze Pause, ehe er fortfuhr: „Sie wollte dich nicht haben, weil sie sich schämte, dass ich dein Vater bin. Sie hat dich weggegeben, damit andere dich großziehen sollen. Zum Glück konnte ich dich zu mir nehmen.“
„Und wer bist du?“, fragte ich mit zittriger Stimme.
„Er ist ein böser Mensch. Er hat vielen Menschen wehgetan.“, meldete sich Rachel verzweifelt hinter mir. Mittlerweile kniete sie auf dem Boden und umfasste ihr Handgelenk. Offenbar war sie es nicht gewöhnt, eine Schusswaffe abzufeuern.
Wie mein Dad mir früher gepredigt hatte: „Die Wahrheit ist manchmal nicht einfach.“
Verdammt, hatte er recht damit.
„Ich bin zwar kein guter Mensch, aber deine Mutter ist nicht viel besser. Sie hat dich weggeben. Sie wollte dich nicht.“, verteidigte sich mein Vater. Auf seiner Stirn zeichneten sich Schweißperlen ab. Seine Wunde setzte ihm stark zu.
Nun sah ich zu meiner Mutter: „Warum hast du das getan?“.

„Es tut mir leid.“, stammelte sie und brach unwillkürlich in Tränen aus.
„Weil sie dich gehasst hat!“, keuchte mein Vater mit letzter Kraft hervor, doch ich versuchte, ihn zu ignorieren.
„Warum hast du mich weggegeben?“, wiederholte ich meine Frage, doch sie schien meine Mutter nicht zu erreichen. Verkrampft drückte sie die Handflächen gegen ihre Augen und wimmerte: „Es tut mir so leid.“
„Versteh doch, George, sie hat dich nie geliebt.“, meldete sich mein Vater erneut.
Ich senkte meinen Blick und versuchte, meine Gedanken zu ordnen. Egal was passiert war, wichtig war es jetzt, zu entscheiden, wie mein Leben weiter gehen sollte.
„Liebe ist mir egal.“, sagte ich trocken und erhob mich.
Meine Mutter breitete die Hände zu einer Umarmung aus, als ich auf sie zu kam, doch ich entnahm ihr nur die Revolver aus der rechten Hand.
„Was zählt, ist die Wahrheit und die kenne ich nun.“
Ich zielte mit der Waffe direkt auf den Kopf meiner Mutter: „Genauso wichtig ist, dass jeder seine Strafe bekommt, wenn er mir etwas angetan hat.“
In den Augen meiner Mutter lag keine Frucht. Sie war erschöpft von alledem und unendlich traurig über das Ende unserer Geschichte. Ein Mädchen, das von meinem Vater vergewaltigt und geschwängert wurde. Das Kind hergab und es irgendwann doch zurückhaben wollte. Sie hatte zugelassen, dass ich von ihrem Peiniger großgezogen wurde und das machte ihr Dasein zu einem wahrhaftigen Dilemma.
Noch immer wimmernd gab sie von sich: „Es tut mir leid“.
Dann versetzte ich ihr einen Kopfschuss. Die Kugel durchdrang sie komplett und teilte ihren Kopf wie eine Melone. Ihr lebloser Körper hatte noch nicht mal den Boden berührt, da wandte ich mich schon meinem Vater zu und legte die Waffe an. Auch er musste seine Strafe bekommen.
Es kam nur noch ein: „Warte…“, über seine Lippen, bevor ich auch ihn mit einem weiteren Kopfschuss niederstreckte.
Schon ironisch. Er hatte mir das Schießen erst beigebracht.
So lagen sie beide in ihrem eigenen See aus Blut. Nun würden sie auch dahin faulen, so wie meine ehemalige Mutter im Vorgarten, nachdem mein Vater sie in fünf Teile geschnitten hatte.
Und von Verwesung hatte man sich fernzuhalten, nicht wahr, Mutternatur?

Kapitel 2: Wer liebt mich?

Es gibt viele schöne Frauen und ich glaube, ich liebe sie alle. Jede von ihnen entfaltet eine Wirkung auf mich, die mir jeden Atem nimmt. Sie stecken voller Magie. Keine Frage, Frauen sind etwas besonderes. Sie sind dafür gemacht worden, um uns Männern den Kopf zu verdrehen. Lange lief ich willkürlich durch die Städte und Dörfer und betrachtete jede einzelne von ihnen. Manche von ihnen erinnerte mich an eine meiner Mütter, die ich mal hatte, andere waren wiederum unvergleichlich und somit viel mysteriöser. Am liebsten hätte ich sie alle gehabt, doch dann fand ich ein Mädchen, das besser war, als all die anderen. Ich schätzte sie in meinem Alter. Bis heute finde ich, dass sie die schönste Frau der Welt war. Sie war ungefähr genauso groß wie ich, hatte die Augen meiner Mutter und langes blondes Haar. Ihre Eleganz und Grazie ließ sie unglaublich feminin wirken. Ich sah sie an einer Bushaltestelle in Phoenix, Arizona. Ich hätte mich am liebsten sofort an sie gebunden, doch wie sollte ich sie ansprechen? Was sollte ich zu ihr sagen? Man hatte mir nie erklärt, wie so etwas ging. Also beschloss ich, sie einfach nicht mehr aus den Augen zu lassen. Ohne dass sie mich bemerkte, folgte ich ihr bis zu ihrem Haus. Sie lebte in einer ruhigen Siedlung mit vielen Reihenhäusern.

Das Haus, in dem sie wohnte, war genau so schön wie sie selbst. Ein prächtiger Vorgarten mit einem hellgrünen Rasen und bunten Blumen. Kleine Steinplatten wiesen einem den Weg zu der prunkvollen Haustüre aus Eichenholz. Es war ein großes schneeweißes Haus mit blauen Fensterläden. Allein die Veranda war größer als die Hütte, in der ich mit meinem Vater gelebt hatte. Ihr Vater musste stinken vor Geld.

Doch was nun? Wie sollte ich mit ihr in Kontakt treten? Wie sollte ich sie dazu bringen, mich Landstreicher zu lieben?

Bis ich darauf eine Antwort finden würde, beschloss ich, sie weiterhin zu beobachten.

In Rachels Jeep stand ich vor ihrem Haus und blieb dort viele Nächte. Es fiel mir schwer, einzuschlafen, da die Gedanken um dieses Mädchen stets in meinem Kopf umherschwirrten. Gestern hatte ich mir noch Sorgen gemacht, wie ich als nächstes etwas zu essen auftreiben würde, doch nun war ich völlig gelassen im Angesicht all dessen.

Anfangs war dies ständig meine Sorge gewesen, doch ich lernte, auf meinen

Instinkt zu vertrauen. Tief in mir wusste ich, welche Häuser sich für einen Einbruch lohnten. Welche Alarmanlagen ich umgehen konnte und welche nicht echt waren und nur zur Abschreckung dienten.
Eine Arbeit zu suchen, kam mir nicht in den Sinn. Mein Vater hatte sein ganzes Leben ohne gelebt und war bis zu seinem Tode ganz gut zurechtgekommen. Ich war mir nicht einmal sicher, wie man überhaupt an einen Job kam. Hatte man einfach nur von Betrieb zu Betrieb zu laufen und den Betreiber zu fragen?

Einige Tage lang folgte ich ihr auf Schritt und Tritt. Ich fand es faszinierend, wie viel man über einen Menschen erfahren konnte, wenn man ihn nur lange genug beobachtete. Ich bekam ihren Namen mit, als ihre beste Freundin sie rief. Sie hieß Linda.
Linda ging noch zur Schule und war stets eine aufmerksame Schülerin, deren Noten immer positiv ausfielen. In der Klasse gehörte sie zu den Beliebten und zur meiner Verärgerungen waren erstaunlich viele Jungs an ihr interessiert. Eigentlich wollte jeder mit ihr befreundet sein. Sie trank als einziger in ihrer Klasse gerne Kaffee und aß dazu immer ein kleines Stück Schokolade. Sie zupfte immer an ihren Haaren, wenn sie sich unsicher fühlte. Wenn sie mit ihren Mitmenschen redete, fiel es ihr schwer, jemandem direkt in die Augen zu sehen und das fand ich unheimlich niedlich. In ihrer Pause aß sie immer ein Brot mit Erdnussbutter, aber ohne Rinde. Selbst wenn sie dran war, ließ sie sie einfach übrig.
Hm… diese Verschwendung würde ich ihr noch austreiben müssen.
Ihr Lieblingsgetränk war eine Diät-Cola oder Zitronenlimonade, solange sie kühl war.
Ihre beste Freundin war wie ein perfektes Abbild ihrer selbst und das wusste Linda. Dass sie immer ihrer Meinung zustimmte und ihr Verhalten und ihren Modegeschmack stets an Linda anpasste, nervte sie. Sie wünschte sich einen Menschen, mit dem sie Zeit verbringen konnte, der genauso willensstark war wie sie selbst.
Sie brauchte mich.
Warte nur, Linda, ich werde schon bald für dich da sein.
Die Wochen vergingen und ich hatte noch immer kein Wort mit ihr gewechselt. Nur an wenigen Tagen hatte ich sie nicht gesehen und dadurch hatte ich genug Wissen, um ihre ganze Persönlichkeit zu erfassen.

Bald würde sie zusammen mit ihren Eltern im „Toronto National Forest" Campen gehen.
Ich war fest entschlossen, sie anzusprechen. Viele Male ging ich den Moment durch. Bevor ich auf sie zugehen würde, würde ich mir einreden, dass ich ganz zufällig auch campen gehen wollte. Dann würde ich sie einfach fragen, ob sie auch gerne in Zelten schlief, mit wem sie hier draußen war und wie lange sie bleiben würde. Smalltalk eben. Das bricht das Eis.
Natürlich kannte ich alle Antworten schon, doch es ging nur darum, einen ersten Kontakt herzustellen. Mehrmals sprach ich die Fragen laut aus und übte, bis sich der Klang natürlich anhörte. Man durfte mir nicht anmerkten, dass ich alles geplant hatte.
Bevor das Wochenende begann, klaute ich ein wenig Geld aus fremden Häusern, um mir Campingausrüstung zu kaufen, was mir nicht sonderlich schwer fiel. Das Öffnen von Schlössern war schon immer meine Stärke gewesen und ich besaß die Geduld, kein Risiko einzugehen und erst meinen Raubzug zu starten, wenn ich mir sicher war, dass alles gut gehen würde.
Dann war endlich der Tag gekommen. Unauffällig folgte ich dem Auto ihrer Eltern und stellte mein Zelt schließlich etwa einhundert Meter neben dem ihren auf. In keinem Moment war ich aufgefallen, da die Campingsaison begonnen hatte. Ich war nur einer von vielen, die an den dafür vorgesehenen Stellen ihr Zelt aufschlugen.
Ich hatte nicht vor, sie vor der ganzen Familie anzusprechen, also entschied ich mich dazu, solange zu warten, bis wir unter uns sein konnten.
Wieder einmal fiel mir auf, wie schwer sie sich tat, sich in ihre Familie zu integrieren. Die volle Zeit, in der ich diese Familie beobachtete, stellte ich fest, dass ihr Vater immer nur ihrem Bruder Aufmerksamkeit gab. Er erinnerte mich ein wenig an meinen Vater, da er wohl das weibliche Geschlecht ablehnte, mit dem Unterschied, dass dieser liebevoll zu seinem Sohn war. Während er stolz das Zelt aufstellte, erklärte er seinem Sohnemann jeden einzelnen Handgriff und genoss es, wie dieser stolz seinem alleskönnenden Vater aufmerksam zusah.
Die Mutter hingegen war zum größten Teil mit sich selbst beschäftigt. Allerdings bemerkte ich auch, dass sie sich deutlich nach anderen Männern umsah. War sie nicht zufrieden mit ihrem derzeitigen Mann? Vielleicht hatte aber auch mein Vater Recht. Man kann keine Frau auf längere Zeit für sich beanspruchen. Irgendwann hauen sie dir alle ab.

Als es schon zu Abend dämmerte, sah ich schließlich meine erste Chance. Meine Angebetete entfernte sich von ihrer Familie und schlich in den Wäldern umher. Viele hundert Meter folgte ich ihr unauffällig.
Wahrscheinlich war ihr gar nicht klar, wie schnell man sich verirren konnte, wenn man ziellos umher strich.
Mit fünfzehn Jahren hatte ich mich bei einem Überlebenstraining schrecklich verlaufen und musste aus Not ein neues Lager gründen. Erst nach drei Tagen fand ich zu meinem alten Lager zurück und ärgerte mich darüber, so viel Arbeit umsonst verrichtet zu haben, nur weil ich für einen Moment lang die Orientierung verloren hatte.
Ich beschloss, nicht mehr lange zu warten. Ich musste sie nun endlich ansprechen. Gerade als ich all meinen Mut zusammen genommen hatte, erschien eine fremde männliche Gestalt.
Obwohl Linda sich zuerst durch sein Erscheinen erschreckte, schlang sie im zweiten Moment ihre Arme um ihn und… küsste ihn.
Völlig verwirrt stand ich nur wenige Meter von ihnen entfernt.
Der Fremde war kaum älter als sie, doch warum küsste sie ihn?
In den letzten Wochen war mir nie aufgefallen das sie einen Freund hatte. Sie mussten sich schon länger kennen und im Wald verabredet haben. Ein Treffen aus Zufall war vollkommen ausgeschlossen.
Was sollte ich nun tun? Meine Pläne, die ich in den letzten Wochen so sorgfältig ausgearbeitet hatte, die Tage, an denen ich stehst in ihrer Nähe war, um sie zu studieren und die käuflichen Investitionen, die ich ihretwegen unternommen hatte, waren umsonst gewesen. Alles eine reine Zeitverschwendung.
Doch dabei gehörte sie doch offensichtlich zu mir?
Würde sie das jetzt noch erkennen?
Geblendet von der Liebe zu diesem früh pubertierenden Fremden.
Mein Vater hätte sich das nicht bieten lassen. Er hätte sich genommen, was er wollte. Ich jedoch war nicht so wie er. In mir schlummerte die gute Seite von Rachel. Also gab es für mich nur zwei Optionen. Entweder suchte ich mir eine neue Geliebte oder ich wartete auf sie, in der Hoffnung darauf, sie würde diesen Jungen irgendwann verlassen.

Jede Minute, die verging ließ in mir die Wut steigen. Wie leidenschaftlich die beiden sich auf dem Waldboden verschlangen, zehrte an meinen Nerven.

Warum hatte dieser Mann das, was eigentlich mir zustand? Mit Sicherheit wusste ich viel mehr über diese Frau, als er.
Lange Zeit blieb ich unentdeckt, doch dann machte ich einen fatalen Fehler: Eine ruckartige Bewegung.
Still stehende Objekte übersieht der Mensch leicht, doch eine schnelle Bewegung kann der Mensch noch aus Urzeiten, als Angriff auf ihn wahrnehmen.
Eigentlich wollte ich mich nur an meinen Arm kratzen, doch schon als ich den ihn hob, wusste ich, dass ich nun auffallen würde.
„Wer ist da?“, fragte der Junge mit einer festen und aggressiven Stimme, nachdem er den Kopf gehoben hatte. Langsam richtete er sich von ihr auf und knöpfte sein Hemd zu.
Zuerst dachte ich, es wäre nun das Beste mich aus dem Staub zu machen, doch dann entschied ich mich anders. Ich war kein Mensch, der einfach wegläuft, also richtete auch ich mich auf. Es wunderte mich, dass der Junge nicht einsah, dass er gegen mich keine Chance hatte. Immerhin war ich größer und um einiges kräftiger.
„Los, verzieh dich!“, brüllte er und schritt zügig auf mich zu. Sein Körper sprudelte nur so von Hormonen. Er war viel zu unkonzentriert und benebelt vom Rumknutschen, als das er ordentlich gegen mich hätte kämpfen können. Als er bei mir war, wollte er einen Angriff versuchen, doch schon als sich sein rechter Arm hob, wusste ich, wie ich zu reagieren hatte. Ohne viel Kraftaufwand schob ich seinen Angriff beiseite und schlug mit der Handkante exakt auf seinen Adamsapfel.
Keuchend sank er in sich zusammen, doch bevor er mit den Händen den Boden berührte, schlang ich meinen Arm um seinen Hals und nahm ihn fest in den Schwitzkasten. Seine Bemühungen, sich gegen meinen Griff zu wehren, waren lächerlich schwach, da er durch meinen ersten Angriff schon entkräftet war. Ein paar letzte Sekunden ließ ich ihn noch zappeln, doch dann erlöste ich ihn, indem ich mit einem festen Ruck seinen Kopf verdrehte. Ein Knacken verriet mir, das er nun nicht mehr am Leben sein konnte.
Schlaf ließ ich den leblosen Körper zu Boden gleiten.
Nun würde meine Angebetete sicher viel von mir halten, dachte ich. So ein starkes Alphatier wurde ihr sicher nicht oft geboten. Wie ein verschrecktes Reh starrte sie mich an und krabbelte rückwärts von mir weg. In ihrer Panik schien es so, als habe sie ihre Motorik verloren, doch dann sprang sie auf und

stürmte davon.
Ich musste ihr nachlaufen. Es war wie ein Instinkt, aber ich wollte ihr auch erklären, dass es mir Leid tat und dass ich immer nur sie wollte. Dass ich keine Gefahr für sie sei und sie nie wieder was von mir hören würde, wenn sie mich nicht haben wollte. Nach nicht ganz einer Minute hatte ich sie endlich eingeholt und riss sie samt mir zu Boden. Um weiteres widersetzten zu vermeiden, drückte ich ihre beiden Arme fest auf den Boden und legte mein ganzes Körpergewicht auf sie.
„Hör mir zu.", flehte ich verzweifelt, doch sie ließ sich nicht beruhigen. Sie hatte eine wahnsinnige Angst vor mir.
In dem Moment, als ich auf ihr lag verspürte ich ein Gefühl der Erregung. Es war tief in meinem Kopf. Ein unbändiger Wunsch, mich mit diesen Menschen zu vereinigen. Dieser Wunsch musste schon immer in mir geschlummert haben und wahrscheinlich musste auch mein Vater diesen bei meinen Müttern verspürt haben.
Denn sie hatten manchmal etwas hinter verschlossenen Türen gemacht. Ich durfte es nie sehen, aber die Wände waren nur aus Holz. Ich hörte etwas, ohne zu wissen, was es war, doch es gefiel meinem Vater jedes Mal. Es gefiel ihm mehr als jeder Whiskey. Er liebte es mehr, als alles andere, ja sogar mehr als mich.
Genau in diesem Moment wurde mir etwas schlagartig klar.
Ich war wie er. Ich bin wie mein Vater. Wie sollte auch aus einem Jungen, geboren aus Angst und leidvoller Erziehung, jemals ein normaler Mensch werden? Es hatte keinen Sinn, nach einer Frau zu suchen, die mich liebte. Bis auf Rachel würde mich auch niemand jemals lieben, da ich zu anders war. Fehl am Platz. Eine Welt aus lauter Regeln und Gesetzen und ich passte nicht hinein.
Der einfachere Weg und vor allem der glücklichere Weg war es also, sich seine Liebe zu holen. So wie es mein Vater auch getan hatte und er war stets ein glücklicher Mann. Er war mächtig. Die Welt gehörte ihm, als wäre er ein Gott. Also warum sollte ich anders sein wollen? Er hatte mich doch all die Jahre genau auf dieses Leben vorbereitet. Nie eine Frau länger für sich beanspruchen. Ein Leben im Zwielicht. Abseits von allen anderen, an den Orten, an denen die Gesetze nicht gelten. Solange bis ich entweder getötet werde oder die Polizei mich findet und einsperrt.
Ich vergewaltigte das Mädchen also und damit ich keinen Sohn in ihr zeugen

würde, tötete ich sie auch. Sicher ist sicher.

Mit den Jahren lernte ich viele Menschen kennen. Beinahe alle waren Frauen und vielen von ihnen nahm ich das Leben. Bei manchen brachte ich es nicht übers Herz und ließ sie am Leben, wenn ich der Meinung war, sie nicht dabei geschwängert zu haben.
Bei den Männern waren es meist irgendwelche, die den Helden spielen wollten oder sogar der Freund meiner Auserwählten. Da ich mich oftmals sehr einsam fühlte und mich nach einem Menschen sehnte, mit dem ich reden konnte, hielt ich manche sogar mehrere Tage gefangen. Eigentlich genau so, wie es mein Vater mir vorgelebt hatte. Natürlich waren alle sehr unfreundlich zu mir, doch ich genoss es trotzdem, ihnen meine Erfahrungen und Gedanken mitzuteilen… und sie schließlich wieder auszulöschen.
In einigen Staaten hatten sie ein Phantombild von mir und einmal gab ich ihnen sogar eine Leiche von einem Mann, der mir ähnlich sah, um meinen Tod vorzutäuschen. Die Not machte einen kreativ, aber ich muss zugegeben, dass dies eher ein glücklicher Zufall war, als gewollte Tat.

Eines Tages stieß ich auf William Conner.
Zuerst dachte ich, er wäre mal wieder einer der Männer, die den Helden spielen wollten.
Dann dachte ich, er wäre nicht ganz dicht.
Doch dann erkannte ich etwas in ihm. Ich brauchte gerade einmal ein paar Minuten, um es zu sehen. Dieser Mensch war anders als die anderen. Er war mehr wie ich. Mit seinem letzten Willen klammerte er sich daran, ein guter Mensch zu sein, doch ich wusste, dass er diesen Kampf vor Jahren schon verloren hatte. Ich wusste auch, dass er glücklicher sein würde, wenn er sich einfach seinen Trieben hingäbe.
Also gab ich ihm den nötigen Anstoß.
Endlich hatte ich einen Begleiter und musste nicht mehr alleine umherziehen. Es war eine wirklich schöne Zeit mit ihm, obwohl er mir manchmal richtig auf die Nerven gehen konnte. Auch für William war es gut, dass er mich gefunden hatte. Dank mir hatte sich in den ganzen Jahren seine Psyche um einiges verbessert. Anfangs war er äußerst unkontrolliert und manchmal wirkte es so, als wäre er gerade in einer anderen Welt, doch mit der Zeit fand er immer mehr seinen Platz im Hier und Jetzt. Heute ist er nach wie vor mein bester

Freund.
Und dann trafen wir in den ersten Jahren unserer langen Reise auf Samantha Dearing und Anthony Bennett. Zuerst hatte ich Bedenken, ob es eine gute Idee sei, sich mit ihnen zu verbünden, doch nach den ersten Tagen waren meine Zweifel wie weggefegt.
Auch wenn es ein wenig lästig war, dass Sam sich immer einbildete, alle Entscheidungen zu treffen und Anthony kein einziges Wort sprach, war ich stolz auf unseren Clan. Endlich hatte ich meine Leute gefunden. Menschen wie wir sind gar nicht alleine.
Alles in meinem Leben gab nun einen Sinn.
Ich denke, ich bin einer der wenigen Menschen auf dieser Welt, die sagen können, dass ihr Leben einfach perfekt ist und dass sie alles richtig gemacht haben. Ich würde mein Leben genau nochmal so leben.
Besser hätte es nicht sein können.
Nachdem auch noch Sam Collister zu uns gestoßen war, gab man uns eines Tages, nachdem wir schon Jahre lang in den Staaten gewütet hatten, den Namen: „The *Psychokillers*".
Und dieser Titel gefiel mir bis zum letzten Moment meines Lebens.

Buch: Sam Collister (23.08.1967-12.09.1989) Part 4 (letzter Part)

Vorwort

Wir dachten, wir wären unbesiegbar. Wir dachten, uns gehört die Welt und jeder hätte sich vor uns zu verbeugen. Kein Gesetz sollte uns stoppen.
Samantha Dearing, die einst der Kopf unserer Truppe war, gab mir ein wenig von ihrer Macht ab und ließ ab und an mich entscheiden, was wir nun als nächstes vorhatten. Wer als nächstes unseren Zorn zu spüren bekommen sollte. Dennoch finde ich, dass sie weiterhin unsere Anführerin ist. Die wohl mächtigste Frau der Welt. Nie hat sie sich unterkriegen lassen. Ihre Willensstärke ist beneidenswert. Anthony Bennett ist der einzige von uns, zu dem ich nicht ganz so viel sagen kann. Er ist unser Wächter. Eine starke Säule, die uns stützt. Er ist das Ass in unserem Ärmel, das uns hin und wieder den Arsch rettet. Doch was seine wahren Beweggründe sind, warum er zu uns gehören will, das habe ich leider nie erfahren.
William Conner ist der Mensch, mit dem ich mich am meisten identifizieren kann. Er ist der Bruder, den ich nie hatte, aber immer brauchte. Er ist clever, mutig und stark. Sogar stark genug, sein Schicksal zu verkraften. Das perfekte Vorbild eben.
Mason Young ist der, der die gute Laune mitbringt. Auf seine eigene obszöne Art, versteht sich. Natürlich ist seine Glückseligkeit manchmal nur gespielt, denke ich. Eben weil sein Leben auch nicht unbedingt ein Zuckerschlecken war, denn... mittlerweile kenne ich auch seine Geschichte.
Wenn ich mich recht erinnere, bin ich genau da zuletzt stehen geblieben. Damals war ich noch ganz neu in der Gruppe. Wie schnell die Zeit doch manchmal vergeht. Zur dieser Zeit war alles noch in bester Ordnung. Niemand wusste so recht, ob es uns gab. Immerhin war es auch möglich, dass die Morde nicht von ein und derselben Truppe stammten. Es gab nicht immer ein gezieltes Muster, wie wir vorgingen. Vielleicht wollte man an unsere Existenz einfach nur nicht glauben, weil es schlichtweg zu skurril und zu grausam wäre.

Die Welt jedoch sollte schon bald feststellen, wie real der Mythos war.

Eigentlich wäre es besser gewesen, wir hätten es bei einer Sage über die Psychokillers belassen, doch wie ich bereits geschrieben habe: Wir dachten, wir wären unbesiegbar.
Wir wollten Götter sein.

Kapitel 1: Wir lebten unseren Traum (27.04.1986)

Mit der flachen Hand schlug Mason gegen den Van. Erschrocken fuhren die Köpfe unserer schlafenden Freunde hoch. Es war mitten in der Nacht und alle außer Mason und mir hatten tief und fest geschlafen.
„Mason, du bist so ein Arschloch.“, sagte William und rieb sich seine Augen.
„Sam, wir haben super Nachrichten.“, sagte Mason in euphorischer Stimmung und kletterte in den Van: „Gerade bin ich zusammen mit Collister durch die Gegend gestapft, da haben wir eine Kiesgrube entdeckt, aus der ein schwaches Licht geleuchtet hat.“
Samantha schien immer noch sehr schlaftrunken. Obwohl sie noch nicht einmal die Augen ganz aufbrachte, fand sie die Energie, Mason bei seinem Kragen zu packen und ihn grob zu sich heran zu ziehen: „Ich hoffe, es ist etwas wichtiges, sonst reißt dir Anthony den Arsch auf.“
Gerade Anthony wirkte als einziger so, als habe er gar nicht geschlafen. Mit seiner üblichen Gleichgültigkeit hockte er neben Samantha und starrte vor sich hin.
„Sam, hör doch zu.“, Mason löste sich von ihrem Griff, bevor er weiter sprach: „In der Grube veranstalten ein paar Arbeiter aus der Kiesgrube sowas wie ein Pokerturnier. Zumindest spielen sie um nicht wenig Geld.“
Plötzlich begannen ihre Augen zu leuchten. Mir war noch immer nicht klar, warum dies eine so gute Nachricht war.
„William, auf die Beine.“, befahl Samantha und zog ihn am Ärmel. Der schüttelte sich kurz und kauerte sich dann wieder zusammen, um wie ein Baby sein Schläfchen fortzusetzen.
„Wie weit ist die Grube weg?“, fragte sie Mason und kletterte aus dem Van und schenkte mir ein kurzes Lächeln, sobald sie neben mir stand. In letzter Zeit erwischte ich sie immer wieder dabei, wie sie mich anlächelte. Vermutlich war sie mittlerweile dankbar, dass ich ihr Leben gerettet hatte.
„Ein paar hundert Meter von hier, trotzdem würd` ich mich beeilen, bevor sie am Ende schon weg sind.“, schlug Mason vor und folgte ihr aus dem Van.
Sobald sich die beiden in Bewegung gesetzt hatten, hörte ich verzweifelte Widerworte von William: „Nein, Anthony, lass das.“
Er hatte ihn am Arm gepackt und zog ihn mühelos aus dem Wagen. Sobald er

vom Van aus auf den Boden fiel, fluchte er wie von Sinnen.
„Wehe, du hast nur nicht genau hingesehen und die spielen nur um ein paar lausige Dollar.“, hörte ich Samantha aus der Ferne drohen. Manchmal machte es den Eindruck, als wäre ihr das Geld noch wichtiger, als die Freude am Töten.
Mittlerweile hatte sich William wieder aufgerichtet und streifte immer noch schimpfend seine Kleidung glatt.
Als er dann zu mir sah, erkannte ich für eine Sekunde einen unvergleichbar leeren Blick. Es waren Augen, die mit tiefer Trauer gefüllt waren. Diese Sekunde verging so schnell, dass ich mir dann gar nicht mehr sicher war, ob ich diesen Blick wirklich gesehen hatte.
„Gehen wir, Collister. Die werden kaum auf uns warten.“, sagte er schließlich und zog mich mit sich mit.
Viellicht hatte er von April geträumt…

„Sieht gut aus.“
Sam schritt zuversichtlich den Hang der Kiesgrube hinab, der uns auf die unterste Ebene brachte. Dort stand zwischen ein paar Kraftmaschinen ein Bauwagen, aus dem leise Musik tönte.
Der Moment hatte etwas Surreales. Vor ein paar Tagen war ich derjenige gewesen, der innen gesessen hatte und nichtsahnend vom Schicksal überrascht wurde und nun war ich das Schicksal, das an der Tür klopfte.
Allerdings gab es in dem Sinne einen Unterschied. Dieses Mal handelte es sich um sechs ausgewachsene, starke Männer, die gut möglich auch bewaffnet sein konnten. Man durfte die Lage also nicht unterschätzen.
Samantha schob uns beiseite, um als einzige vor der Tür zu stehen zu können. Während sie an der Tür klopfte, ging der Rest von uns in die Hocke, damit niemand uns durch die Fenster des Bauwagens sehen konnte. Allerdings war dies eher eine Vorsichtsmaßnahme von uns. Da innen helles Neonröhrenlicht strahlte, konnten sie vermutlich eh nur ihre Spiegelbilder an den Scheiben sehen.
„Wer ist da?“, fragte einer von ihnen mit brummender Stimme. Sie hatten nicht mit zusätzlichem Besuch in dieser Nacht gerechnet.
„Eine gute Freundin, die bei eurer Party gerne mitmachen würde. Allerdings kann ich kein Poker, also wird uns da was anderes einfallen müssen.“, antwortete Samantha in einem singenden, süßlichen Ton.

Nach einem kurzen Moment des Schweigens wurde die Tür einen kleinen Spalt geöffnet.
„Na, das ist mal eine angenehme Überraschung.", sagte der Fremde an der Türe und klang deutlich erfreut, eine Frau wie Samantha zu sehen. Noch immer kroch in mir eine leichte Eifersucht hoch, wenn Samantha andere Männer bezirzte. Vollkommen unsinnig angesichts dessen, warum sie das tat.
„Ich kann durchaus sehr überraschend sein."
Ja... Samantha hatte so ziemlich jedes männliche Wesen im Griff, solange es hetero und im Alter zwischen sechszehn und vermutlich unbegrenzt aufwärts war.
„Ich dachte, wir bleiben unter uns.", sagte eine andere Stimme aus dem Bauwagen. Der Mann klang ein wenig unsicher, als habe er schon eine schlechte Vorahnung. Vielleicht hatten sie aber auch Drogen oder ähnliche Illegale Dinge bei sich, die niemand sehen sollte.
„Ach, ich denke wir können da schon mal ´ne Ausnahme machen.", entgegnete der Kerl an der Tür lautstark und machte Samantha Platz zum Eintreten, womit er sogleich sein Todesurteil unterschreib.
Mittlerweile hatte ich mich daran gewöhnt, dass wir nie Pläne oder Techniken entwickelten, bevor wie einen Angriff starteten. Das hatten wir gar nicht nötig. Nein, wir verließen uns ganz auf unseren Instinkt, als wären wir Raubtiere. Ganz ohne Absprache standen Mason, Anthony, William und ich ungefähr gleichzeitig auf und stürmten den Container. Samantha hatte dies aus dem Augenwinkel gesehen und ihre Revolver gezückt. Sie richtete den Revolver direkt auf die Stirn des Mannes, der ihr die Tür geöffnet hatte und drückte ihn runter auf die Knie. William sauste als erster an Samantha vorbei und rammte einen der fünf anderen Männer seine Schulter in den Magen. Dabei bohrte er sein Messer tief in die Seite seines Opfers. Als nächstes folgte, Mason der unbewaffnet einen weiteren Mann niederrang, da dieser sich gerade aufrichten wollte. Es sei beinahe ulkig aus, wie er auf ihn hechtete und beide zu Boden purzelten, als wären sie nur zwei Raufbolde in einer Grundschule.
Nun kam ich an die Reihe und hatte die Auswahl aus drei weiteren. Sie blickten mich an wie Reihe, die vom Scheinwerferlicht geblendet wurden. Auch wenn ich mir in solchen Momenten siegessicher war, wünschte ich mir, ich hätte die Zeit, mein Opfer zu gezielter auszuwählen. Wen würde ich am meisten mit einer bösen Erinnerung assoziieren? Diese Erinnerung, die mit ihm getötet werden musste. Leider hatte ich in dieser Situation weder die Zeit,

mir den Richtigen auszuwählen, noch zu überlegen, wie ich ihn attackieren sollte. Deshalb nahm ich den, der mir am nächsten war ins Visier und benutzte meinen üblichen Angriff.

Mit voller Wucht schlug ich meine Faust in sein Gesicht. Mittlerweile hatte ich mich an den pulsierenden Schmerz gewöhnt, der darauf von meiner Faust aus hinauf bis zum Oberarm schoss.

„Hast du das gesehen, Sam!“, brüllte William und lachte laut auf.

„Einfach der Hammer, Cole.“, sagte sie darauf.

Gerade wollten die zwei übrigen Männer auf mich losgehen, als Anthony sich hinter mir wie ein Riese aufbaute. Die Blicke der Männer glichen denen, die glaubten, den Teufel zu sehen.

Der Kerl, den ich niedergeschlagen hatte, kauerte auf den Boden und hielt sich seine Nase, aus der ähnlich einem Wasserfall warmes Blut schoss.

„Was wollt ihr von uns?“, jammerte der Mann, der Samanthas Revolver vor seiner schweißnassen Stirn hatte.

„Nur ein bisschen Spaß.“, kicherte Samantha und drückte den Abzug. In dem Bauwagen war der Knall der Waffe ungewöhnlich laut und blechern. Und wie immer erkannte man für einen kurzen Augenblick, wer Teil der *Psychokillers* war und wer nicht. Für alle Bauarbeiter war dies ein Geräusch, welches eine Versteinerung auslöste. Jeder starrte auf den toten, nach hinten fallenden Körper. Sein Kopf in den Nacken gerissen sprudelte seine Stirn einen Blutschwall empor. Samantha beobachtete dies mit einem breiten, zufriedenen Lächeln, mit dem sie unwiderstehlich schön aussah. Für uns war der Knall ein Startsignal, wie beim Hundertmeterlauf. Anthony warf den Tisch zu Seite und packte die beiden Männer am Kragen. Einen von ihnen warf er Samantha vor die Füße, während er den anderen wie mich damals in die Luft hob. William stocherte wie von Sinnen in seinem Opfer herum, welches jetzt schon das Bewusstsein entweder vor Schmerz oder Schock verloren hatte.

Ich ließ meine ganze Kraft an dem Mann vor mir aus. Sein Vorleben interessierte mich nicht. Ich wusste nur Eines: Seine Geschichte war heute nun zu Ende. Ich brachte sie zu Ende. Es war von Anfang an so geplant. Irgendwas oder Irgendwer hatte dies festgelegt. Er sollte in dieser Nacht sterben. Er und fünf weitere seiner Freunde. Mason allerdings tötete dieses Mal keinen. Anscheinend war im nicht danach.

Wir hatten uns um vierhundert Dollar bereichert.

Es war das erste Mal, dass ich in der Gruppe mitwirkte. Es war das erste Mal, dass ich nicht mehr so unendlich nervös wurde und den Gedanken bekam, dass es falsch sei, was wir da taten. Nun gehörte ich wohl vollkommen zu den *Psychokillers*. Ein anderes Leben war gar nicht mehr denkbar.

Drei Jahre machten wir so weiter. Alle Vorfälle aufzuzählen halte ich nicht für notwendig. Im Grunde unterschieden sie sich zwar in den Orten, Vorgehensweisen und natürlich den Opfern, aber das Gefühl, dabei zu sein, war immer dasselbe. Manchmal brachten wir uns in Gefahr, bei anderen war es so leicht, dass es fast schon wieder langweilig war. Meine Persönlichkeit veränderte sich immer mehr. Ich entwickelte ein Faible dafür, die Leichen ordentlich auszunehmen. Nur so konnte ich mir nach all dieser Zeit einen Kick holen. Leider hatte dies den Nachteil, dass die Polizei uns die Morde besser zuteilen konnte.

Samantha und ich waren eine Art Paar geworden. Wir hatten nie Sex miteinander. Die zwei Vergewaltigungen in ihrem Leben hatten sie in dem Punkt zu sehr geschädigt und ich wollte auch nicht, dass sie mich mit diesen Erinnerungen in Verbindung brachte. Ich wollte ein sicherer Hafen für sie sein. Sie sollte spüren, dass ich alles an ihr bewunderte. Jeden Satz, jeder Schritt und jede Eigenheit an ihr.

Allerdings küssten wir uns auch nie. Ich kann zwar nicht erklären, warum, aber dies hätte einfach nicht zu uns gepasst. Einzig und allein der Umstand, dass wir ständig beieinander waren, machte uns als Paar erkennbar. Ständig war sie an meiner Seite und wenn wir schliefen, benutzte sie meinen Bauch als Kissen, wobei dies Anthony anfangs noch Unbehagen bereitete. Mit der Zeit gewöhnte er sich aber immer mehr daran.

Noch ein Anzeichen war, dass wir sehr viel miteinander redeten. Manchmal sogar unter vier Augen.

Ich fand es nicht schlimm, dass ich nicht die volle Liebe von ihr bekam. Das Leben hatte mir auch so schon viel mehr geschenkt, als ich je erwartet hatte. Mehr, als ich mich je zu erwarten getraut hatte.

Doch jetzt, da ich so darüber nachdenke, gab es im Winter 1988 doch noch einen erwähnenswerten Vorfall, da dieser später noch eine nicht unwichtige Rolle für uns spielte.

Dieser Winter 1988 kam mir besonders kalt vor. Vielleicht lag das auch daran, dass unser Van mittlerweile sehr verrostet war und so der Wind durch die

kleinen Löcher naher der Tür pfiff. Zusätzlich hatten wir uns letztes Jahr um diese Jahreszeit in Kalifornien aufgehalten. Dort sind die Wintertage zwar auch nicht gerade mild, aber längst nicht so kalt wie in North Dakota. Mason hatte uns schon vorgewarnt, doch wir hatten nicht auf ihn gehört, da er schließlich des Öfteren schon unnötig gemeckert hatte.
Monate zuvor hatte ich erwähnt, dass ich gerne mal wieder Schnee sehen würde. Als Kind hatte ich immer gerne Schneemänner gebaut oder mich wie ein gestrandeter Seestern in den Schnee gelegt, um einen Schneeengel zu machen, doch allein der Anblick hatte mir immer schon gefallen. Da Samantha die Idee, Richtung Norden zu fahren, gefiel, war die Sache somit schon beschlossen.
Während die Tage schließlich zauberhaft schön waren, waren die Nächte dagegen unerwartet brutal. Diese in dem Van zu verbringen, war beinahe unmöglich. In einer Nacht hatten wir dann keine Lust mehr zu frieren und überfielen ein Haus, das abgelegen von der Zivilisation war. Obwohl uns klar war, dass dies eine sehr gewagte Aktion sein würde, wollten wir es versuchen. Doch dieser Tag war sogar einer der seltenen, an denen wir richtig Glück hatten. Das Haus war außer zwei Mädchen vollkommen leer. Die Eltern schienen verreist zu sein und hatten ihre zwei Töchter alleine zurückgelassen. Als ob es eine fremde Macht so gewollt hatte.
Ein warmes, gemütliches Haus mit großer, hölzerner Veranda auf dem Silbertablett. Ausgestattet mit eleganten Möbeln, einer üppigen Auswahl an Alkohol und zum Nachtisch: Zwei junge Mädchen, die Freude garantieren konnten. Egal, in welcher Form.
Einen Vorwurf konnte ich ihren Eltern dennoch nicht machen, da beide über zwanzig waren konnte man schon davon ausgehen, dass sie auf das Haus gut aufpassen würden. Wer konnte schon damit rechnen, dass wir sie besuchen kamen? Fünf zuerst freundliche Menschen, die einfach nur eine warme Bleibe brauchten.
Es war so einfach. Die Gegebenheiten stellten eines klar: Diese Nacht sollte sehr angenehm werden.
Endlich hatten wir einen Grund zum Feiern. Nachdem wir die zwei Kleinen gefesselt hatten, plünderten wir die Alkoholreserven. Noch nie hatte ich Mason so viel trinken sehen. Er schüttete den Whiskey in sich hinein, als wäre er ein Fass ohne Boden. Selbst Anthony schien auf seine apathische Art gut gelaunt zu sein. Mit verschränkten Armen hockte er auf dem Sofa und sah

einfach nur zufrieden aus. Manchmal bildete ich mir sogar ein Lächeln ein. Ich weiß nicht, warum, aber ihn so zu sehen, machte mich unglaublich glücklich. William suchte die ganze Bude nach CDs ab und als er schließlich auf eine beträchtliche Schalplattensammlung stieß, hüpfte er uns triumphierend entgegen und wedelte zufrieden mit ein paar der Platten.
Im Laufe des Abends erklärte er mir, dass ein paar von ihnen sehr teuer waren. Also mussten die Besitzer des Haues gut Geld haben. Dies war mir aber allein wegen der Größe des Hauses klar. Wir mussten eines der Mädchen dazu zwingen, die moderne Alarmanlage abzustellen, die bestimmt mehr als dreißig Fenster überwachte.
Samantha hatte sofort nach versteckten Geldreserven im Haus gesucht und wurde im Laufe des Abends sogar fündig. Unter so einigen Wertpapieren, mit denen wir nicht so viel anzufangen wussten, fanden wir mehrere gebündelte Fünfzig-Dollar-Scheine. Um es noch einmal zu verdeutlichen: Wir hatten verdammt viel Glück mit diesem Haus. Zumindest dachten wir dies zu jener Zeit.
Mason musste sich, überraschend war es nicht, mehrmals übergeben, nachdem er eines der Mädchen dazu gezwungen hatte, mit ihm zu tanzen. Allerdings löste er dazu nur die Fesseln an ihren Füßen. Sie sah aus wie ein Pinguin der verzweifelt auf die Toilette musste, als sie nur ein wenig von einem Bein auf das andere hüpfte. Die Hände viel zu fest auf ihren Rücken gebunden.
Was mich betraf, tanzte, sang und lachte ich die ganze Nacht lang hindurch.
Es war eine der schönsten Nächte, die ich je hatte.
Oder vielleicht sogar... die Schönste.
Unsere zwei Mädels hingegen fühlten sich natürlich nicht ganz so wohl, um es untertrieben auszudrücken. Die meiste Zeit über weinten sie und spätestens, als Mason ihnen gestand, dass wir sie heute umbringen würden, waren sie auf irgendeine Weise schon gestorben. Ihre einzige Methode, um nicht vollkommen den Verstand zu verlieren, war, bei jeder Möglichkeit sich gegenseitig anzusehen. Ihre tränennassen Gesichter spendeten sich gegenseitig Trost.
„Gleich hat dieser Albtraum ein Ende... Und vielleicht... kommt ja doch noch irgendwer und rettet uns."

Spät in der Nacht überließ mir Mason schließlich die Ehre, zusammen mit Samantha den beiden das Leben zu nehmen. Allerdings lehnte ich ab, da

Samantha diese Gegebenheit wohlmöglich zu sehr an Erin erinnern konnte. Immerhin hatten sie früher auch immer zusammen getötet. Ein wenig bereute ich es dann dennoch, dass ich William mein Vergnügen überließ. Vielleicht hätte es doch etwas romantisches gehabt, wenn Samantha und ich uns zusammen ausgetobt hätten.
Ich fand es erschreckend erotisch, wie sich Samantha auf den Schoss des Mädchens hockte und die Klinge an ihrem Hals ansetzte.
„Es kommt nicht sehr oft vor, dass ich ein Mädchen abkriege.“, erklärte sie ihr: „Es ist also für mich auch fast das erste Mal.“
Manchmal versetzte ich mich absichtlich in mein altes Ich. Dieses „Ich“, das nicht gewohnt war, solch brutale Dinge zu sehen und so bekam ich wieder dieses aufgeregte Gefühl in meinem Bauch. Ich spürte auch, wie ich Samantha dadurch immer mehr bewunderte. Ihre Macht in diesem Raum glich der einer Gottheit. Sie bestimmte über Leben und Tod.
In unserer vorrübergehenden Heimat legten wir uns allerdings nicht zum Schlafen nieder. Vermutlich wollten wir das Schicksal nicht zu sehr herausfordern. Daher machten wir uns um vier Uhr in der Früh, bei Nacht und Nebel, aus dem Staub. Erst als wir viele Meilen weiter gefahren waren, parkten wir auf einem abgelegenen Autobahnrastplatz und schliefen dann in der Wärme der Morgensonne. Zwar war dies nicht ganz so warm, wie wir es gerne gehabt hätten, aber wenigstens hatten wir die Nacht überstanden. In den folgenden Tagen bahnten wir uns den Weg wieder Richtung Süden, bis wir Arkansas erreichten. Den Abend in der vorrübergehenden Heimat hatte ich nie vergessen. Vielleicht, weil der Abend so besonders schön war, aber vielleicht auch, weil ein siebter Sinn mich vorwarnen wollte.
„Nun seid ihr zu weit gegangen!“

Wir hatten noch einen schönen Sommer mit ein paar richtig glorreichen Tagen, doch als der Sommer langsam zu Ende ging, näherte sich ein unausweichliches Übel. Wir hörten immer mehr von uns selbst in den Medien. Es gab Radiodurchsagen und Zeitungsartikel. Seid wachsam, liebe Bürgerinnen und Bürger. Hütet euch vor dunkeln Gassen und abgelegenen Orten. Vertraut keinen fremden Gruppen. Sperrt eure Häuser gut ab und passt auf, wem ihr die Türe öffnet. Sie wirken zuerst freundlich, sodass ihr euch sicher fühlt. Sie wollen, dass du ihnen vertraust und wenn das passiert, du es zulässt, dass sie dein Heim betreten, sie sich mit dir irgendwo hin hinbegeben,

dann werden sie dich töten. Hüte dich also vor diesen Psychopathen. Vor diesen Serienkillern. Vor diesen Psychokillern.
Einerseits fühlte es sich so an, als wären wir prominent, doch genau das war die große Gefahr dabei. Nun würde ein kleiner Fehler ausreichen und sie würden uns finden. Selbst unserer Opfer wurden viel schneller misstrauisch, als wir es gewohnt waren. Wir wussten, dass wir nicht mehr so weitermachen konnten.
William schlug als erster vor, dass wir für eine Weile untertauchen sollten. Vielleicht für ein Jahr oder mehr. Solange, bis man uns wieder vergessen hatte. Bis eine andere Gefahr interessanter für die Medien war. Wenn dies dann der Fall war, würden wir langsamer und vorsichtiger zurückkehren können. Wir wogen den Vorschlag ab und nach einer längeren Diskussion entschieden wir uns dazu, denn Sommer noch zu genießen und dann für mindestens ein Jahr die Köpfe einzuziehen. Immerhin war der Sommer in ein paar Wochen vorbei. Hätten wir uns doch lieber gleich versteckt.
Ich weiß nicht wie, aber... sie hatten uns gefunden.
Es war der 22.08.1989. auf dem Weg nach Oregon fuhren wir gerade durch eine abgelegene Ortschaft namens McCall. Es war ein friedlicher Dienstagnachmittag und auf den Straßen des kleines Dorfes war nicht sehr viel los gewesen, da schnellte urplötzlich ein Polizeiauto aus einer Gasse und gab uns per Blaulicht zu verstehen, dass wir am Seitenstreifen anhalten sollten. Um nicht aufzufallen, gehorchten wir natürlich. Zum ersten Mal seit langem war ich wieder nervös, doch der Rest von uns schien so gelassen wie eh und je zu sein.
Das Polizeiauto parkte hinter uns und ein in schwarzblau gekleideter Officer stieg aus.
Ohne sich etwas anmerken zu lassen, ließ Samantha, die am Steuer saß, das Fenster herunter.
„Gibt es ein Problem, Officer?", fragte sie und lächelte ihn an. Der Polizist schien ungewöhnlich vorsichtig zu sein. Mit beiden Händen hielt er schon die Pistole bereit und starrte uns skeptisch an. Dies konnte nur bedeuten, dass er schon mehr als eine Vermutung hatte, wer wir waren. Ich glaube sogar, dass er es schon wusste.
„Stellen Sie den Motor ab, bleiben Sie vorerst im Wagen und warten Sie auf weitere Anweisungen.", befahl er uns schließlich. Mit seinem gepflegten Schnauzer sah der Officer nicht gerade bedrohlich aus, dennoch lag eine nicht

auszuhaltende Spannung in der Luft.
Ich konnte sehen, wie Samanthas Kopf zu arbeiten begann. Sie entwickelte einen Plan und dies beruhigte mich zunächst. Nicht umsonst war sie unsere Anführerin. Sie würde wie immer wissen, was zu tun war, ganz bestimmt. Der Officer griff vorsichtig nach seinem Funkgerät, ohne uns dabei aus den Augen zu lassen und begann, seine Kollegen anzufunken. Vermutlich würde bald nicht nur eine Polizeistreife hier sein. Damit war der Plan von Samantha klar. Wir mussten fliehen.
Ohne eine weiteres Wort zu verlieren, drückte sie auf das Gaspedal und William, Mason und Anthony kugelten im Laderaum umher.
„Scheiße!“, fluchte Samantha und bog an der nächsten Kreuzung ab.
„Warum fliehst du, Sam? Jetzt können die schon vermuten, wer wir sind.“, fluchte Mason und kroch auf allen Vieren zu uns vor.
„Er sagte, wir sollten im Wagen bleiben, weil er sich nicht in Gefahr begeben wollte. Die wissen ganz genau, wer wir sind.“, erklärte Samantha und bog wieder die nächste Kreuzung ab, wodurch die Jungs erneut im Laderaum umher geworfen wurden, als wären sie Kugeln in einem Flipperautomaten.
„Wir bräuchten mal Gurte“, jammerte William und klammerte sich an Anthony fest, der wohl noch der einzige von uns war, der nach wie vor seine Ruhe bewahrte.
„Außerdem hat er gesagt, wir sollen auf Anweisungen warten, das bedeutet, er hat womöglich schon Verstärkung gerufen.“, fügte ich hinzu.
Samantha stimmte mir mit einem Nicken zu und beschleunigte den Van auf Höchstgeschwindigkeit. Wie ein weißer Pfeil schossen wir aus der kleinen Ortschaft.
„Ich sag´s ja nur ungern, aber wir sind am Arsch!“, fluchte Mason.
Es durfte nicht enden. Wir mussten es irgendwie schaffen, auch aus dieser Situation zu entkommen. Danach würden wir untertauchen. Wir würden aufhören zu morden, bis sie uns vergessen hatten. Ich erwischte mich dabei, wie ich zu Gott betete, obwohl gerade er mein Gebet mit Sicherheit ignorieren würde. Was würde passieren, wenn sie uns erwischen würden?
Würden sie uns gleich erschießen? Besser wäre es, denn auf keinen Fall würde ich jahrelang in einem Gefängnis versauern wollen.
Wir brauchten jede Menge Glück, um aus dieser Situation rauszukommen, doch dieses hatten wir in den letzten Jahren verbraucht.

All unsere Herzen blieben stehen, als wir viele hundert Meter vor uns eine Straßensperre erblickten.
„Fantastisch“, sagte Samantha verzweifelt, ohne den Wagen zu verlangsamen. Selbst in solchen Momente fluchte sie noch immer nicht.
„Und was jetzt? Umdrehen können wir vergessen.“, meldete sich William.
Samantha lenkte den Wagen, ohne groß nachzudenken, nach links, als sie einen kleinen, unebenen Forstweg entdeckte. Der Van hüpfte bei jedem Schlagloch empor. Manchmal hatte ich das Gefühl, keines der Räder würde den Boden mehr berühren, bevor wir wieder hart aufsetzten. Mein ganzer Körper verkrampfte sich. Wieder war ich in meiner Phobie aus kindlichen Erinnerungen gefangen. Überall Bäume, die uns zerquetschen konnten und diesmal hockte ich vorne. Ich wäre dieses Mal der, der bei einem Unfall wie meine Eltern zerquetscht werden würde.
Erst würden meine Beine so stark gegen das Armaturenbrett gedrückt werden, sodass die Knochen aus meinen Oberschenkeln platzen würden.
In meinen Erinnerungen blitzen Bilder von einem Lokführer auf, dem wir seine Füße gebrochen hatten. Als wir in seinen blutigen Oberschenkel mit Williams Messer bohrten, fragten wir ihn sarkastisch, ob wir wirklich nicht in dem kleinen Warteraum schlafen durften, nur weil es schon nach vierundzwanzig Uhr war. Warum musste ich jetzt daran denken?
Dann würde mein Oberkörper gegen die Windschutzscheibe gedrückt werden. Oder eher die Windschutzscheibe auf mich?
Meine Wirbelsäule würde an vielen Stellen nach und nach brechen, bis ich elend meine letzten Schreie hervor pressen würde.
So wie vor einem Jahr, als wir einen Farmer mit seiner eigenen Heugabel aufgespießt hatten.
„Samantha, ich halt es nicht mehr aus.“, keuchte ich mühevoll hervor. Mein Kreislauf spielte verrückt. Jedes Geräusch nahm ich nur noch so wahr, als wäre ich unter Wasser.
„Reiß dich zusammen, Sam, wir haben es bald geschafft.“, sagte Samantha flehend. Hatte sie mich gerade zum ersten Mal Sam genannt? Warum hatte sie das getan? Warum gerade jetzt, in dieser Situation?
„Scheiße, sie sind hinter uns.“, rief Mason: „Schneller!“
Bei einem kleinen Hügel hob der Van wieder leicht vom Boden ab und sobald er wieder aufkam, ächzte der Haufen Metall, in dem wir uns befanden, auf. Verschwommen nahm ich noch wahr, wie Samantha das Lenkrad hin und her

riss. Ich selbst wurde immer wieder in verschiedenen Richtungen in den Gurt gedrückt. Sobald unser Gefährt von dem Forstweg abkam, war ich mir sicher. Nun würden wir alle Sterben. Ganz klar. Das war das Ende der *Psychokillers*. Wie ein Dominostein kippte der leicht kopflastige Van auf die Seite, so dass ich nun am höchsten Punkt von uns allen war. Etliche Meter rutschten wir so dahin. Jede Wurzel, jeder Hügel und jeder Stein zerfetzte das Metall ohrenbetäubend laut. Glassplitter sausten durch die Luft, wie gefährliche Projektile.

Nach ungefähr fünfzig Metern kam der Wagen ächzend zum Stillstand. Wie durch ein Wunder hatten wir alle umherstehenden Bäume passiert. Wie ein Komet hatten wir eine braune, schlammige Linie durch den Wald gezogen. Völlig benommen hing ich in den Gurten und nahm aus der Ferne das Heulen der Sirenen war.

Kraftlos sah ich mich um. Unter mir lag Samantha die vor Schmerzen leise aufstöhnte.

„Wir müssen weiter.", sagte sie kraftlos und versuchte, sich aufzurichten: „Schnell."

Da die anderen nicht gesichert gewesen waren, sahen sie um einiges schlimmer aus. Williams Nase war völlig zertrümmert und Masons rechter Arm stand in eine völlig falsche Richtung ab.

„Sam, wir müssen weiter", flehte Samantha mich an. Wieder hatte sie mich bei meinem wahren Namen genannt.

Ich wusste nicht, ob ich ihrer Bitte nachkommen konnte. Meine Füße fühlten sich taub an und mein Kopf dröhnte, als wäre ein Laster über ihn gefahren. Selbst die immer näher kommenden Sirenen klangen unwirklich, als würde ich das alles nur träumen.

Doch plötzlich spürte ich einen Schmerz an meinen Beinen. Er kam direkt oberhalb von meinem rechten Oberschenkel. Ich konnte dort keine Wunde erkennen, aber dennoch drückte mich dort etwas.

Es musste die Uhr meiner Mutter sein. Ich hatte sie, seitdem ich sie bekommen hatte stets bei mir getragen.

Sie war mehr als nur ein Andenken an meine Vergangenheit in Jackson. Mehr als nur ein schlichter Glücksbringer.

Immer wenn mir die Kraft ausging, ich mir nicht sicher war, wie es weiter gehen sollte oder eine wichtige Entscheidung zu treffen hatte, half sie mir. Sowie auch jetzt. Ich zog die Uhr aus meiner Hosentasche und zugleich kam mir wieder mein Leitsatz in den Sinn. Der Satz, der mich erst dazu gebracht hatte, diese unglaubliche Reise anzutreten:

„Keine halben Sachen“

Genau. Ich musste weiter machen.

Von neuer Energie beflügelt öffnete ich die Wagentür und zog mich nach oben aus dem Van. Erst dann schnallte ich mich ab und sprang nieder auf den Waldboden. Meine Beine, die sich anfühlten, als wären sie aus Gummi, konnten den Sturz nicht abfangen und so schlug ich ohne Vorwarnung auf dem Boden auf. Es war keine Zeit vorhanden, um die Schmerzen zu verdauen, doch die Übelkeit hoch in mir hervor, als hätte ich einen schrecklichen Kater.

Unbeholfen richtete ich mich wieder auf und stolperte um den Van herum, bis ich die Laderampentür öffnen konnte. Die linke Türe lang nun auf dem Waldboden, die andere musste ich nach oben hin offen halten.

„Auf geht's, Leute. Wir müssen weiter.“, wiederholte ich Samanthas Worte.

Hastig stapfte ich in den Van zu den Dreien. Schon bevor ich bei ihnen war, streckten Mason und William mir ihre Arme entgegen, als wäre ich ihr Erlöser.

Es war so neu, sie in einem solchen Zustand zu sehen. Ich hatte sie immer als übermächtig betrachtet. Nun sahen sie aus wie eines unserer vielen Opfer.

Jede Stelle an ihrem Körper war zerkratzt und blutig rot, als wären sie gehäutet worden.

Mit aller Kraft zog ich sie auf die Beine. Dabei schrie Mason sich die Seele aus dem Leib. William dagegen biss die Zähne zusammen, wobei ihm Speichel aus dem Mundwinkel lief.

Mühevoll krochen sie aus dem Van. Nur Anthony lehnte mit geschlossenen Augen an der Seite des Vans.

„Los, Anthony.“, sagte ich verzweifelt. Meine Stimme war brüchig.

Anthony schien mich zuerst nicht gehört zu haben, doch dann erkannte ich, wie er den Kopf schüttelte. Er wollte nicht mehr fliehen. Er wollte aufgeben und sich der Polizei stellen.

Hatte er vielleicht Recht? Gab es kein Entkommen mehr? Ich bin mir heute nicht mehr sicher, ob ich dies vielleicht nur falsch in Erinnerung habe, aber... Anthony war kaum verletzt. Was eigentlich gar nicht sein konnte, bei dem Unfall, den wir hatten.

Es war nicht einfach, ihn dort sitzen zu lassen, aber ich musste fliehen, ehe es zu spät war. Ich ließ ihn dort alleine zurück.

Zusammen mit Samantha lief ich langsam durch den Wald. Mason und

William humpelten uns mit schmerzverzerrten Gesichtern nach. Als wir uns durch dichtes Gestrüpp kämpften, um so hoffentlich aus dem Sichtfeld der Polizei zu kommen, verloren wir einander. Mit geschlossenen Augen drückte ich mich durch das Dickicht. In meiner rechten Faust fest die Uhr umschlossen, damit ich sie nicht verlor. Unzählige Stimmen hallten durch den Wald, mit dem klaren Befehl, dass wir stehen bleiben sollten. Einen Moment schien ich mit meiner Kleidung an so vielen Ästen hängen zu bleiben, dass ich schon befürchtete im diesem Gestrüpp nun nicht mehr weiterzukommen, bis ich mich dann doch wieder befreien konnte und ins Freie hinaus brach. Dort sah ich Samantha wieder vor mir, aber wir hatten William und Mason verloren.
„Ich kann nicht mehr.“, hauchte Samantha heiser.
Ich legte meine Hand auf ihren Rücken und schob sie voran.
„Nicht aufgeben. Immer weiter.“, ermutigte ich sie, doch auch ich merkte, wie langsam meine Füße versagten. Meine Lunge brannte und langsam schmerzte mein Nacken immer mehr von dem Unfall.
Immer wieder verhakten sich meine Füße in verschiedenen Wurzeln und kleinen Sträuchern, was das Vorankommen erschwerte.
Wie weit würden wir kommen, bis wir vor Erschöpfung zusammen brachen? Hatten unsere Verfolger vielleicht sogar Hunde dabei? Würden diese uns in Fetzen reißen, sobald sie uns erreichten?
„Stehen bleiben!“, brüllte ein Mann hinter uns.
„Immer weiter“, wiederholte ich noch einmal, damit Samantha auf keinen Fall diesem Befehl nachkam. Ich streckte nun beide Arm aus und legte sie auf ihren Rücken, um sie mit der letzten Kraft, die ich noch hatte, voran zu treiben. Mittlerweile hörte ich von ihr nicht einmal ein Hecheln, als wäre sie zu schwach, um Luft zu holen und würde nun mit leerer Lunge, die letzten Meter humpeln.
Dann hörte ich, wie ein Schuss abgefeuert wurde. Eine rote Wolke spritzte direkt vor mir auf.
Jetzt verlangsamte ich meine Schritte, bis ich schließlich zum Stehen kam. Ängstlich sah ich an mir herab, doch ich entdeckte keine Schusswunde. Dann erkannte ich aber, dass sich der Rücken von Samantha rot färbte.
„Nein.“, brachte ich heiser hervor, bevor ein zweiter Schuss abgefeuert wurde. Dieses Mal spürte ich, wie mein Gewebe entzweit wurde. Die Kugel ging direkt auf Brusthöhe durch mich hindurch. Es tat zunächst nicht einmal weh, doch es war ein entsetzliches Gefühl, so durchbohrt zu werden.

Schlaf sackte ich zusammen mit ihr auf die Knie, als wollten wir nun hier zwischen Bäumen und Sträuchern anfangen, ein Gebet zu sprechen. Samantha sah über ihre Schulter zu mir. Die wenigen Sonnenstrahlen, die die Baumkronen durchbrachen, landeten auf ihrem Haar. Ich wurde dadurch zwar stark geblendet, aber um nichts in der Welt hätte ich nun von ihr wegsehen können. Ich musste sie sehen. Wir verweilten allerdings nur kurz auf den Knien und sahen uns so in die Augen, denn dann kippten wir zu Seite auf den Moosboden. Es war so weich und bequem, dort zu liegen.

„Ein guter Ort zum Sterben", dachte ich.

Auf eine groteske Art war es schon wieder komisch. Es endet genauso, wie es begonnen hatte. Mit einem Autounfall.

Ich konnte meine Faust nicht mehr länger geschlossen halten und so legte ich auch die Uhr auf dem Moosboden ab. Wer auch immer diese Uhr eines Tages finden würde, passte hoffentlich gut darauf auf.

Ehe ich das Bewusstsein verlor, sah ich eine Träne, die aus dem linken Auge von Samantha lief. Starb sie gerade, direkt vor meinen Augen.

Kapitel 2: Es begann so wie es endete (28.08.1989)

Ich bin nicht in diesem Wald gestorben. Dies gönnten sie uns nicht. Stattdessen brachten sie mich auf die Intensivstation und hielten mich dort am Leben. Muss komisch sein, Menschen, die für den Tod von vielen anderen verantwortlich waren, das Leben zu retten. Ich weiß nicht, wie viele Tage ich dort verbrachte. Die meiste Zeit schlief ich nur. Wenige Male kam ich kurz zu mir und sah, dass ich rund um die Uhr bewacht wurde, was absolut nicht notwendig war. Ich würde in meinem Zustand bestimmt nicht weglaufen. Dennoch hatte ich an allen vier Gliedmaßen Handschellen, als wäre ich ein wildes Tier. Und so behandelten sie mich auch. Ich sah den argwöhnischen Blick der Krankenschwestern.

„Dieser Typ soll ein gefährlicher Massenmörder sein? Der schaut doch nicht einmal gefährlich aus."

Nein, das taten wir nicht. Vermutlich sind wir es aus Filmen so gewohnt, dass man einen Bösewicht sofort erkennt. In Wirklichkeit ist dem natürlich nicht so und das ist das wirklich gefährliche. Der freundliche Nachbar könnte ein Psychopath mit Leichen im Keller sein. Jeder Kindergärtner oder Lehrer ein Pädophiler. Ein nekrophiler Totengräber? Oder vielleicht ein Sadist in Tierkliniken oder Forschungszentren.

Ein beunruhigender Gedanke oder? Selbst, wenn nur jeder Tausendste eine starke psychische Störung hat, dann wären das viele Millionen Superfreaks, die unsere Straßen durchqueren.

Aber was mich betrifft, bin ich nicht einmal verrückt. Ich glaube sogar, dass mein Verstand so aufgeweckt und klar ist, dass selbst deiner nicht mithalten könnte. Allerdings sollte ich diesen in den nächsten Wochen in Frage stellen. Sobald es mir besser ging, verlegten sie mich in eine Strafanstalt für Schwerverbrecher in Idaho. Mit schweren Stößen in den Rücken prügelten sich mich regelrecht durch das Eingangstor der Anstalt, als würde ich kleine andere Sprache verstehen.

Und immer dieser Blick von jedem, der mich ansah. Sie wunderten sich alle über diesen harmlos aussehenden jungen Mann.

„Er soll wirklich zwanzig oder dreißig Menschen umgebracht haben? Scheiße, der Typ ist doch nicht mal älter als mein eigener Sohn!"

Irgendwie schämte ich mich wegen dem, was wir getan hatten… Und dann schämte ich mich, weil ich mich über genau das schämte. Ich hatte doch meine wahre Natur entdeckt und sollte doch zur dieser stehen.
Hatte mir Sam nicht genau das beigebracht? Doch ohne ihre Anwesenheit fühlte ich mich nicht mehr wie ein Killer. Umgeben von Gesetzeshütern war es eher so, als würde ich wieder ihren Verhaltenskodex annehmen.
„Man wird wie die Menschen, mit denen man sich umgibt", hatte ich so oder so ähnlich mal gesagt.
„Zeig mir deine Freunde und ich sage dir, wer du bist.", sagte man auch.
Und ja, so war es auch.
Ich blieb in der Strafanstalt, bis zu meiner Anhörung.
Interessant war, dass auch die Insassen mich immer wieder anstarrten. Viele von ihnen waren zwar nicht ganz dicht im Kopf. Einer von ihnen hatte zum Beispiel jede Nacht seine Stirn an der Wand wund gerieben und dabei wirr vor sich her gesummt. Sobald dieses Verhalten auch den Wärtern auf den Keks ging, gaben sie ihm einfach eine große Menge Beruhigungsmittel in sein Essen. Nun schlief er zwar jede Nacht durch, aber dafür hallte sein Schnarchen wie ein Sägewerk durch die kalten Gänge.
Die klar denkenden Insassen jedoch wussten ganz genau, wer ich war. Sie sahen mich an und dachten sich, wie es doch sein konnte, dass so ein unscheinbarer Junge in den Medien als hochgefährlich eingestuft werden konnte. Ich hatte Angst, dass jemand herausfinden wollte, wie gefährlich ich wirklich war, indem er mich einfach angriff. Mir zum Beispiel eine Socke mit Steinen aus dem Hof gefüllt über den Kopf zog oder sowas ähnliches. Ich war durch die Zeit mit Sam, William, Mason und Anthony schon zu einem starken Kämpfer geworden, doch hier gab es Häftlinge, die deutlich mehr Manneskraft hatten und unberechenbar waren.
Außerdem wollte ich keinen Stress.
Die meiste Zeit hockte ich also alleine in meiner kleinen, grauen Zelle, in der es nichts gab als ein unbequemes Bett und eine Kloschüssel in der Ecke. Kein Radio oder etwas anderes gegen die Langeweile.
Meine Musik war das Summen der Halogenlampe an der Decke, deren Licht so hell war, dass man glaubte, erblinden zu können, sollte man zu lange seine Augen darauf richten. Also gab es nichts zu tun als zu warten, zu essen, im Innenhof sich die Füße zu vertreten, wobei ich nie mit einem anderen Insassen sprach, um dann wieder in meine Zelle zu gehen und zu warten.

Warten.
Warten…
Und zu warten…
Eine Arbeit wurde mir nicht zugeteilt. Ich würde eh nicht lange genug hier bleiben, haben sie mir gesagt.
Die anderen hatte ich seit sechs Tagen nicht gesehen, daher wusste ich nicht, wie es ihnen erging. Oder hatten sie überhaupt alle überlebt? Vielleicht würde ich keinen von ihnen je wieder sehen. Am meisten sorgte ich mich um Samantha. Das letzte Mal, als ich sie gesehen hatte, lag sie im Sterben. Ihr Körper hatte zum ersten Mal nicht mehr mächtig und stark gewirkt. Als wir uns noch ein letztes Mal in die Augen gesehen hatten, war sie für mich ein ganz normales Mädchen. Ein Mädchen, das Dates hat oder mit ihren Freundinnen in die Mall geht. Ich wünschte, ich hätte sie nie so sehen müssen. Vielleicht würde ich mir dann jetzt nicht solche Sorgen machen.
Ein paar Mal wurde ich verhört. Sie stellten mir viele Fragen, über die Opfer und wo wir uns wann aufgehalten hatten, doch ich sagte ihnen nicht sehr viel. Ich kam mir vor wie in einem schlechten Krimi. Ein übergewichtiger Fettsack in Polizeiuniform, auf die ein kleines metallenes Schildchen mit der Aufschrift „Cater" gestickt war, brüllte mir die Fragen so laut entgegen, dass ich seinen Speichel auf meinem Gesicht landen spürte. Mit seinen fetten Wurstfingern deutete er auf ein Foto, auf dem ein junges Mädchen abgebildet war.
„Ihr habt sie auch gekillt, gib' es doch endlich zu!"
Es wunderte mich nicht, dass sie keine DNA von uns dort finden hatten können. Wir hatten sie in einem Bach zu Tode gesteinigt. Sie war vor uns geflohen und hatte es sogar geschafft, trotz starker Strömung auf der anderen Uferseite wieder hochzuklettern. Sam hatte sie dann mit einem gezielten Kopfschuss getötet, weil wir uns nicht nass machen wollten.
Der Fettwanst ließ von mir ab, doch er sah dabei nicht so aus, als würde er aufgeben wollen.
„Ich habe mit Daniel Collister gesprochen. Er soll ja für dich sowas wie ein Vater gewesen sein."
Ich gab mir größte Mühe, mir keine Emotion anmerken zu lassen. Nicht dass Daniel ein wunder Punkt von mir war, aber würde ich nur geringstes Interesse an seinen Aussagen zeigen, käme ich die nächsten Stunden nicht mehr hier raus.
„Er sagte mir, dass er schrecklich enttäuscht von dir sei. All das Gute, was er

für dich getan hat. Jedes Geld für deine Schulbildung, Kleidung und Essen. Das alles war ein Fehler. Dabei hat er sich solche Mühe gegeben, dich ordentlich zu erziehen, hat er mir versichert."
Ich stöhnte auf: „Sie wissen doch ganz genau, was für ein Versager er ist."
Officer Cater lächelte und wischte sich seine verschwitzen Haare zurück.
„Warum habt ihr sie getötet? Was hat das kleine Mädchen denn euch getan? Hm?"
Ich gab ihm keine Antwort.
Er steckte sich wie immer eine Zigarette an. Dieser Mann rauchte so viel, dass seine Fingerkuppen schon ganz gelb waren.
„Hat euch das erregt? Habt ihr Taugenichtse in euren Leben so wenig erreicht, dass ihr euch nur dann groß und stark fühlen konntet, wenn ihr Andere leiden habt lassen."
Ich seufzte erneut und murmelte leise: „Ihr habt uns doch leiden lassen."
„Mach deine Zähne beim Reden auseinander, man versteht ja nichts."
„Ihr habt uns leiden lassen! Ich wollte bei meinen Eltern sterben, aber ihr habt mich von ihnen weggebracht. Alles, was mir von ihnen geblieben ist, war eine tote blutige Hand. Ich wollte sterben. Es selbst tun! Doch auch das wurde verhindert! Dann haben mich irgendwelche Semi-Therapeuten zu gequatscht. Haben sich Notizen für ihre nächsten Fälle gemacht. Ich wollte meine Ruhe, aber was ich wollte war scheiß egal. Stattdessen wurde ich bei einem Bastard untergebracht und ging auf eine Bastardschule! Fragen sie die Schulleitung, ob sie je was gegen das Mobbing unternommen haben? Nein! Ich wurde geschlagen, getreten, bestohlen und verraten, an so vielen Tagen. Die Psychokiller sollen Monster sein? Warum waren sie dann die ersten, die nett zu mir waren? Mir ein Leben gaben und mich gut fanden, so wie ich war? Wer seid ihr, entscheiden zu dürfen, was falsch und richtig ist?"
Ich weiß nicht, warum ich dass alles sagte. Es kam einfach so aus mir heraus. Mir ging es nicht darum, mich rechtfertigen. Vielleicht wollte ich einfach mir selbst erklären, warum ich das alles getan hatte.
Cater zog ruhig an seiner Zigarette und tat so, als hätte er meine Worte nicht gehört.
Tatsache ist, dass er uns sehr ähnlich war.
Ich atmete tief durch und lehnte mich auf meinen Stuhl zurück.
Dann sagte ich mit ruhiger Stimme: „Können wir den Teil nicht überspringen und wir kommen zu dem Punkt, an dem sie die Kamera ausstellen."

Ich deutete auf einen kleinen Camcorder mit dem klobigem Klappdisplay, auf welchem in der rechten oberen Ecke ein Roter Punkt mit „REC“ stand. Der Fettsack seufzte und kam meinem Vorschlag nach.
Er schaltete die Kamera ab und zog den Film aus der Kassette.
„Ups, das blöde Ding hat sich wieder einmal gefressen.“, würde er später zu seinen Kollegen sagen. Vermutlich würden diese dann einfach schelmisch grinsen und darauf erwidern: „Ja, sowas kommt öfter vor, als man glaubt.“
Cater ging dann langsam um den Tisch herum zu mir und prügelte dann die Scheiße aus mir heraus. Ich glaube, er hat es bestimmt auch nicht sehr leicht im Leben gehabt. Wir hatten getötet, doch ihm reichte das Misshandeln. Er hatte ein Ventil für seinen Frust gefunden und konnte dabei sogar noch die Uniform tragen.
Hm… Gut hinbekommen, dass muss man ihm lassen.
Mit blutigen, geschwollenen Lippen starrte ich nachts in meiner finsteren Zelle oft stundenlang aus dem Fenster und dachte über die letzten Jahre nach. Sollte es nun vorbei sein? Hatte ich nun mein Leben für diese paar Jahre aufgegeben?
Es war nicht gut, so lange alleine in einem so kleinen Raum zu sein. Immer wieder geht man dieselben Gedanken durch, die einem keineswegs weiterhelfen. Man versucht, sich Beschäftigungen auszudenken, die allesamt weder sinnvoll noch unterhaltsam sind. Man dreht sich ständig im Kreis.
Am schlimmsten war jedoch, nur noch als Bestie behandelt zu werden.
Du bist böse, falsch und gefährlich.
Dabei hatte ich nicht einmal vor, jemanden zu verletzen. Dennoch wurde ich Tag tagtäglich in Handschellen gelegt, sobald ich meine Zelle verließ.
Ich hatte mir den Aufenthalt in einem Gefängnis nie so schrecklich vorgestellt. Das Gefühl, so fehl am Platz und von Grund auf falsch zu sein, konnte man in keinem Buch oder Film vermitteln.
Nach etlichen Tagen des Verhörens kam schließlich meine Anhörung und da meldete sich das Schicksal.
Dieses Mal allerdings nicht zu meinen Gunsten.
„Angeklagter. Bekennen Sie sich als schuldig, an dem Tod von siebenundsechzig Menschen beteiligt gewesen zu sein?“
Früher hatten sie Diebstahl, Nötigung, Beschädigung von fremdem Eigentum und vieles mehr mitaufgezählt, doch jetzt hatten die Tode Vorrang. Allein unter hundert Fremden atmete ich tief durch. Ich spürte die Blicke auf mir.

Wie sie mich hassten. Alle glaubten, ein Monster im Zeugenstand zu sehen. Ein Monster, dass man schnell töten sollte, bevor es noch mehr Unheil anrichtete. Man kann es ihnen nicht verübeln.
„Ich weiß nicht, wie viele es waren, euer Ehren. Ich habe nicht mitgezählt. Vielleicht waren es weniger, vielleicht waren es mehr. Für jeden einzelnen von ihnen bekenne ich mich schuldig.“
Der Richter sah mich mit finsterer Miene an: „Also bereuen Sie ihre Tat“.
„Nein, wir haben es nie bereut.“, widersprach ich sofort: „Es war unser einziger Ausweg, uns in dieser Welt zurecht zu finden. Glauben Sie uns, wir haben es versucht. Ich habe es den Großteil meines Lebens versucht. Vielleicht bereue ich manche Dinge in meinem Leben, aber ich bereue es niemals, endlich Freunde gefunden zu haben, die in Ihren Augen falsch handeln. Es klingt für Sie nicht begreiflich, aber wir wollten alle gute Bürger sein, doch dafür waren wir nicht bestimmt. Das war nicht unsere Aufgabe in dieser Welt.“
„Euer Ehren.“, schnitt mein mir zugeteilter Anwalt mir das Wort ab: „Mein Mandant bedarf psychologischer Führung. Ich plädiere auf eine lebenslange Einzelhaft, in einer Anstalt für psychisch Erkrankte. Wenn es ihm besser geht, kann man in einer weiteren Verhandlung über eine Verlegung in eine Strafanstalt für Schwerverbrecher entscheiden.“
Einen kurzen Moment schwieg der ganze Saal.
„Ich bitte den Angeklagten, zu mir hervor zu treten.“, sagte der Richter schließlich.
Langsam erhob ich mich und trat an sein Podium heran. Als ich schon stehen bleiben wollte, sah ich wie der Richter mich noch näher an sich heran winkte. Erst als ich genau vor ihm Stand, beugte er sich zu mir hinunter und sah mir genau in die Augen. Immer noch herrschte totale Stille im Saal.
„Du hast mir alles genommen, was ich geliebt habe.“, flüsterte er mir leise zu. In seiner Stimme lang eine schier unendliche Wut. Ich wusste, am liebsten wäre dieser Mann zu mir herunter gesprungen, um Selbstjustiz zu üben. Er wollte meinen Tod. Da gab es keinen Zweifel.
Als ich sein Gesicht genauer betrachtete, bahnte sich eine Erinnerung an. Sie hatte ganz tief in mir geschlummert, aus längst vergessener Zeit.
Sein Gesicht hatte ich schon mal gesehen. Es war auf einem Bild gewesen…

„Ist das dein Dady?“, kicherte Mason und winkte mit einem Bild in einem

teuren Bilderrahmen umher: „Wo ist er heute um dich zu beschützen, hm?“. Mason lachte und sprang wie ein tobender Troll umher.

Der Richter lächelte mich finster an. Anscheinend konnte er mir ansehen, dass ich mich wieder erinnerte.

„Zeig mal her.“, lachte William und riss Mason das Bild aus der Hand: „Der schaut aus wie ein Snob. Wette, der wurde als Kind so oft mit Gold gefüttert, dass er ganze Barren wieder ausgeschissen hat.“

In der vorrübergehenden Heimat...
Als wir die beiden Mädchen gefesselt hatten, waren uns Bilder von den Eltern aufgefallen. Die halbe Nacht hatten wir uns lustig gemacht, wie sie nur ihre Kinder alleine lassen konnten. Ich stellte mir vor, wie es wohl war, als er nach Hause kam und seine beiden Mädchen oder besser gesagt, das, was von ihnen noch übrig war, sah. Samantha hatte in dieser Nacht ganze Arbeit geleistet. Die Küche war wie ein roter See aus Blut und Eingeweiden gewesen.
Nun stand ich vor diesem Mann, dessen Kinder wir ermordet hatten und dieser sollte nun über mein Schicksal entscheiden. Ich weiß nicht, wie er es geschafft hatte, das er in diesem Fall bestimmen durfte, aber eines wusste ich dafür umso besser: Ich war ein toter Mann.
„Du hast meine Kinder umgebracht, du miese Drecksau.“, flüsterte er mir noch finsterer zu, bevor er sich wieder zurück lehnte: „Die Geschworenen können sich nun zurückziehen, um ein Urteil zu fällen.“
Dies brauchte ich mir gar nicht mehr anzuhören. Ich bekam die Todesstrafe, ganz klar. Ich würde auf den elektrischen Stuhl enden.

Der Tag meines Todes brach an. Es war der 12.09.1989. Sie brachten mich eine Woche davor in den Todestrakt. Der wohl trübste Ort der Welt. Hier starben Menschen staatlich angeordnet. Legal. Dies konnte man immer zur jeder Zeit spüren. Die Räume waren getränkt von dieser bösen schwarzen Aura.
Wenn der Tod unausweichlich ist, empfindet man jeden Gedanken, den man noch zu Ende denken kann, als Geschenk. Selbst die miese Mahlzeit aus Karotten mit kleinen Bratlingen schmeckte wie ein Geschenk vom Himmel, in den ich niemals eintreten würde.

Ein paar Tage vor dem 12. September erklärten sie mir den ganzen Ablauf. Wie ich abgeholt werden würde und den langen Korridor entlang schreiten müsste. Dann würden sie mich in einen kleinen Raum bringen, in welchem ein metallener Stuhl stand. Dieser Stuhl würde mir dann schließlich Starkstromimpulse durch meinen Kopf jagen und somit jeden Gedanken in mir auslöschen, bis ich schließlich daran sterben würde. Ich konnte es gar nicht wirklich realisieren, was da auf mich zu kam und die meiste Zeit hatte ich die Panik gut im Griff, doch in manchen Nächten schreckte ich schweißgebadet hoch. Sobald man erst einmal den Tod mit der Angst in Verbindung gebracht hatte, gab es kein Entrinnen mehr. Als hätte man mich schon unter Strom gesetzt, windete und zitterte ich alleine in meiner Zelle. Es ist eine der ersten Empfindungen eines Lebewesen, weil es genau gegen das Leben spricht: Die Todesangst.
Ein paar Stunden, bevor sie mich holen kommen würden, kam noch ein Priester vorbei und betete für mich. Kein Gott würde mir vergeben.
Dann war der Moment gekommen. Erst dachte ich, es wäre mal wieder soweit, dass ich mir die Schritte nur einbildete, wie viele Male davor schon. Diese Schritte, die immer lauter wurden, bis sie genau vor einem waren.
„Wir machen es so, wie wir es dir erklärt haben, okay.", sagte einer der Wärter unangebracht freundlich.
Langsam traten wir durch den langen Korridor. Vorbei an anderen Insassen, die wussten, dass bald sie an der Reihe waren. Bald würden sie diejenigen sein, die von außen angestarrt werden. Diese Blicke, gefüllt mit Mitleid, Angst und Trauer. Alles in mir verkrampfte sich und pure Panik drängte sich durch meinen Körper.
„Ich will nicht sterben.", dachte ich immer und immer wieder.
Doch als ich das Vorzimmer zum elektrischen Stuhl betrat, ließ all die Unruhe von mir ab.
Ich sah ein Mädchen, zwar ohne Strohhut, aber es war sie. Es fühlte sich an, als hätte ich all die Zeit die Luft angehalten und endlich würde ich ausatmen können. Es war Samantha. Und neben ihr, der kleine Troll. Zwar war er nun ruhig, aber sein Ausdruck war unverändert. Er lächelte zufrieden, als würde ihm die ganze Welt gehören und das gab mir das Gefühl von Macht und Sicherheit. Zuletzt erblickte ich auch noch William. Der weise Bruder, den ich nie hatte. Gott, war das toll, sie wieder zu sehen. Nur Anthony fehlte und die *Psychokillers* wären wieder vereint gewesen und auch, wenn ein halbes

Dutzend Wachen bewaffnet um uns standen, war es so wie früher. Wir waren wieder da. Mit Leib und Seele. Nur für wie lange?
Da standen wir zu viert. Mit Handschellen an unseren Händen waren unsere Arme auf den Rücken geschnallt.
„Sam.“, sagte Samantha und schaute mich mit ihren blaugrünen Augen an. In ihren Augen spiegelten sich alle Gefühle, die sie für mich und ich auch für sie hegte.
„Hey Leute“, flüsterte ich. Die Wachen wollten sicher nicht, dass wir uns unterhielten, also zog ich es vor, leise zu sprechen: „Geht es euch gut?“
„Den Umständen entsprechend.“, flüsterte Mason sarkastisch und lächelte mich an. Auch William war froh, mich zu sehen: „Dachte schon: Es hätte dich erwischt.“
Noch nie hatte ich so viele Emotionen in einem Raum vernommen. Zwar war das Vorzimmer wie eine kleine Kammer, deren Backsteinwände nicht im geringsten Gemütlichkeit versprühten, doch zum ersten Mal seit Tagen fühlte ich mich wieder geborgen. So war es schon immer. Niemand konnte mir das Gefühl geben, zuhause zu sein, doch genau diese drei
Menschen und Anthony konnten es. Am liebsten hätte ich sie alle umarmt und vor Freude geweint.
„Ich danke euch, Leute.“, flüsterte ich mit zittriger Stimme und bemerkte, wie die Wachen unruhig wurden: „Es war so eine unfassbar geile Zeit mit euch. Ich bin so dankbar, jeden von euch Verrückten gekannt zu haben.“
Die Drei erwiderten mein Lächeln. William bekam wässrige Augen, wischte diese sofort an seinen Schultern wieder trocken, ehe sich diese sofort wieder mit neuen Tränen füllten.
„Du hast mich immer wieder überrascht, Collister. Aus dir ist ein richtiger Mann geworden.“, sagte Mason: „Ich war ja erst skeptisch dich aufzunehmen, aber du hast dich erstaunlich schnell an uns gewöhnt.“
„An dich gewöhnt man sich eh nie, Mason.“, lachte William und spähte verschmitzt zu Mason.
„Als ob du kleiner Rassist da besser wärst.“, entgegnete Mason und tat so, als ob er einen Angriff starten wollte. Sofort zogen ihn zwei Wachen zurück und drückten ihn in eine Ecke.
„Schon gut, Jungs, ich tu euch nichts. Jetzt scheißt euch nicht gleich in die Hosen.“
Ich muss zugeben, ich habe kurz gezweifelt. Ich dachte darüber nach, ob es

doch ein Fehler war, von zuhause wegzulaufen und mich dieser verrückten Familie anzuschließen. Jetzt waren diese Zweifel aber wie weggefegt und ersetzt von einem universellen Gefühl, dass alles seine Richtigkeit hatte. Dass wir zusammen gehörten, mit all dem, was uns verband. Selbst wenn es das Töten war.

Mag sein, dass ich vielleicht in den Erinnerungen anderer Menschen als Monster zurückgelassen werde, aber das war ich nicht.

Das waren wir nicht. Wir waren frei, glücklich und stark und das werde ich in meinen Erinnerungen bis zum Ende in mir tragen. Diese Menschen waren das perfekteste, was es in meinem Leben gab.

Völlig egal, wie viele mir da wiedersprechen würden.

Ich liebte sie alle!

Als erstes wurde William Conner aufgerufen. Er warf uns noch einen letzten Blick über die Schulter zu. Zwar lächelte er, aber seine Augen zeigten tiefe Trauer.

Sei nicht traurig William. Die Trauer hat nun ein Ende. Du wirst nie wieder wegen der Vergangenheit leiden müssen. Danke, dass du mir deine Geschichte erzählt hast.

Fünfzehn Minuten später wurde dann Mason Young aufgerufen. Ich weiß nicht, ob er Angst hatte. Er ließ sich nichts anmerken. Er lachte sogar. Aus voller Kehle. Vielleicht wollte er den Menschen damit zeigen, dass sie ihn nicht unterkriegen konnten. Dass er keine Furcht und keine Reue empfand. Wie ein Student, der gerade seine Prüfung bestanden hatte und sein Diplom abholen durfte, ging er stolz und mit erhobenem Kopf in seinen Tod.

Mason kann nichts dafür, dass er so ist wie er ist. Seine Eltern trugen die Schuld. Mann hatte ihn so erzogen. Er hatte einfach den Anschluss verpasst, so zu werden, wie die Welt ihn gerne haben wollte. Also musste er so sein, wie er nun mal war.

Als nächstes kam Samantha an die Reihe und somit war ich der letzte. Sie sah mich mit einem verzweifelten Blick an und mein ganzer Körper verkrampfte sich. Wie sehr hatte ich mir gewünscht, ein ganzes Leben mit ihr zu verbringen. Sie war der Mensch, der mich befreit hatte. Sie war der Mensch, wegen dem ich leben wollte. Der mir das Leben überhaupt geschenkt hatte.

Plötzlich wehrte Samantha sich gegen den Griff der Wachen. Sie war schon immer talentiert darin gewesen, sich aus festen Griffen heraus zu winden. Ohne einen Moment zu zögern, lief sie mir entgegen. Ich wusste nicht, was sie von mir wollte. Mit zurückgebundenen Händen konnte man sich nicht umarmen, doch als sie dann bei mir war, stellte sie sich auf die Zehenspitzen und drückte mir einen Kuss auf die Lippen. Millionen Impulse schossen durch mein Gehirn und schienen viele kleine Kurzschlüsse zu verursachen. Die Zeit schien wie in Zeitlupe zu vergehen. Langsam kamen die Wachen näher, um uns wieder zu entzweien. Dies war der erste, letzte und einzige Kuss, den ich je von ihr bekommen würde. Mein Gesicht wurde heiß.

Genies es, Sam Collister. Mehr wirst du nicht in deinem Leben bekommen.

Ich empfand den lang ersehnten Kuss so überdeutlich und intensiv, dass ich wie ein Magnet alles Positive in mir aufsaugte. Jeder meiner Muskeln spannte sich bis zum äußerten an. Mein Herz pochte so stark und schnell, dass ich fast schon wieder erleichtert war, als sie von mir weg gezogen wurde. Ihre Wärme lag noch auf mir und ich wünschte, ich könnte sie für immer auf mir tragen.

„Sam.“, hauchte sie noch einmal, bevor sie aus meinem Blickfeld verschwand. Ihre wunderschönen Augen waren tränenüberströmt und auch ich fing an zu weinen. Gott, selbst wenn sie weinte, war sie wunderschön. So viele Gefühle, die ich für diesen einzigartigen Menschen empfand. Wie sollte ich diese zusammenfassen? Sie hatte mich aus dem Tief, in dem ich vor ihr lebte geholt und mich durch eine glorreiche Zeit geführt. Für mich war sie nie ein Mensch, der einfach nur lebte, weil man halt einfach da war und nun das Beste aus seiner Existenz machen sollte. Sie wurde nicht von ihrem Umfeld beeinflusst. Nein, es war genau andersherum. Als wäre jedes Wort von ihr Nahrung, lebte ich durch sie. Als konnte nur ihre Wärme mich warm halten.

Ja, meine Existenz beruhte auf ihr, wie sollte man solche Gefühle beschreiben?

Samantha Dearing, du bist die Liebe meines Lebens.

Nun würde sie sterben und somit mein auch mein Leben.

Ich kann mir gut vorstellen wie die Bilder aussehen werden, die mich auf den Stuhl des Todes zeigen. Das letzte Bild, auf dem ich noch lebendig sein werde. Es wird einen Zweiundzwanzigjährigen zeigen, mit einem elenden und leblosen Blick. Triste Augen, die auf den Boden starren. Der Körper wird gelassen sein, als hätte man ihm das Leben schon aus dem Leib gesaugt.

Was wird die Menschheit über mich denken, wenn sie mich so auf einem Bild sieht?

Gott sei Dank? Das Schwein hat es nicht anders verdient? Lieber es töten, bevor es noch weitere Verbrechen ausübt?

Urteilt ihr hier nicht vielleicht ein wenig zu vorschnell? Müsstet ihr euch nicht zuerst mit mir befassen, bevor ihr solch eine Meinung vertretet? Ist euch klar, wer ICH bin?

ICH bin Sam Collister, das allerletzte Mitglied der *Psychokillers*.

Buch: Die letzten Niederschriften

(Folgende Texte haben drei der *Psychokillers* während ihrer Gefangenschaft verfasst)

Samantha Young

Ich glaube, Sam ist in dem Wald gestorben. Er sah so schwach aus, bevor ich in Ohnmacht fiel. Warum hatte dieser Mensch so eine Bedeutung für mich? Wie hatte er es geschafft, mich so zu verwirren? Schon als ich ihn das erste Mal sah, wusste ich, dass er zu uns gehörte… Nein, ich wusste… Dass er zu mir gehörte. Die anderen konnten ihn gut leiden, aber ich brauchte diesen Menschen. Er hat mir eine Seite vom Leben gezeigt, die ich vorher nicht kannte. Obwohl diese Seite sich gut anfühlte, hatte ich gleichzeitig Angst von ihr. Ich fühlte mich schwächer als sonst. Verwundbarer.

Die Wahrheit ist, dass ich es nun bereue. Ich bereue es, ihm nicht gesagt zu haben, was er für mich war. Ich will es mir gar nicht eingestehen. Niemand konnte, mich kontrollieren. Ich bin doch stärker als alles andere. Aber genau das ist es ja. Dieser Mensch zeigte mir genau das. Sein Blick sagte mir, dass er mich für das stärkste Wesen auf der Welt hielt. Warum war er dieser Meinung? Es war nicht so, als habe er eine rosarote Brille auf. Als würde er mein Wesen überschätzen. Im Gegenteil, er sah genau das, was ich war und ihm gefiel das. Wie viele Blicke mein Körper schon erdulden hatte müssen, seine waren die einzigen, die herrlich angenehm waren.

Ich glaube, er hat mich bis zu seinem Tode geliebt. Er hat mich immer geliebt. Leider habe ich es nie erwidert. Vielleicht ist das aber auch gut so. Eine Romanze hätte nicht zu der Anführerin der *Psychokillers* gepasst.

Wenn ich mir meinen Brief für die Nachwelt so ansehe, merke ich, wie peinlich er ist. Als wäre ich ein kleines Mädchen. Am liebsten würde ich diesen Dreckszettel gleich wieder zerreißen. Doch irgendwas sagt mir, dass ich diese Seite auch mal zeigen sollte, als würde dadurch die Chance erhöht werden, dass er noch lebte... Sam...

Um aber eins klar zu stellen:

Wer auch immer das hier liest, ich bin kein kleines Mädchen. Wärst du mir

begegnet, hätte ich deine Kehle aufgeschlitzt und du würdest dir immer wieder die gleiche Frage durch den Kopf gehen lassen, bevor du endlich sterben würdest: „Warum? Warum hat sie das getan“.
Die einzige Antwort darauf wäre mein Lächeln, das dir sagen soll: „Weil es meine Natur ist und nun atme nicht mehr. Ich will sehen, wie deine Augen glasig werden.

Mason Young

Ich bereue einen Scheiß, nur dass ihr es wisst. Ihr könnt euch für etwas Besseres halten, aber ich kenne die Wahrheit. Ihr alle seid seit dem Tag eurer Geburt verdammt. Vielleicht kommen manche von euch wirklich gut zurecht, aber die meisten reden sich das nur ein. Wehren sich gegen ihren tierischen Instinkt. Du willst etwas? Dann hole es dir. Denkst du, der Höhlenmensch hat erst höflich nach etwas gefragt, ob er es haben darf? Oder glaubst du wirklich, dir fliegt das Glück zu, weil du ja ach so ein guter Bürger bist. Los, gebt dem Dummkopf einen tosenden Applaus. Hier kommt der dümmste Idiot aus dem Königreich der Dummköpfe. Und dann wundern sich Leute, wenn ich ihnen kurz vor dem Tode ins Gesicht rotze.

Es interessiert mich auch einen Scheiß, dass IHR mich jetzt killen wollt. Wenn IHR der Meinung seid, ich verdiene den Tod, dann ist das in Ordnung. Ich habe über fünfundzwanzig Jahre auf dieser Erde als freier Mensch gelebt. Das soll mir erst mal jemand nach machen. Wie lange wirst du frei sein in deinem Leben? Ein Drittel davon wirst du mit Arbeiten verschwenden. Was tust du? Servierst du jemanden Fastfood oder starrst acht Stunden in einen Monitor? Erzählst du Menschen immer wieder denn gleichen Scheiß oder wartest, bis du endlich wieder nach Hause gehen darfst? Soll das Leben sein? Denkst du wirklich, das Geld oder die Arbeit machen dich frei? Das Geld, das du in die Gesundheit investierst, weil du dich in deiner tollen Arbeit kaputt geschuftet hast. Was für eine Ironie. Ein weiteres Drittel verpennst du und das letzte Drittel kämpfst du mit der Seuche namens Mensch. Diese dummen ignoranten Wesen, die dir sagen werden, du bist falsch. Ändere dich. Mach dies doch nicht so, sondern lieber so! Warum kannst du nicht so toll sein wie ich? Diese Arroganz kotzt doch an. Du weißt, wovon ich rede, oder? Sag mir nicht, dass du dich gerade nicht ertappt fühlst.

Hör auf, dich anzupassen. Gehorche niemandem. Lebe nach deinen Gesetzen. Sei glücklich. Verdammt nochmal, lebe!

Ich wünsche all den Armleuchtern da draußen noch viel Spaß mit ihrem Dasein als Sklaven dieser Welt. Ihr tut mir nicht mal Leid, da ihr es verdient habt, enttäuscht vom Leben zu sterben.

William Conner

Ich habe vor kurzen von dir geträumt, April. Ich will mich bei dir entschuldigen. Wahrscheinlich hasst du mich mittlerweile schon. In meinem Leben gab es nach dir nichts mehr außer Sünde. Jetzt frage ich mich manchmal, ob es das wert war. Natürlich wollte ich einfach meinen Spaß. Ich wollte einfach keinen Schmerz mehr in mir. Doch habe ich dafür viele anderen Menschen... schreckliches angetan. Gerade ich sollte doch wissen, wie es ist, einen Menschen zu verlieren. Verzeih mir bitte April, ich war ein schlechter Mensch. Mason sagte mir einmal, dass kein Mensch böse ist. Sie werden böse gemacht durch den Einfluss von den angeblich guten Menschen. Er gab also dem Rest der Welt die Schuld. Es ist schon interessant, wie er immer alles zu seinen Gunsten verdrehen kann.

An alle Hinterbliebenen: Bitte habt Verständnis für mich. Ich bin kaputt. Die Abwesenheit von Gott hat mich verdorben. Er war nicht da, als meine Frau und mein Kind starben. Es hat mich zerstört. Es war mehr Not als eine bewusste Entscheidung, die mich auf diese dunkle Seite gebracht hat. Zwar festigte sich mein Verstand in den letzten Jahren, aber die zehn Jahre davor war ich oft nicht mehr ich selbst. Ich bin kein Rassist, aber diese Wut konnte nicht anders gestillt werden. Ich musste mich rächen an dieser Welt.

Und irgendwie... musste ich auch für Sam da sein. Es klingt bestimmt total armselig, aber... er war... ich möchte es eigentlich nicht einmal aufschreiben, geschweige daran denken, aber... er war wie ein Sohn. Ich wollte ihm helfen. Ihn erziehen. Vielleicht habe ich auch das vermasselt, denn was haben wir aus ihm gemacht. Er ist einer der jüngsten Serienkiller Amerikas geworden. Dennoch war ich sehr stolz auf ihn, wenn ich sah, wie er langsam zum Mann wurde.

Vielleicht ist es besser, wenn ich nun sterbe. nehme ich keinem mehr das Leben. Ohne mich ist diese Welt besser dran.

Ein Priester besuchte mich, um für mich zu beten. Er las sogar aus der Bibel ein paar Zeilen vor.

Ich musste fast schmunzeln, als mir die Ironie klar wurde. Mit leerem Blick sah ich den Mann an und sagte: „Vielleicht gibt es keinen Gott“.

Ich brach in verzweifelndes Gelächter aus, aber gleichzeitig trieb es mir auch

die Tränen in die Augen.
Die Conners sterben alle gottlos.
Diese Tatsache war zu absurd und grotesk für so eine kleine Welt.
Als mein Anfall von Schluchzen und schrillem Lachen vorbei war, fragte er mich, wieso ich Gott kurz vor meinem Tod in Frage stellte. Die Antwort kam mir so leicht über die Lippen, dass ich sie zuerst selber hörte, bevor mir klar wurde, dass ich meine Gedanken gerade laut ausgesprochen hatte.
„Wenn es einen Gott gäbe, dann hätte er so etwas wie uns nicht zugelassen.“

(Folgender Text wurde von Wanderern im Wald gefunden)

Anthony Bennett

Ich war schon einmal in meinem Leben an dieser Stelle. Mein Vater ist ausgerastet und hat mich mit Benzin überschüttet. Dies hatte er schon öfter gemacht. Es machte ihm einfach eine Freude, mich in Todesangst zu versetzten. Es war sein Hobby. Ein Spiel, das ich mitspielen musste. Als ich eines Tages jedoch keine Todesangst zeigte, machte er seine Drohung wahr und zündete mich an. Nie wieder hatte ich vergleichbare Schmerzen in meinem Leben. Obwohl ich brannte, schlug ich meinen Vater zuerst zu Tode, ehe ich in den Fluss sprang. Als ich mein neues Aussehen im Spiegel sah und die Reaktion der Menschen, denen ich über den Weg lief, beschloss ich dass es wohl besser war, einfach zu sterben. Eigentlich wusste ich davor auch nicht, warum ich überhaupt leben sollte. Nicht das ich sehr traurig war, es gab halt einfach nur keinen sinnvollen Grund. Also setzte ich mich auf einen der Baumstämme im Wald, auf dem ich als Kind schon gespielt hatte und wartete auf Tod. Man sollte wissen, dass ich im Wald aufgewachsen bin, da mein Vater Jäger war. Ich war so durstig, dass ich manchmal glaubte, es würde nur noch Minuten brauchen, bis ich endlich erlöst sei, von all dem Leid, doch dann lebte ich doch wieder weiter. Drei Tage saß ich bewegungslos da. Wahrscheinlich hätte ich nur noch ein paar Stunden leiden müssen, doch dann lief mir dieses Mädchen über den Weg. Sie stand vor mir und lächelte mich an. Ihre Kleidung war voller Blut. Mit den zerzausten Haaren wirkte sie auf mich eher wie ein wildes Tier als ein Mensch. Doch ihr Lächeln verriet mir, dass sie gut für mich war und mir nie etwas Böses anhaben wollen würde. Dennoch hatte ich weiterhin vor, zu sterben. Es gab für mich Nichts in dieser Welt, was mich am Leben hielt. Erst als sie von sich erzählte und mir ihre Gedanken offenbarte, erkannte ich, was in ihr schlummerte. Sie war ein Schatz, der beschützt werden musste und… vielleicht sollte genau das meine Bestimmung sein. Im Grunde war sie Jäger, sowie mein Vater und ich. Nur jagte sie Menschen und das fand ich gut. Tiere hatten uns nie etwas getan, also hatten sie den Tod eigentlich nie verdient gehabt. Menschen jedoch waren nie gut zu mir. Nannten mich Gorilla, weil ich zwar stark, aber auch sau blöde war, erklärten sie mir immer wieder. Ich glaube, das Mädchen aber hielt mich nicht für blöde und dafür liebte ich sie mehr als meine Mutter. Denn auch wenn meine Mutter vor meinem Vater und mir weggelaufen ist, liebte ich sie immer noch. Ich wäre auch vor meinem Vater und mir weglaufen, wenn ich sie wäre. Das Mädchen aber würde nicht so schnell von mir weglaufen. Also gehorchte ich ihr, damit ich auch sicher bei ihr bleiben durfte. Jeden, der eine Gefahr für sie darstellte, schlug ich wie einst meinen Vater zu Tode. Das fühlte sich sehr gut an. Doch nun…

Ich hatte leider versagt. Jetzt ist auch sie nicht mehr am Leben. Mir war immer bewusst, dass ich sie nicht ewig beschützen konnte. Also war ich immer auf diesen Punkt vorbereitet gewesen.

Einen Tag lang lief ich tief in den Wald, ohne nur einmal Rast einzulegen. Als ich schließlich völlig entkräftet war, setzte ich mich auf einen Baumstamm und wartete erneut auf den Tod.

Alleine im Wald. Nur mit ein paar kleinen Tieren um mich herum. Ich lauschte dem Wind, der mich bald davon tragen würde.

Sehen wir es positiv. Wenigstens hatte ich dank Samantha eine schöne Zeit. Ich danke dir. Mein kleines Mädchen. Ohne dich wäre mein Leben eine Qual gewesen.

Nachwort

Ich danke jedem, der sich die Zeit genommen hat, mein Buch zu lesen. Das ist mein erstes Buch, das ich zum Lesen bereitstelle, daher ist mir bewusst, dass es mir an Übung mangelt. Ich habe weder ein Schule noch ein Workshop für kreatives Schreiben besucht, dennoch hoffe ich, dass meine Leidenschaft für diese Geschichte ausreicht, um ein paar Leser mitreißen zu können.
Eines ist sehr wichtig zu erwähnen: Alle Namen und sonstige Angaben sind frei erfunden. Die „*Psychokillers*" hat es niemals gegeben.
Für die Erschaffung meiner Charaktere habe ich niemanden aus meinem Leben als Vorlage genommen.
Normalerweise bin ich kein Fan davon, wenn es mehr als eine Hauptperson in einem Buch gibt, weil es dann immer einen Charakter gibt, den ich mehr leiden konnte als die anderen. Deswegen habe ich mir große Mühe gegeben, jede der Hauptpersonen auf ihre Art und Weiße interessant zu gestalten, sodass keine Geschichte als langweilig oder unnötiges Wissen empfunden wird.
Ich weiß nicht, wie Serienkiller denken und ich bin mir sicher, dass dies der Realität nicht sehr nahe kommt, aber in diesem Buch habe ich auch eher meine Vorstellung von Gedankengängen beschrieben. Zwar war es das Ziel, den Leser dazu zu bringen, zur Seite der „Bösen" zu halten, aber er soll dies keineswegs gut heißen. Denn Mord kann man niemals gutheißen, egal welche Gründe dahinterstecken, aber vielleicht kann man ihn – wie gesagt – nachvollziehen. Der ein oder andere wird vielleicht sogar Mitleid mit den *Psychokillers* gehabt haben, als diese hingerichtet wurden, aber ein anderes Ende kam mir nicht in den Sinn. So ist die Geschichte in sich abgeschlossen und alles konnte ein Ende finden. Die einzige Person, bei der es unklar ist, was aus ihr geworden ist, ist Daniel. Der Onkel von Sam. Ich glaube aber, dass es gar nicht schlecht ist, eine Lücke offen zu lassen und den Leser selber entscheiden zu lassen, wie er auf die Nachricht reagiert hat, dass sein Neffe die Staaten als Killer unsicher gemacht hat.
Ich hoffe, alles gut genug beschrieben zu haben. Mir selbst fällt beim Lesen von so manchen Büchern öfter auf, dass ich hier und da auch mal gelangweilt bin, wenn Autoren gefühlt seitenlang Dinge beschreiben, von denen ich nichts wissen möchte. Oft stellt sich im Nachhinein raus, dass die beschriebenen

Dinge dann doch wichtig waren, um die Geschichte besser erzählen zu können. Aber allein das Kämpfen durch diese Seiten hat mich oft ein wenig demotiviert. Daher habe ich dieses Buch so geschrieben, wie ich es gerne lesen würde. Kurz gesagt: Erst dann genau beschreiben, wenn es wirklich darauf ankommt. Wie zum Beispiel das erste Auftreten des *Psychokillers*. Meine Idee war, dass so noch mehr klar wird, was wirklich wichtig in dieser Geschichte ist. Hier tut sich gerade was. Jetzt beginnt die Sache in Rollen zu geraten. Ich hoffe, dieser gewünschte Effekt hat bei so manchen Lesern gezündet. Es kann sein, dass ein paar der Meinung sind, ich habe hier und da Dinge ein wenig zu grausam beschrieben, doch ich wollte nicht ungewollt eklig sein. Auch hier hatte ich gehofft, dass man sich an diesen Stellen ertappt füllt. Als habe man bis zu diesem Moment noch zu den Psychokillern gehalten.

„Ja, man! Die lassen es ordentlich krachen. Wie toll."
Und sobald dann es wirklich zu Sache geht, sollte man das nicht verschönen, sondern vollkommen erst rüberbringen.
„Oha, okay. Irgendwie hatte ich verdrängt, dass sie Monster sind."
Ich selbst stelle mir bei solchen Geschichten immer die Frage: „Man, warum können die nicht einfach ihren jetzigen Lebensstil beenden und anstatt in diesem Chaos zu stecken, einfach zu gemütlicherem übergehen. Hockt euch doch zusammen und spielt eine Runde Karten oder so was ähnliches."
Allerdings wäre das zum einen eine sehr langweilige Geschichte und zum anderen glaube ich, dass auch im wirklichen Leben man sich in „Scheiße" rein reiten kann und da nicht mehr schnell rauskommt.
Am Ende sollte ich noch erklären wie ich zu dieser Geschichte gekommen bin, weil dies vermutlich die häufigste Frage sein wird, die mir gestellt wird.
Ich hockte als Zwanzigjähriger mitten in der Nacht an meiner Maschine und führte monoton die gleichen Handbewegungen aus. Die Nachtschicht war an meiner damaligen Arbeit das unerträglichste, da die Finsternis in einer Fabrik sehr drückend sein kann, während der Lärm der Maschinen um dich herum dröhnt. Doch wenn das Blut in den Adern durch die immer gleichen Handbewegungen, die ich an meinem Halbautomaten ausführen musste um, kleine Ventile herzustellen, auf Touren kommt, ist das Gehirn am aktivsten. Man denkt an so vieles und irgendwann, wenn man alles, was es gibt viele Male durchdacht hat, fängt man an Tagträume zu haben. Wer mich besser kennt weiß, in meinem Fall lasse ich „Filme" vor meinem inneren Auge

laufen. Interessanterweise dauern diese ziemlich genau neunzig Minuten und haben beinahe immer ein schlüssiges Ende. Meist sind diese aber nicht sonderlich gut, doch in dieser Nachtschicht sah ich sozusagen „Psychokillers" als Film. Klingt komisch, ich weiß. Doch als diese Geschichte zu Ende gedacht war, fühlte ich mich so geladen. Als hatte ich gerade etwas besonders geschaffen und ärgerte mich, diese Idee nicht aus meinem Kopf reißen zu und jemanden zeigen zu können, doch dann fiel mir ein… Genau das geht doch! Ich musste es nur aufschreiben. Während des Schreiben erweiterte ich die Geschichte. Gab Backstories zu den anderen Killern. Nur was mit Anthony ist, wollte ich nicht verraten. Seine Niederschriften am Ende sind also eher als eine Art Belohnung gedacht, an all diejenigen, die mein Buch wirklich zu Ende gelesen hatten. Hoffentlich habt ihr euch gefreut und nicht allzu sehr geärgert, dass es bei nur wenigen Sätzen geblieben ist.
Falls du Lust hast. kannst du mir gerne mal schreiben, wie du meine Geschichte findest. Was dir zum Nachdenken gab, aber auch gerne, was du dir noch gewünscht hättest zu lesen.
Ich hoffe, ich konnte dich mit diesem Buch ein wenig unterhalten und habe auf keinen Fall für Enttäuschungen gesorgt. Nochmal sei gesagt. dass völlig klar ist, dass ich als Autor noch viel zu lernen habe, aber das ist doch das schönste oder? Wenn es noch etwas zu verbessern gibt.
Vielen Danke fürs Lesen. Hat mich wirklich sehr gefreut und wer weiß, vielleicht habe ich irgendwann nochmal eine kleine Geschichte in meinem Kopf, bei der es schade wäre, wenn sie dort bliebe.
Dann bis dann.

-Thomas Maier

29481275R00132

Printed in Poland
by Amazon Fulfillment
Poland Sp. z o.o., Wrocław